RISÍVEIS AMORES

MILAN KUNDERA

RISÍVEIS AMORES

Tradução
Teresa Bulhões Carvalho da Fonseca

3ª reimpressão

Tradução autorizada pelo autor, com base na versão francesa de François Kérel

Grafia atualizada segundo o Acordo Ortográfico da Língua Portuguesa de 1990, que entrou em vigor no Brasil em 2009.

Título original
Směšné Lásky

Capa
Jeff Fisher

Preparação
Márcia Copola

Revisão
Juliane Kaori
Renato Potenza Rodrigues

Atualização ortográfica
Verba Editorial

Dados Internacionais de Catalogação na Publicação (CIP)
(Câmara Brasileira do Livro, SP, Brasil)

Kundera, Milan
Risíveis amores / Milan Kundera ; tradução Teresa Bulhões Carvalho da Fonseca. — 1ª ed. — São Paulo : Companhia das Letras, 2012.

Título original: Směšné Lásky
ISBN 978-85-359-2208-0

1. Ficção tcheca I. Título.

12-14584 CDD-891.863

Índice para catálogo sistemático:
1. Ficção : Literatura tcheca 891.863

2020

EDITORA SCHWARCZ S.A.
Rua Bandeira Paulista, 702, cj. 32
04532-002 — São Paulo — SP
Telefone: (11) 3707-3500
www.companhiadasletras.com.br
www.blogdacompanhia.com.br

SUMÁRIO

NINGUÉM VAI RIR

1

"Sirva-me mais um copo de slivovitz", pediu Klara, e eu não me opus. Para abrir a garrafa havíamos encontrado um pretexto que não tinha nada de extraordinário mas se justificava: eu acabara de receber naquele dia uma quantia bem razoável como pagamento por um longo estudo que saíra numa revista de história da arte.

Meu estudo tinha sido publicado, mas não sem um certo esforço. O que eu escrevera eram apenas críticas e polêmicas. Por isso a revista *O Pensamento Plástico*, com sua redação sombria e circunspecta, recusara esse texto, e eu o encaminhara então a uma revista concorrente, certamente menos importante, mas cujos redatores eram mais jovens e menos sensatos.

O carteiro levara para mim, na faculdade, uma ordem de pagamento e uma carta. Uma carta sem importância, que li por alto pela manhã, impressionado com minha nova projeção. Uma vez em casa, quando se aproximava a meia-noite e a garrafa estava quase no fim, apanhei a carta na minha mesa e a li para Klara, para nos divertirmos:

"Prezado camarada — e se posso me permitir usar este termo —, prezado colega —, perdoe a um homem, com quem o senhor nunca falou, tomar a liberdade de escrever-lhe. Dirijo-me ao senhor para pedir-lhe que leia o artigo anexo. Não o conheço pessoalmente, mas o estimo, pois o senhor a meu ver é um homem cujas opiniões, raciocínios e conclusões sempre pareceram confirmar de modo surpreendente os resultados de minhas próprias pesquisas..." Seguiam-se grandes elogios aos meus méritos e uma solicitação: ele me pedia o favor de redigir um parecer crítico à revista *O Pensamento Plástico*, que havia seis meses recusava seu artigo, negando-lhe qualquer valor. Tinham dito ao interessado que minha opinião seria decisiva, de maneira que eu era a única esperança do autor, a única luz naquelas teimosas trevas.

Klara e eu fizemos todo tipo de brincadeiras com esse sr. Zaturecky, cujo nome pomposo nos fascinava. Mas brincadeiras desprovidas, claro, de qualquer intenção maldosa, pois tantos elogios me enterneciam, sobretudo com uma garrafa de excelente slivovitz ao alcance da mão. A tal ponto que nesses instantes inesquecíveis eu amava o mundo inteiro e, não podendo dar presentes ao mundo inteiro, eu os dava a Klara — se não presentes, pelo menos promessas.

Klara, com seus vinte anos, era uma moça de boa família. Mas o que estou dizendo? De excelente família! Seu pai, ex-diretor de banco e, portanto, representante da grande burguesia, fora expulso de Praga por volta de 1950 e se instalara na cidade de Celakovice, a uma distância considerável da capital. A filha, que passava despercebida à administração, trabalhava como costureira diante de uma máquina no imenso ateliê de uma confecção de Praga. Eu estava sentado em frente a ela e encorajava seu interesse por mim, elogiando levianamente as vantagens do emprego que prometera lhe arranjar com a ajuda dos meus amigos. Afirmei que era inadmissível uma moça tão bonita perder sua beleza diante de uma máquina de costura e decidi que ela devia se tornar manequim.

Klara não me contradisse, e passamos a noite em feliz harmonia.

2

Atravessamos o presente de olhos vendados, mal podemos pressentir ou adivinhar o que estamos vivendo. Só mais tarde, quando a venda é retirada e examinamos o passado, percebemos o que vivemos e compreendemos o sentido do que se passou.

Eu imaginava, naquela noite, brindar ao meu sucesso, e não suspeitava de modo nenhum que aquilo poderia ser o prenúncio solene do meu fim.

E porque não suspeitava de nada, acordei de bom humor no dia seguinte: enquanto Klara continuava dormindo um sono feliz, peguei o artigo anexado à carta do sr. Zaturecky e comecei a lê-lo na cama com alegre indiferença.

O artigo, intitulado "Um mestre do desenho tcheco, Mikolas Ales", não merecia nem mesmo a meia hora desatenta que eu lhe dispensava. Era um conjunto de lugares-comuns amontoados sem o mínimo senso de desenvolvimento lógico, sem a mínima originalidade.

Era, sem dúvida nenhuma, uma inépcia. Opinião que o dr. Kalusek, redator-chefe da revista *O Pensamento Plástico* (personagem por sinal dos mais antipáticos), confirmou no mesmo dia por telefone. Ele ligou para mim na faculdade e disse: "Você recebeu a dissertação do sr. Zaturecky? Pois bem, faça-me o favor de redigir um parecer, cinco especialistas demoliram seu artigo, mas ele continua insistindo e acha que você é a única e exclusiva autoridade. Escreva em poucas linhas que o artigo não tem fundamento. Você é bem indicado para isso, pois sabe ser incisivo, e assim ele nos deixará em paz".

Mas alguma coisa em mim se revoltou: por que deveria ser justamente eu o carrasco do sr. Zaturecky? Era eu por acaso quem recebia um salário de redator-chefe? Aliás, lembrava-me muito bem que *O Pensamento Plástico* tinha julgado prudente recusar meu estudo; além disso, o nome do sr. Zaturecky estava para mim fortemente ligado à lembrança de Klara, à garrafa de slivovitz e a uma boa noitada. E, por último, não posso negá-lo, é humano, poderia contar nos dedos da mão e talvez num só dedo as pessoas que me consideram "a única e exclusiva autoridade". Por que me tornar inimigo desse único admirador?

Terminei a conversa com Kalusek com algumas palavras espirituosas e vagas que cada um de nós podia considerar como quisesse, ele como uma promessa e eu como uma escapatória, e desliguei firmemente decidido a jamais escrever o parecer crítico para o sr. Zaturecky.

Apanhei então papel de carta na gaveta e escrevi ao sr. Zaturecky uma carta em que evitei cuidadosamente formular qualquer tipo de apreciação sobre seu trabalho e lhe expliquei que minhas ideias sobre a pintura do século XIX são tidas em geral como erradas, sobretudo pela redação de *O Pensamento Plástico*, de modo que minha intervenção poderia ser mais prejudicial do que útil; ao mesmo tempo, envolvia o sr. Zaturecky com uma eloquência amistosa em que não passaria despercebida uma marca de simpatia por ele.

Logo que essa carta foi postada, esqueci do sr. Zaturecky. Mas o sr. Zaturecky não esqueceu de mim.

3

Um belo dia, quando terminei meu curso (ensino história da pintura), a secretária, a sra. Maria, dama afável e idosa que prepara o café para mim e responde que não estou quando indesejáveis vozes femininas são ouvidas ao telefone, bateu à porta da sala de aula. Pôs a cabeça no vão da porta e disse que havia um senhor me esperando.

Os senhores não me assustam. Deixei meus alunos e saí

tranquilo para o corredor, onde um homem baixo, de terno preto surrado e camisa branca me cumprimentou. Depois anunciou muito respeitosamente que se chamava Zaturecky.

Levei meu visitante para uma sala vazia, ofereci-lhe uma poltrona e iniciei a conversa com um tom jovial, falando de assuntos banais, do desagradável verão que atravessávamos e das exposições de Praga. O sr. Zaturecky concordava polidamente com cada uma de minhas opiniões, mas procurava desviar a conversa para seu artigo, que de súbito se ergueu entre nós, em sua invisível substância, como um ímã irresistível.

"Escreveria de boa vontade um parecer sobre o seu trabalho", disse eu afinal, "mas já lhe expliquei na minha carta que ninguém me considera um especialista em pintura tcheca do século XIX e que, além do mais, não são das melhores as minhas relações com a redação de *O Pensamento Plástico*, onde sou visto como um modernista inveterado, e por isso uma apreciação favorável de minha parte poderia apenas ser prejudicial ao senhor."

"Oh! O senhor é demasiado modesto", retrucou o sr. Zaturecky. "Como um especialista do seu porte pode ser tão pessimista sobre sua própria posição? Disseram-me na redação que tudo agora dependia do seu ponto de vista. Se o senhor for favorável ao meu artigo, ele será publicado. O senhor é a minha única chance. Este trabalho representa três anos de estudos, três anos de pesquisas. Tudo agora está em suas mãos."

Com que indiferença e com que pobre metal forjamos nossos subterfúgios! Não sabia o que responder ao sr. Zaturecky. Levantando maquinalmente os olhos para ele, vi uns óculos inocentes, pequenos e fora de moda, mas também uma profunda ruga enérgica traçada verticalmente na sua testa. Num breve instante de lucidez, um arrepio me percorreu a coluna vertebral. Aquela ruga atenta e obstinada refletia não apenas o martírio intelectual de seu proprietário debruçado sobre os desenhos de Mikolas Ales, mas também uma força de vontade pouco comum. Perdendo toda a presença de espírito, eu já não conseguia encontrar desculpas hábeis o bastante. Sabia que não redigiria aquele parecer, mas sabia também que não teria forças para dizer isso diante daquele pequeno homem súplice.

Comecei a sorrir e a proferir promessas vagas. O sr. Zaturecky me agradeceu dizendo que em breve voltaria para se informar; deixei-o todo sorrisos.

Voltou com efeito alguns dias depois, consegui evitá-lo habilmente, mas no dia seguinte me informaram que ele tornara a me procurar na faculdade. Compreendi que a coisa ia mal. Fui logo falar com a sra. Maria a fim de tomar as providências que se impunham.

"Por favor, sra. Maria, se algum dia esse senhor voltar a me procurar, diga a ele que fui fazer uma viagem de estudos à Alemanha e que não estarei de volta antes de um mês. Outra coisa: todas as minhas aulas são às terças e quartas-feiras. Daqui por diante darei minhas aulas às quintas e sextas. Apenas meus alunos serão informados, não diga a ninguém e não modifique o horário. Preciso ficar na clandestinidade."

4

Pouco tempo depois, o sr. Zaturecky foi com efeito me procurar na faculdade e pareceu desesperado quando a secretária lhe anunciou que eu partira precipitadamente para a Alemanha. "Mas é impossível! O senhor assistente tem que escrever um parecer sobre meu artigo! Como é que ele foi embora assim?" "Não sei de nada", respondeu a sra. Maria, "mas ele deve voltar dentro de um mês." "Um mês ainda...", lamentou-se o sr. Zaturecky. "E a senhora não sabe o endereço dele na Alemanha?" "Não sei", disse a sra. Maria.

Tive paz por um mês.

Mas o mês passou mais depressa do que eu imaginava, e o sr. Zaturecky retornou ao escritório da secretária. "Não, ele ainda não voltou", disse-lhe a sra. Maria, que, ao me ver, perguntou num tom suplicante: "O sr. Zaturecky voltou outra vez, o que quer que eu lhe diga?" "Diga-lhe, minha cara Maria, que peguei icterícia na Alemanha e estou num hospital de Iena." "No hospital? Mas é impossível! Ele devia escrever um parecer sobre meu artigo!", exclamou o sr. Zaturecky quando a secretária lhe deu essa notícia alguns dias depois. "Sr. Zaturecky", disse a secretária em tom de censura, "o senhor assistente está gravemente enfermo no estrangeiro, e o senhor só pensa no seu artigo!" O sr. Zaturecky baixou a cabeça e saiu, mas após quinze dias estava de volta: "Mandei uma carta registrada para Iena. A carta foi devolvida!". "O homem vai me enlouquecer", disse-me a sra. Maria no dia seguinte. "Não se aborreça comigo, mas o que queria que eu fizesse? Disse-lhe que o senhor tinha voltado, agora terá que se arranjar com ele!"

Não fiquei com raiva da sra. Maria, ela fazia o que podia, e, aliás, eu estava longe de me dar por vencido. Sabia que não seria encontrado. Só vivia clandestinamente, dava clandestinamente minhas aulas de quinta e sexta e, sempre clandestinamente, às terças e quartas ia me esconder atrás do portão de um prédio em frente à faculdade e me divertir com o espetáculo do sr. Zaturecky, que espreitava diante da faculdade, aguardando minha saída. Tinha vontade de pôr uma peruca e uma barba postiça. Sentia-me um Sherlock Holmes, Jack, o Estripador, o Homem Invisível caminhando pelas ruas da cidade. Estava de excelente humor.

Mas, um dia, o sr. Zaturecky cansou da espreita e aplicou um golpe na sra. Maria. "Mas, afinal de contas, quando o camarada assistente dá seus cursos?" "Basta o senhor consultar os horários", respondeu a sra. Maria, mostrando na parede um grande painel quadriculado em que os horários dos cursos estavam indicados com uma clareza exemplar.

"Sei", disse o sr. Zaturecky, que não se dava por achado, "mas o camarada nunca vem dar aulas na terça e na quarta-feira. Ele está de licença?"

"Não", respondeu a sra. Maria, encabulada.

E o homenzinho arrasou a sra. Maria com acusações. Censurou-a por não haver posto o horário em dia. Perguntou com ironia como ela podia ignorar a que horas os professores davam aula. Anunciou que ia dar queixa dela. Vociferou. Declarou que iria também se queixar do camarada assistente, que não estava dando suas aulas. Perguntou se o reitor se encontrava na faculdade.

Por azar, o reitor estava lá.

O sr. Zaturecky bateu à porta do seu escritório e entrou. Dez minutos depois estava de novo no escritório da sra. Maria, perguntando secamente o meu endereço.

"Rua Skalnikova, 20, em Litomysl", disse a sra. Maria.

"Como, em Litomysl?"

"O senhor assistente tem apenas um apartamento em Praga e não quer que eu dê o endereço..."

"Exijo que me dê o endereço do senhor assistente em Praga", gritou o homenzinho com voz estridente.

A sra. Maria perdeu de vez a coragem. Forneceu o endereço da minha mansarda, do meu pobre abrigo, da feliz toca onde eu seria acuado.

5

Sim, meu domicílio permanente é em Litomysl. Lá estão minha mãe e as lembranças de meu pai; sempre que posso, saio de Praga e vou trabalhar e estudar em casa, na pequena moradia de mamãe. De modo que conservei o endereço dela como endereço permanente. Mas em Praga não fui capaz de encontrar um apartamento adequado, como seria normal e necessário, e moro num bairro de subúrbio, sob o telhado, numa pequena mansarda completamente independente que me sublocaram e cuja existência escondo tanto quanto possível para evitar o encontro inútil de visitantes indesejáveis com minhas efêmeras companheiras.

Não poderia, portanto, pretender que minha reputação no prédio fosse exatamente das melhores. Além disso, durante minhas estadas em Litomysl, emprestara muitas vezes meu quarto a camaradas que se divertiam tanto que ninguém na casa conseguia pregar o olho à noite. Tudo isso provocava a indignação de certos locatários, que faziam contra mim uma guerra surda, a qual se manifestava de vez em quando por advertências do comitê de rua e inclusive por uma queixa ao serviço de habitação.

Na época a que me refiro, Klara, que começara a achar cansativo sair de Celakovice para trabalhar em Praga, tinha resolvido dormir em minha casa, a princípio timidamente e em casos excepcionais, depois trouxera um vestido, mais tarde vários vestidos, e no fim de algum tempo meus dois ternos foram esmagados no fundo do armário e minha mansarda transformada em salão feminino.

Eu gostava muito de Klara; era bonita; agradava-me que as pessoas virassem a cabeça para nos olhar quando saíamos juntos; tinha treze anos menos do que eu, e essa circunstância só aumentava meu prestígio junto aos meus alunos; em suma, eu tinha mil razões para me apegar a ela. No entanto, não queria que soubessem que ela morava em minha casa. Temia que se voltassem contra meu bravo proprietário, um homem idoso que se mostrava discreto e não se metia na minha vida; tremia ao pensar que um dia ele viesse, triste e contrariado, pedir-me que pusesse a moça na rua em defesa de sua boa reputação. Por isso Klara recebera instruções para não abrir a porta para ninguém.

Naquele dia ela estava sozinha em casa. Era um belo dia ensolarado, e a mansarda quase sufocava. Ela estava deitada nua no meu divã e se dedicava a contemplar o teto.

Então começaram a tamborilar na porta.

Não havia o que temer, pois não há campainha, as visitas são obrigadas a bater na porta. Klara não se deixou perturbar pelo barulho nem pensou em interromper sua contemplação do teto. Mas as batidas não cessavam; ao contrário, continuavam com uma tranquila e incompreensível perseverança. Klara acabou se irritando. Pôs-se a imaginar que atrás da porta estaria um senhor que levantava lenta e eloquentemente a gola do casaco e que em seguida iria lhe perguntar com rispidez por que ela não abria, o que escondia e se estava registrada naquele endereço. Cedeu a um sentimento de culpa, baixou os olhos que conservava sempre fixos no teto e procurou com o olhar o lugar onde deixara suas roupas. Mas as batidas eram tão obstinadas que ela, confusa, só pôde encontrar minha capa pendurada na entrada. Enfiou-a e abriu.

No limiár da porta, em vez do rosto mau de um bisbilhoteiro, ela viu apenas um homenzinho que a cumprimentava: "O senhor assistente está em casa?". "Não, ele saiu!" "É pena", disse o homem, e se desculpou polidamente de incomodar Klara. "O senhor assistente precisa escrever um parecer sobre um artigo de minha autoria. Ele me prometeu, e agora essa questão é muito urgente. Se a senhora permitir, gostaria de lhe deixar um recado."

Klara ofereceu papel e lápis ao homenzinho, e à noite pude ler que a sorte de seu artigo sobre Mikolas Ales estava em minhas mãos e que o sr. Zaturecky esperava respeitosamente que eu redigisse o parecer prometido. Acrescentou que voltaria a me procurar na faculdade.

6

No dia seguinte, a sra. Maria me contou que o sr. Zaturecky a ameaçara, vociferara e fora reclamar; a infeliz estava com a voz trêmula, à beira das lágrimas; dessa vez fiquei colérico. Compreendia muito bem que a sra. Maria, que até agora vinha se distraindo com esse jogo de esconde-esconde (mais por simpatia por mim do que por franca alegria), agora se sentisse ofendida e visse em mim, naturalmente, a causa dos seus aborrecimentos. E se eu acrescentasse a esses agravos o fato de que a sra. Maria revelara o endereço de minha mansarda, de que haviam tamborilado em minha porta durante dez minutos e de que tinham assustado Klara, minha cólera se transformaria em fúria.

E quando eu estava ali, percorrendo a passos largos o escritório da sra. Maria, mordendo os lábios, fervendo, imaginando uma vingança, a porta se abriu, e apareceu o sr. Zaturecky.

Assim que ele me viu, seu rosto se iluminou de felicidade. Inclinou-se e me deu bom-dia.

Tinha chegado muito cedo, não dera tempo de eu pensar em minha vingança.

Perguntou se haviam me entregado seu recado da véspera.

Não respondi nada.

Ele repetiu a pergunta.

"Sim", respondi finalmente.

"E o senhor vai escrever o parecer?"

Eu o via diante de mim: mesquinho, teimoso, ameaçador; via o sulco vertical que desenhava em sua testa o traço de sua única paixão; via esse traço retilíneo e compreendi que era uma linha reta determinada por dois pontos: meu parecer crítico e seu artigo; e que, exceto o vício dessa linha maníaca, só existia em sua vida uma ascese digna de um santo. E não resisti a uma malevolência salvadora.

"Espero que o senhor compreenda que não tenho mais nada a lhe dizer depois do que se passou ontem", disse eu.

"Não estou entendendo."

"Não tente disfarçar. Ela me contou tudo. Negar é inútil."

"Não estou entendendo", repetiu o homenzinho, mas, dessa vez, em tom mais enérgico.

Assumi um tom jovial e quase afetuoso: "Escute, sr. Zaturecky, não quero censurá-lo. Eu também sou mulherengo, e o compreendo. Eu também, em seu lugar, faria de bom grado propostas a uma mulher bonita, se me encontrasse sozinho com ela num apartamento e ela estivesse nua por baixo de uma capa".

O homenzinho ficou lívido: "Isso é um insulto!".

"Não, é a verdade, sr. Zaturecky."

"Foi aquela moça que lhe disse isso?"

"Ela não tem segredos para mim."

"Camarada assistente, isso é um insulto, sou um homem casado! Tenho mulher! Tenho filhos!" O homenzinho avançou um passo, obrigando-me a recuar.

"É uma circunstância agravante, sr. Zaturecky."

"O que o senhor quer dizer?"

"Quero dizer que o fato de ser casado é uma circunstância agravante para um mulherengo."

"O senhor vai retirar essas palavras!", disse o sr. Zaturecky em tom de ameaça.

"Está certo!", disse eu, conciliador. "O casamento não é necessariamente uma circunstância agravante para um mulherengo. Mas pouco importa. Já disse que não fiquei com raiva e que compreendo perfeitamente o que se passou. Mas existe mesmo assim algo que está acima da minha compreensão: que o senhor possa exigir que um homem escreva um parecer sobre seu artigo depois de ter tentado seduzir a namorada dele."

"Camarada assistente! É o sr. Kalusek, doutor em letras,

redator-chefe da revista *O Pensamento Plástico*, periódico publicado sob os auspícios da Academia de Ciências, que exige esse parecer, e o senhor deve escrevê-lo!"

"Escolha! Meu parecer ou minha namorada. O senhor não pode querer os dois!"

"Veja como está se comportando!", gritou o sr. Zaturecky, dominado por uma cólera desesperada.

Coisa estranha, eu tinha de repente a sensação de que o sr. Zaturecky queria realmente seduzir Klara. Explodi e comecei por minha vez a gritar: "O senhor acha que tem o direito de pregar moral? O senhor é que deveria me pedir humildemente desculpas perante a nossa secretária!".

Virei as costas ao sr. Zaturecky, e ele saiu da sala titubeante, desamparado.

"Até que enfim!", eu disse com um suspiro, depois desse combate difícil mas vitorioso, e acrescentei dirigindo-me à sra. Maria: "Acho que agora ele vai me deixar em paz, não vai mais me importunar com esse parecer!".

Após um instante de silêncio, a sra. Maria me perguntou timidamente:

"E por que o senhor não redige o parecer?"

"Porque o artigo dele, minha cara Maria, é um amontoado de asneiras."

"E por que o senhor não escreve um parecer dizendo que o artigo é um amontoado de asneiras?"

"E por que caberia a mim escrevê-lo? Por que devo fazer inimigos?"

A sra. Maria me olhava com um largo sorriso indulgente quando a porta se abriu de novo; o sr. Zaturecky apareceu, com o braço levantado:

"Vamos ver quem é que vai pedir desculpas!"

Proferiu essas palavras com voz estridente e desapareceu.

7

Não me lembro exatamente se no mesmo dia ou alguns dias depois encontramos na caixa do correio um envelope sem endereço. Esse envelope continha uma carta em que podiam se ler estas palavras escritas em letra grande e malfeita: "Senhora! Venha à minha casa domingo para tratarmos da injúria feita a meu marido! Ficarei em casa o dia inteiro. Se a senhora não vier, serei obrigada a agir. Ana Zaturecky, Praga III, Dalimolova 14".

Klara ficou com medo e começou a dizer que eu era o culpado. Varri seus temores com as costas da mão e proclamei que o sentido da vida é justamente se divertir com a vida, e se a vida é muito preguiçosa para isso, é necessário lhe dar um pequeno empurrão. O homem deve sempre selar novas aventuras, éguas intrépidas sem as quais se arrastaria na poeira como um infante cansado. Quando Klara respondeu que não tinha intenção de selar nenhuma aventura, assegurei-lhe que ela nunca encontraria o sr. Zaturecky nem a mulher dele e que eu não precisava da ajuda de ninguém para me livrar dessa aventura que eu mesmo escolhera cavalgar.

Pela manhã, quando saíamos do prédio, o porteiro nos deteve. O porteiro não é um inimigo. Tinha lhe dado havia pouco tempo, prudentemente, cinquenta coroas e desde então vivia com a agradável convicção de que ele aprendera a me ignorar e não punha lenha na fogueira que acendiam contra mim meus inimigos do prédio.

"Duas pessoas procuraram ontem pelo senhor", disse ele.

"Quem?"

"Um baixinho com a mulher."

"Como era a mulher?"

"Tinha dois palmos a mais que ele. Uma mulher muito

enérgica. Severa. Ela pediu informações sobre tudo." Depois, dirigindo-se a Klara: "Principalmente sobre a senhora. Queria saber quem é a senhora e como se chama".

"Meu Deus, e o que o senhor disse a ela?", gritou Klara.

"O que a senhora queria que eu dissesse? Eu sei lá quem vem à casa do senhor assistente. Disse a ela que vem uma diferente a cada noite."

"Perfeito", disse eu, tirando do bolso uma nota de cinquenta coroas. "Continue assim!"

"Não tenha medo de nada", disse eu a Klara em seguida. "Domingo você não vai a lugar nenhum, e ninguém vai pôr as mãos em você."

Veio o domingo, e depois do domingo a segunda-feira, a terça, a quarta. Não aconteceu nada. "Está vendo?", disse eu a Klara.

Mas a quinta-feira chegou. Explicava a meus alunos, por ocasião de um curso como sempre clandestino, como os jovens fovistas, com fervor e em generoso corpo a corpo, haviam liberado a cor do impressionismo descritivo, quando a sra. Maria abriu a porta e disse à meia-voz: "A mulher do tal Zaturecky está à sua espera!". "A senhora sabe muito bem que eu não estou aqui, mostre a ela o horário." A sra. Maria balançou a cabeça: "Disse-lhe que o senhor não estava, mas ela deu uma olhada no seu escritório e viu sua capa pendurada no cabide. E continua a aguardá-lo no corredor".

Um impasse é o momento para minhas mais belas inspirações. Disse a meu aluno preferido: "Pode me fazer um favor? Vá a meu escritório, ponha minha capa e saia da faculdade! Uma mulher vai tentar dizer que você é eu, e sua missão é negar isso a qualquer preço".

O aluno saiu e voltou quinze minutos depois. Anunciou que cumprira sua missão; o caminho estava livre e a mulher, desaparecida.

Dessa vez eu havia ganho.

Mas a sexta-feira chegou, e ao retornar de seu trabalho, à noite, Klara tremia.

Naquele dia, o senhor cortês que recebe os clientes no bonito salão da confecção abriu bruscamente a porta que dá para o fundo do ateliê onde Klara trabalha, inclinada sobre sua máquina de costura, em companhia de outras quinze operárias, e gritou: "Alguma de vocês mora no número 5 da rua do Castelo?".

Klara compreendeu logo que se tratava dela, já que o número 5 da rua do Castelo é o meu endereço. Mas imbuída da prudência que eu lhe inculcara, ela não se alterou, pois sabe que mora em minha casa clandestinamente e que isso não interessa a ninguém. "Foi o que eu disse a ela", explicou o homem cortês, vendo que as operárias se mantiveram caladas, e saiu. Klara ficou sabendo depois que uma severa voz feminina o obrigara, no decorrer de uma conversa telefônica, a examinar os endereços de todas as empregadas e tinha se esforçado para convencê-lo, durante quinze minutos, de que uma delas devia morar no número 5 da rua do Castelo.

A sombra do sr. Zaturecky pairava sobre nossa idílica mansarda.

"Mas como é que ela fez para descobrir onde você trabalha? Aqui no prédio ninguém sabe nada sobre você", disse eu, elevando a voz.

Sim, estava realmente convencido de que ninguém sabia nada sobre a nossa vida. Vivia como esses excêntricos que acreditam escapar aos olhares indiscretos, protegidos por altas muralhas, porque deixam de levar em conta um pequeno detalhe: que essas muralhas são de vidro transparente.

Subornei o porteiro para que não revelasse que Klara morava comigo, obriguei Klara à discrição e à clandestinidade mais rigorosas, e apesar disso o prédio inteiro sabia da sua presença ali. Bastou que um dia ela tivesse uma conversa imprudente com uma locatária do segundo andar para ficarem sabendo onde trabalhava.

Sem perceber, tínhamos sido descobertos havia muito tempo. Apenas uma coisa continuava a ser ignorada por nossos perseguidores: o nome de Klara. Era apenas graças a esse pequeno segredo que ainda podíamos escapar à sra. Zaturecky, que se empenhava na luta com um espírito metódico e uma obstinação de causar arrepios.

Compreendi que a coisa estava ficando séria; que dessa vez o cavalo da minha aventura estava extremamente bem selado.

8

Mas isso foi na sexta-feira. No sábado, quando Klara voltou do trabalho, estava tremendo de novo. Eis o que aconteceu:

A sra. Zaturecky, acompanhada do marido, fora à confecção para onde telefonara na véspera e pedira ao diretor autorização para visitar o ateliê com o marido e ver o rosto das costureiras ali presentes. É claro que um pedido dessa natureza surpreendeu o camarada diretor, mas diante da atitude da sra. Zaturecky era impossível dizer não. Ela proferiu algumas palavras inquietantes sobre difamação, vida irregular e processo. O sr. Zaturecky permanecia ao lado dela, calado e com as sobrancelhas franzidas.

Conseguiram assim entrar no ateliê. As costureiras levantaram a cabeça com indiferença, e Klara reconheceu o homenzinho; ficou pálida, mas continuou cosendo com uma discrição por demais evidente.

"Por favor", disse o diretor com irônica polidez ao casal petrificado. A sra. Zaturecky compreendeu que devia tomar a iniciativa: "Vamos lá, olhe!", disse, encorajando o marido. O sr. Zaturecky levantou seu olhar sombrio e com ele percorreu a sala de uma extremidade a outra. "Ela está aqui?", perguntou a sra. Zaturecky em voz baixa.

Nem mesmo com seus óculos, o sr. Zaturecky tinha o olhar aguçado o bastante para enxergar de uma só vez aquele vasto ambiente em desordem, repleto de coisas e de roupas penduradas em compridas barras horizontais, com operárias turbulentas que não conseguiam permanecer paradas de frente para a porta: elas se viravam, mexiam-se na cadeira, levantavam-se ou viravam o rosto. O sr. Zaturecky finalmente se decidiu a avançar pelo ateliê para examiná-las uma a uma.

Quando as mulheres se viram assim observadas, e ainda mais por um personagem tão pouco desejável, experimentaram um sentimento confuso de vergonha e exprimiram sua indignação por meio de piadas e murmúrios. Uma delas, mulher jovem e corpulenta, gritou com insolência: "Ele está procurando por toda parte a sem-vergonha que o engravidou!".

O riso brutal e sonoro das mulheres caiu sobre marido e mulher, e estes o enfrentaram, tímidos e obstinados, com uma estranha dignidade.

"Mamãe", gritou a insolente para a sra. Zaturecky, "a senhora não cuida bem do seu garoto! Se eu tivesse um rapazinho tão bonito, ele não poria o nariz fora de casa!"

"Vá olhando", sussurrava a mulher ao marido, e o pobre homenzinho, com ar tristonho e tímido, dava a volta no ateliê devagar, como se avançasse em meio a uma fila dupla de golpes e insultos, mas andava com firmeza, sem deixar de examinar um rosto sequer.

O diretor, durante toda essa cena, sorria um sorriso neutro; conhecia suas operárias e sabia que o casal não conseguiria nada; fingindo não ouvir o barulho que elas faziam, perguntou ao sr. Zaturecky: "Mas como era essa mulher, afinal?".

O sr. Zaturecky se virou para o diretor e respondeu com voz lenta e grave: "Era bonita... era muito bonita...".

Enquanto isso, Klara se encolhia num canto da sala, e contrastava com todas aquelas mulheres desenfreadas, por seu ar inquieto, sua cabeça baixa, sua atividade febril. Ah, como representava mal seu papel de moça insignificante e apagada! E o sr. Zaturecky estava agora a dois passos de sua máquina; iria vê-la de um momento para outro!

"O senhor se lembra que ela era bonita, mas isso não significa nada", disse polidamente o camarada diretor ao sr. Zaturecky. "Existem muitas mulheres bonitas! Ela era alta ou baixa?"

"Alta", disse o sr. Zaturecky.

"Loura ou morena?"

"Loura", respondeu o sr. Zaturecky após um segundo de hesitação.

Esta parte de meu relato poderia servir de parábola sobre o poder da beleza. A primeira vez que o sr. Zaturecky viu Klara, em minha casa, ficou deslumbrado a tal ponto que na realidade não a viu. A beleza punha diante de seus olhos uma espécie de lente opaca. Lente de luz que a dissimulava como um véu.

Pois Klara não é nem alta nem loura. Somente a grandeza interna da beleza poderia lhe dar, aos olhos do sr. Zaturecky, a aparência da grandeza física. E a luz que emana da beleza dava aos seus cabelos a aparência do ouro.

Quando por fim o homenzinho chegou ao ângulo da sala onde Klara, com um macacão marrom, se debruçava, agitada, sobre as partes de uma saia, não a reconheceu. Não a reconheceu porque jamais a vira.

9

Quando Klara, de maneira muito desajeitada e não muito inteligível, terminou sua história, eu lhe disse: “Está vendo? Nós estamos com sorte”.

Mas ela replicou, entre soluços: “Como, estamos com sorte? Hoje eles não me encontraram, mas em algum momento vão acabar me encontrando”.

“Gostaria de saber como.”

“Virão me procurar aqui, na sua casa.”

“Não vou abrir para ninguém.”

“E se eles mandarem a polícia? Se insistirem e o fizerem confessar quem eu sou? Ela falou em apresentar queixa, me acusa de ter caluniado o marido.”

“Pelo amor de Deus! Eu vou ridicularizá-los. Aquilo foi só uma brincadeira.”

“Não é época para brincadeiras, estão levando tudo a sério hoje em dia; vão dizer que eu quis, deliberadamente, sujar a reputação dele. Quando o virem, você acha que vão acreditar que ele tentou seduzir uma mulher?”

“Você tem razão, Klara”, disse eu, “provavelmente vão prendê-la.”

“Você está dizendo besteiras”, respondeu Klara. “Sabe que preciso tomar cuidado. Não esqueça quem é meu pai. Se eu for convocada perante uma comissão penal, mesmo que seja para prestar esclarecimentos, ficará no meu dossiê, e eu não vou sair do ateliê nunca mais. A propósito, bem que eu gostaria de saber como é que ficou o tal emprego de manequim que você me prometeu. Além disso, não quero mais passar a noite em sua casa. Tenho medo de que venham me procurar aqui, vou voltar para Celakovice.”

Foi a primeira discussão do dia.

Houve outra, na tarde do mesmo dia, depois da reunião do pessoal do departamento.

O diretor do departamento, um historiador de arte grisalho e tolerante, me fez entrar em seu escritório.

"O estudo que o senhor acaba de publicar não favorece a sua situação, espero que o senhor esteja consciente disso", disse ele.

"Sim, estou", respondi.

"Aqui, na faculdade, mais de um professor se sentiu atingido, e o reitor acha que se trata de um ataque contra as concepções dele."

"O que se pode fazer?", disse eu.

"Nada", respondeu o professor. "Mas os assistentes são nomeados por três anos. No que diz respeito ao senhor, esse período vai expirar em breve, e o posto será preenchido por concurso de títulos. Evidentemente, é praxe a comissão conceder o posto a um candidato que já tenha lecionado na faculdade, mas o senhor tem certeza de que no seu caso isso seria levado em conta? Enfim, não é sobre isso que eu queria falar. Até o momento havia sempre um argumento a seu favor: o senhor dava seus cursos honestamente, era querido pelos alunos, e eles aprendiam alguma coisa. Mas nem a isso o senhor pode mais se agarrar. O reitor acaba de anunciar que o senhor não dá aulas há três meses e sem nenhuma justificação. Seria uma razão suficiente para demiti-lo de imediato."

Expliquei ao professor que não faltara a nenhum curso, que tudo aquilo era apenas uma brincadeira, e contei toda a história do sr. Zaturecky e de Klara.

"Muito bem, acredito", disse o professor, "mas o fato de eu acreditar não altera em nada o problema. Agora comenta-se na faculdade que o senhor não está dando seus cursos. A questão já foi levada ao comitê administrativo e, ontem, ao conselho da faculdade."

"Mas por que não falaram antes comigo?"

"O que queria que lhe falassem? Parece que está tudo

claro. Agora estão examinando retroativamente toda a sua conduta passada, e procurando uma relação entre seu passado e sua atitude presente."

"O que podem achar de errado no meu passado? O senhor mesmo sabe o quanto gosto do meu trabalho. Nunca faltei a uma aula. Tenho a consciência tranquila."

"Qualquer vida humana dá margem a inúmeras interpretações", disse o professor. "Segundo a maneira como é apresentado, o passado de qualquer um de nós tanto pode se tornar a biografia de um chefe de Estado adorado como a biografia de um criminoso. Olhe, reflita cuidadosamente sobre o seu caso. O senhor quase não era visto nas reuniões e, mesmo quando comparecia, ficava calado a maior parte do tempo. Ninguém podia saber exatamente o que o senhor pensava. Eu mesmo me lembro que muitas vezes o senhor brincava, quando se discutiam coisas sérias, e que essas brincadeiras despertavam certas dúvidas. Na hora, essas dúvidas eram esquecidas, mas hoje, quando vamos procurá-las no passado, elas adquirem de repente um sentido preciso. Ou então lembre-se daquelas mulheres a quem sempre o senhor mandava dizer que não estava! Ou tomemos seu último trabalho, que qualquer um pode afirmar ter sido escrito com base em posições suspeitas. Claro, são apenas fatos isolados; mas basta examiná-los à luz de seu delito atual para que formem um conjunto coerente, que ilustra com eloquência sua mentalidade e sua atitude."

"Mas que delito?", protestei. "Explicarei publicamente como as coisas aconteceram; se os seres humanos são seres humanos, vão apenas rir."

"Como quiser. Mas o senhor perceberá que os seres humanos não são seres humanos ou que o senhor não sabe o que são os seres humanos. Eles não vão rir. Se o senhor lhes explicar como as coisas aconteceram, vão constatar que o senhor não cumpriu sua obrigação como recomendava o programa, isto é, que não fez o que devia fazer e que ainda por cima deu seu curso clandestinamente, ou seja, fez o que não devia ter feito. Em seguida vão constatar que o senhor insultou um homem que pedia sua ajuda. Vão constatar que o senhor leva uma vida dissoluta, que em sua casa mora, escondida, uma moça, o que causará uma impressão profundamente desagradável no presidente do comitê administrativo. A coisa ainda será aumentada só Deus sabe por que boatos, para grande alegria de todos aqueles que o detestam por suas ideias mas que preferem atacá-lo sob outros pretextos."

Sabia que o professor não procurava me amedrontar nem me induzir em erro, mas o considerava um tipo singular e não queria ceder ao seu ceticismo. Eu mesmo havia montado o cavalo daquela aventura, e não podia admitir que as rédeas me escapassem das mãos e que ele me levasse para onde bem entendesse. Eu estava pronto para travar a batalha.

E o cavalo não fugia à luta. Chegando em casa, encontrei na caixa do correio uma convocação para a próxima reunião do comitê de rua.

10

O comitê de rua se reunia em torno de uma mesa comprida numa antiga loja desativada. Um homem grisalho, de óculos e queixo pequeno, indicou-me uma cadeira. Agradeci, sentei-me, e ele tomou a palavra. Anunciou-me que já fazia algum tempo que o comitê de rua estava de olho em mim, que sabia muito bem que eu levava uma vida dissoluta, o que produzia má impressão na vizinhança; que os locatários do imóvel onde eu morava já tinham se queixado várias vezes de não conseguir pregar olho noites inteiras por causa do barulho no meu apartamento; que isso era suficiente para que tivessem uma ideia precisa de mim; e, para completar, a camarada Zaturecky, que era casada com um cientista, acabara de solicitar ajuda ao comitê de rua: há mais de seis meses eu deveria ter redigido um parecer sobre o trabalho científico de seu marido e não o fizera, apesar de saber perfeitamente que a sorte do referido trabalho estava em minhas mãos.

"É difícil qualificar esse trabalho de científico, é uma compilação de ideias alheias", observei, interrompendo o homem de queixo pequeno.

"É curioso, camarada", interveio uma loura de uns trinta anos, vestida como mulher da sociedade, com um sorriso radiante estampado no rosto (ao que parecia, de uma vez por todas). "Permita que lhe faça uma pergunta: qual é a sua especialidade?"

"História da arte."

"E qual é a especialidade do camarada Zaturecky?"

"Não sei. Talvez ele esteja procurando trabalhar na mesma área."

"Estão vendo?", gritou a loura, dirigindo-se com entusiasmo aos outros membros do comitê. "Para o camarada, um trabalhador científico da sua especialidade não é um camarada, mas um concorrente."

"Vou continuar", disse o homem de queixo pequeno. "A camarada Zaturecky nos disse que seu marido foi procurar o senhor em casa e encontrou uma mulher. Parece que essa mulher depois o caluniou junto ao senhor, insinuando que o sr. Zaturecky tentara abusar dela. A camarada Zaturecky pode, sem dúvida, apresentar provas irrefutáveis de que seu marido é incapaz de tal comportamento. Ela quer saber o nome dessa mulher que caluniou seu marido e apresentar queixa diante da comissão penal do Comitê Nacional, pois essa calúnia pode prejudicar o marido e privá-lo de seu meio de vida."

Tentei mais uma vez extirpar do caso sua parte hipertrofiada: "Escute, camarada", disse eu, "nada disso vale a pena. Esse trabalho é tão fraco que, assim como eu, ninguém aceitaria recomendá-lo. E se houve um mal-entendido entre essa mulher e o sr. Zaturecky, isso não é motivo suficiente para convocar uma reunião".

"Felizmente, camarada, não compete a você decidir da oportunidade de nossas reuniões", respondeu-me o homem de queixo pequeno. "E se agora alega que o trabalho do camarada Zaturecky não vale nada, devemos considerar isso como uma vingança. A camarada Zaturecky nos deu para ler uma carta que você escreveu ao seu marido depois de tomar conhecimento do trabalho dele."

"É. Mas nessa carta não digo nem uma palavra sobre a qualidade desse estudo."

"É verdade. Mas você escreveu ao camarada Zaturecky dizendo que o ajudaria de boa vontade; e transparece claramente na leitura dessa carta que você tinha em boa conta o trabalho dele. E agora diz que se trata de uma compilação. Por que não lhe escreveu logo isso? Por que não lhe disse isso francamente?"

"O camarada é um homem de duas caras", disse a loura.

Nesse momento uma mulher de certa idade com permanente no cabelo interveio na discussão, indo logo ao cerne do problema: "Gostaríamos que você nos dissesse, camarada, quem é essa mulher que o sr. Zaturecky encontrou em sua casa".

Compreendi que não estava absolutamente em meu poder livrar o caso de sua gravidade absurda e que só me restava uma saída: confundir as pistas, afastar todas aquelas pessoas de Klara, desviá-las dela, como a perdiz que desvia o cão de caça de seu ninho, oferecendo o próprio corpo em troca do corpo de seus filhotes.

"É deplorável", disse eu, "mas não me lembro do nome dessa mulher."

"Como? Você não se lembra do nome da mulher com quem vive?", perguntou a mulher da permanente.

"O senhor parece ter uma conduta exemplar com as mulheres, camarada", disse a loura.

"Poderia talvez me lembrar, mas teria que refletir. Vocês sabem o dia em que o sr. Zaturecky foi me procurar?"

"Foi... um segundo, por favor", disse o homem de queixo pequeno, olhando em seus papéis. "Foi no dia 14, portanto quarta-feira à tarde."

"Quarta-feira 14... Espere..." Segurei a cabeça entre as mãos e pensei. "Bem, agora me lembro. Foi Helena." Percebi que todos me escutavam com grande interesse.

"Helena... Bom, e o que mais?"

"O que mais? Infelizmente não sei mais nada. Não quis lhe fazer perguntas. Para dizer a verdade, não estou bem certo de que ela se chamava Helena. Eu a chamava de Helena porque o marido dela me pareceu ruivo como Menelau. Eu a conheci terça-feira à noite num dancing e consegui trocar algumas palavras com ela enquanto seu Menelau tomava um conhaque no bar. Ela foi me ver no dia seguinte e passou a tarde em minha casa. À noite, tive que deixá-la por duas horas por causa de uma reunião na faculdade. Quando voltei, ela estava assustada, disse que um senhor tinha aparecido e lhe feito propostas. Pensou que eu estivesse conivente com ele, sentiu-se ofendida e não quis mais saber de mim. Portanto, como podem ver, não tive nem tempo de perguntar o seu nome verdadeiro."

"Camarada, seja verdade ou não o que o senhor acabou de contar", disse a loura, "parece-me totalmente inconcebível que um homem como o senhor possa educar a juventude. Como é possível que a vida em nosso país o estimule apenas a seduzir mulheres e beber? Fique certo de que levaremos nossa opinião sobre isso a quem de direito."

"O porteiro não nos falou de uma moça chamada Helena", acrescentou por sua vez a mulher da permanente, "mas contou que você abriga há um mês, sem a registrar, uma moça que trabalha numa confecção. Não esqueça que você mora em sublocação, camarada! Está pensando que pode acolher qualquer pessoa? Está confundindo sua casa com um bordel? Se você não quer nos dar o nome dela, a polícia poderá consegui-lo."

11

O chão afundava sob meus pés. Eu mesmo começava a sentir a atmosfera hostil de que falara o professor. Ninguém havia ainda me convocado, mas eu ouvia alusões aqui e ali, e a sra. Maria, em cuja sala os professores iam tomar café e não mediam muito as palavras, me revelava algumas coisas, penalizada. A comissão devia se reunir alguns dias depois, e recebia de toda parte opiniões e apreciações; eu imaginava os membros da comissão lendo o relatório do comitê de rua, documento do qual sabia apenas uma coisa: era secreto e eu não podia fazer nenhuma observação a seu respeito.

Há momentos na vida em que é preciso bater em retirada. Em que é preciso abandonar as posições menos importantes para preservar as posições vitais. Ora, a última posição me parecia ser meu amor. Sim, naqueles dias movimentados, comecei de repente a compreender que amava minha costureira, que a amava de verdade.

Naquele dia marcara encontro com ela em frente a uma igreja. Não em casa, isso não. Pois a casa seria a casa? Uma peça com paredes de vidro pode ser ainda uma casa? Uma peça que os observadores vigiam de binóculo? Uma peça onde você deve ocultar, como uma mercadoria de contrabando, a mulher que ama?

Na nossa casa, portanto, não estávamos na nossa casa.

Sentíamo-nos como intrusos que penetraram em território estranho e correm o risco de ser atacados a todo instante, perdíamos nosso sangue-frio logo que ressoavam passos no corredor, esperávamos que a qualquer momento alguém batesse na porta com insistência. Klara voltara a Celakovice, e já não tínhamos vontade de nos encontrarmos, nem mesmo por alguns instantes, nessa nossa casa que se tornara estranha. Foi por isso que pedi a um amigo pintor que me emprestasse seu ateliê por uma noite. E aquela era a primeira vez que ele me confiava a chave.

Então nos encontramos sob o teto de um imenso quarto com um único divã pequeno e uma janela enorme em plano inclinado, de onde se descortinava Praga à luz da noite; no meio de uma quantidade de quadros apoiados ao longo das paredes, naquela sujeira e naquela desordem despreocupada de artista, reencontrei de repente minhas antigas impressões de doce liberdade. Instalei-me no divã, enfiei o saca-rolhas na rolha e abri a garrafa de vinho. Conversava e me alegrava com a bela noite que iríamos passar.

Infelizmente, a angústia que acabara de me deixar caía com todo o seu peso sobre Klara.

Já disse que Klara fora se instalar na minha casa sem o menor escrúpulo, e até mesmo com grande naturalidade. Mas agora que estávamos por alguns momentos num ateliê estranho, ela se sentia pouco à vontade. Mais que pouco à vontade. "Isto me humilha", disse ela.

"O que a humilha?", perguntei.

"Você ter pedido um apartamento emprestado."

"Por que a humilha eu ter pedido um apartamento emprestado?"

"Porque existe nisso alguma coisa de humilhante."

"Não tínhamos opção."

"Eu sei", disse ela, "mas num apartamento emprestado me sinto uma puta."

"Deus meu! Por que o fato de estarmos num apartamento emprestado a faz se sentir uma puta? Em geral as putas exercem sua profissão em domicílio, e não num apartamento emprestado."

Era bobagem enfrentar racionalmente a sólida barreira do irracional de que é constituída, como se diz, a alma feminina. Desde o começo nossa discussão estava fadada a malograr.

Contei a Klara o que me dissera o professor e o que tinha se passado no comitê de rua, e tentei convencê-la de que finalmente estávamos chegando ao término de todos os obstáculos.

Klara ficou calada por um instante e depois afirmou que eu era o culpado de tudo. "Será que pelo menos você podia me tirar daquele ateliê?"

Respondi que no momento era preciso ter um pouco de paciência.

"Está vendo?", disse Klara. "Eram só promessas, e no final você não vai fazer nada. E agora não vou conseguir sair disto, mesmo que outra pessoa se ofereça para me ajudar, porque, por sua culpa, terei um dossiê sujo."

Dei a Klara minha palavra de honra de que ela não iria pagar pelos meus problemas com o sr. Zaturecky.

"Ainda assim não consigo compreender", disse Klara, "por que você se recusa a escrever esse parecer crítico. Se você o escrevesse, ficaríamos sossegados imediatamente."

"De qualquer modo, é tarde demais para isso, Klara", respondi. "Se eu escrever agora o parecer crítico, eles vão achar que condeno o trabalho por vingança e ficarão ainda mais furiosos."

"E por que você tem que condenar esse trabalho? Dê uma opinião favorável!"

"Não posso fazer isso, Klara. Esse artigo é impossível."

"E daí? Você gosta de bancar o defensor da verdade! Não

era mentira quando você escreveu ao homenzinho dizendo suas opiniões em *O Pensamento Plástico* não tinham nenhum peso? Você não mentiu quando falou na tal Helena? Então, já que mentiu tanto, que mal existe em mentir mais uma vez e dar uma opinião favorável sobre o artigo? É a única maneira de consertar tudo."

"Veja, Klara", disse eu, "você pensa que uma mentira vale tanto quanto outra, mas está errada. Posso inventar qualquer coisa, zombar dos outros, criar toda espécie de mistificações, fazer todo tipo de piadas, e não tenho a impressão de ser um mentiroso; essas mentiras, se quiser chamá-las mentiras, sou eu, tal como sou; com essas mentiras, não simulo nada, na realidade, com essas mentiras estou dizendo a verdade. Mas existem coisas sobre as quais não posso mentir. Existem coisas que conheço a fundo, cujo sentido compreendi, e que amo. Não brinco com essas coisas. Mentir sobre isso seria me diminuir, não posso fazê-lo, não exija isso de mim, não o farei."

Não nos entendemos.

Mas gostava realmente de Klara e estava resolvido a fazer tudo para que ela não tivesse queixas de mim. Logo no dia seguinte escrevi uma carta à sra. Zaturecky dizendo que a esperaria no dia seguinte, às duas horas, no meu escritório.

12

Fiel ao seu espírito metódico, a sra. Zaturecky bateu à porta do meu escritório exatamente na hora marcada. Abri a porta e a convidei a entrar.

Então, por fim a via. Era uma mulher grande, muito grande, e dois olhos de um tom pálido de azul se destacavam no seu rosto magro e comprido de camponesa.

"Fique à vontade", disse-lhe, e ela tirou com gestos desajeitados um casaco marrom-escuro longo e apertado na cintura, de corte estranho, que me lembrou um velho capote militar.

Não queria atacar primeiro; queria que o adversário começasse a mostrar seu jogo. Quando a sra. Zaturecky sentou, estimulei-a com poucas palavras a iniciar a discussão.

Ela disse com voz grave, sem nenhuma agressividade: "O senhor sabe por que eu o procurava. Meu marido sempre teve muita estima pelo senhor, tanto pelo homem como pelo erudito. Tudo dependia do seu parecer crítico. E o senhor se recusou a redigi-lo. Meu marido dedicou três anos inteiros a esse trabalho. Teve uma vida mais dura do que a sua. Foi professor primário, percorria sessenta quilômetros por dia para ir ensinar no campo. Fui eu que o forcei a se demitir no ano passado, para que pudesse se dedicar exclusivamente à ciência".

"O sr. Zaturecky não trabalha?", perguntei.

"Não..."

"E de que estão vivendo?"

"Por enquanto estou tentando me virar sozinha. A paixão do meu marido é a ciência. Se o senhor soubesse o quanto ele estudou. Se o senhor soubesse quantas folhas de papel encheu. Ele sempre diz que um verdadeiro sábio tem que escrever trezentas páginas para guardar apenas trinta. Depois apareceu aquela mulher. Acredite, eu o conheço, ele nunca faria uma coisa como aquela de que ela o acusou, gostaria que ela repetisse aquilo na nossa presença! Conheço as mulheres, pode ser que ela ame o senhor e que o senhor não goste dela. Ela talvez quisesse despertar seus ciúmes. Mas o senhor pode acreditar em mim, nunca meu marido teria ousado fazer tal coisa!"

Enquanto escutava a sra. Zaturecky, de repente me aconteceu algo estranho: esqueci que por causa daquela mulher eu seria forçado a deixar a faculdade, por causa daquela mulher uma sombra deslizara entre mim e Klara, por causa daquela mulher eu havia passado tantos dias cheios de tormento e raiva. Toda ligação entre ela e a história em que juntos representamos não sei que triste papel me parecia confusa, vaga, fortuita. Eu compreendia de repente que era apenas uma ilusão ter imaginado que nós mesmos selávamos a égua de nossas aventuras e que dirigíamos nós mesmos a corrida; que essas aventuras talvez não fossem absolutamente *nossas*, mas talvez impostas do *exterior*, de algum modo; que não nos caracterizavam de maneira nenhuma; que não somos nada responsáveis pelo seu estranho percurso; que elas nos arrastam, sendo elas próprias dirigidas não se sabe de onde por não se sabe que forças estranhas.

Aliás, quando olhava a sra. Zaturecky nos olhos, parecia-me que seus olhos não podiam ver até o fim dos atos, que seus olhos não olhavam para nada; que apenas flutuavam na superfície do rosto.

"Talvez a senhora tenha razão, sra. Zaturecky", disse eu em tom conciliador. "Talvez minha amiga tenha mentido. Mas a senhora sabe o que é um homem ciumento; acreditei nela, e meus nervos não aguentaram. São coisas que podem acontecer com qualquer um."

"É claro", disse a sra. Zaturecky, visivelmente aliviada de um grande peso. "Uma vez que o senhor mesmo reconhece, está tudo bem. Tínhamos medo de que o senhor acreditasse naquela mulher. Ela poderia estragar a vida do meu marido. Nem é à sombra que isso poderia projetar sobre ele, do ponto de vista moral, que me refiro. Isso, ainda poderíamos suportar. Mas meu marido espera tudo do seu parecer crítico. Garantiram-lhe, na redação daquela revista, que isso dependia apenas do senhor. Meu marido está convencido de que, se o seu artigo for publicado, ele será enfim admitido na Pesquisa Científica. O senhor vai escrever o parecer, agora que tudo foi esclarecido? E o senhor poderia fazê-lo bem depressa?"

O momento de me vingar e aplacar minha cólera enfim tinha chegado, mas naquele instante eu já não sentia cólera nenhuma, e o que disse à sra. Zaturecky, disse-o porque não podia me esquivar: "Sra. Zaturecky, no que diz respeito àquele parecer, há uma dificuldade. Vou explicar francamente como tudo aconteceu. Detesto dizer cara a cara coisas desagradáveis. É o meu ponto fraco. Fiz tudo para não encontrar o sr. Zaturecky e pensei que ele acabaria compreendendo por que eu o estava evitando. A verdade é que o estudo dele é fraco. Não tem nenhum valor científico. A senhora acredita em mim?".

"É uma coisa em que custo a acreditar. Não, não acredito no senhor", disse a sra. Zaturecky.

"Para começar, o trabalho não é nada original. Está compreendendo? Um erudito deve sempre acrescentar alguma coisa nova; um erudito não tem o direito de copiar coisas já conhecidas, que outros já escreveram."

"Tenho certeza de que meu marido não copiou aquele artigo."

"Sra. Zaturecky, a senhora na certa leu o artigo..." Quis continuar, mas a sra. Zaturecky me interrompeu:

"Não, não li."

Fiquei surpreso. "Nesse caso, leia."

"Tenho a vista fraca", disse a sra. Zaturecky. "Há cinco anos não leio uma linha, mas não preciso ler para saber se meu marido é ou não honesto. São coisas que se sentem, não há necessidade de ler para isso. Conheço meu marido, como uma mãe conhece seu filho, sei tudo sobre ele. E sei que tudo o que ele faz é sempre honesto."

Sem recuar diante do pior, li à sra. Zaturecky algumas passagens do artigo do seu marido e as passagens correspondentes de diferentes autores cujas ideias o sr. Zaturecky tomara emprestadas. É claro que não se tratava de plágio deliberado, mas de uma submissão cega às autoridades que inspiravam ao sr. Zaturecky um respeito sincero e desmedido. Ficava, no entanto, evidente que nenhuma revista científica séria poderia publicar aquele texto.

Não sei até que ponto a sra. Zaturecky prestava atenção nas minhas explicações, até que ponto as acompanhava e compreendia. Estava docilmente sentada na sua poltrona, submissa e obediente como um soldado que sabe que não deve abandonar seu posto. Falei uma boa meia hora. Em seguida, ela se levantou de sua poltrona, fixou em mim seus olhos translúcidos e me pediu com voz apagada que a desculpasse. Mas eu sabia que ela não perdera a fé em seu marido. Se tivesse queixa de alguém, seria de si mesma, por não ter enfrentado meus argumentos, que lhe pareciam obscuros e incompreensíveis. Enfiou seu capote militar, e compreendi que aquela mulher era um soldado, um soldado de corpo e alma, um soldado triste e fiel, um soldado cansado de longas campanhas, um soldado que não era capaz de compreender o sentido das ordens mas que as executaria sempre sem resistir, um soldado que partia vencido, mas sem mácula.

13

"E agora você não precisa ter medo de nada", disse eu a Klara, na Taverna Dálmata, depois de lhe contar minha conversa com a sra. Zaturecky.

"Não vejo do que poderia ter medo", respondeu Klara com uma segurança que me surpreendeu.

"Como? Se não fosse por você, eu nunca teria ido me encontrar com a sra. Zaturecky!"

"Foi bom você ter se encontrado com ela, pois é lamentável o que você fez com essa gente. O dr. Kalusek disse que dificilmente um homem sensato pode compreendê-lo."

"Quando você viu Kalusek?"

"Eu o vi", disse Klara.

"E você contou tudo a ele?"

"E daí? Por acaso é um segredo? Agora sei muito bem o que você é."

"Ah, é?"

"Quer que eu lhe diga?"

"Por favor."

"Você é um cínico estereotipado."

"Foi Kalusek que disse isso?"

"Por que Kalusek? Você acha que não posso descobrir isso sozinha? Acha que sou incapaz de perceber seu jogo? Você gosta mesmo é de fazer as pessoas de bobas. Prometeu um parecer crítico ao sr. Zaturecky..."

"Eu nunca prometi um parecer crítico a ele..."

"E a mim você prometeu um emprego. Você me usou contra o sr. Zaturecky e o sr. Zaturecky contra mim. Mas se quer saber, eu vou ter o tal emprego, apesar de tudo."

"Graças a Kalusek?" Esforçava-me para ser sarcástico.

"Certamente não vai ser graças a você! Você está queimado em todos os lugares, nem sabe quanto."

"E você, sabe?"

"Sei. Seu contrato não vai ser renovado, e você pode se considerar feliz se conseguir um lugar numa galeria do interior. Mas precisa compreender que tudo isso aconteceu por sua culpa. Se quer um conselho, no futuro seria melhor você ser sincero e não mentir, porque uma mulher não pode ter estima por um homem que mente."

Ela se levantou, estendeu-me a mão (claramente pela última vez), deu-me as costas e foi embora.

Precisei ainda de um momento para compreender que minha história (apesar do silêncio glacial que me cercava) não é do gênero trágico, mas, antes, cômico.

O que me proporcionou uma espécie de consolo.

O POMO DE OURO DO ETERNO DESEJO

MARTIM

Martim é capaz de coisas de que sou incapaz. Aborda qualquer mulher em qualquer rua. Devo confessar que, desde que conheço Martim (e isso faz bastante tempo), tenho me aproveitado muito desse talento do meu amigo, pois gosto de mulheres tanto quanto ele mas não tenho sua audácia impetuosa. Por outro lado, poderia censurá-lo por fazer da abordagem um exercício de virtuosismo considerado como um fim em si. De modo que muitas vezes ele se compara, não sem certa amargura, ao generoso atacante que dá bons passes para um companheiro de equipe, o qual marca facilmente gols e colhe glórias sem grande esforço.

Segunda-feira à tarde, ao sair do trabalho, eu esperava por ele num café da praça São Venceslau, absorvido na leitura de um grosso livro alemão sobre a antiga cultura etrusca. Foram necessários muitos meses para que a biblioteca da universidade conseguisse para mim o empréstimo dessa obra na Alemanha; como eu acabara de recebê-la naquele dia, trazia-a comigo como uma relíquia e no fundo estava muito contente com o atraso de Martim, pois assim poderia folhear numa mesa de café o tão desejado livro.

Não posso evocar essas velhas culturas antigas sem uma espécie de nostalgia. Nostalgia e também inveja ao pensar, sem dúvida, na suave lentidão da história naquele tempo. A antiga cultura egípcia ocupa muitos milênios, a antiguidade grega durou perto de mil anos. Nesse aspecto, a vida humana imita a história: a princípio mergulhada numa lentidão imóvel, depois acelerando aos poucos e cada vez mais. Fazia dois meses, Martim entrara nos quarenta.

COMEÇA A AVENTURA

Foi ele que interrompeu minha meditação. Apareceu de repente na porta de vidro do bar e veio ao meu encontro, com trejeitos e gestos expressivos na direção de uma moça sentada a uma mesa diante de uma xícara de café. Sentou-se a meu lado sem desviar os olhos dela e me perguntou: "O que acha?".

Fiquei encabulado. Era verdade; estava de tal maneira mergulhado na leitura do meu livro que ainda não havia reparado na moça; tinha que admitir que era bonita. No mesmo instante, ela endireitou o corpo, chamou o maître de gravata-borboleta preta: queria a conta.

"A nossa também!", pediu Martim.

Já pensávamos que teríamos que nos apressar para segui-la na rua, mas tivemos sorte, pois ela ainda parou no vestiário. Tinha deixado ali uma sacola que uma funcionária fora apanhar não sei onde antes de depositá-la na sua frente em cima do balcão. Em seguida a moça deu uns trocados à funcionária, e nesse momento Martim arrancou de minhas mãos meu grosso livro alemão.

"Vamos pôr isto aqui", disse ele com uma autoridade natural, enfiando cuidadosamente o livro na sacola da jovem, que pareceu espantada mas não soube o que dizer.

"Não é fácil ficar com isso na mão", disse ainda Martim, e protestou que eu não sabia me comportar, pois a moça se dispunha a carregar ela própria a sacola.

Ela era enfermeira num hospital do interior. Tinha dado um pulo em Praga e precisava se apressar para pegar seu ônibus de volta. Bastou que a acompanhássemos até o ponto do bonde para saber o essencial a respeito dela e combinar que iríamos a B... no sábado seguinte, a fim de reencontrar aquela criatura encantadora que, como Martim não deixou de frisar com eloquência, tinha certamente uma colega bonita.

O bonde se aproximava devagar. Estendi a sacola para a moça, que fez menção de retirar dela o livro, o que Martim impediu com um gesto magnânimo; que ela o devolvesse no sábado seguinte e que até lá o folheasse... Ela ria um riso constrangido, o bonde a levou embora, e nós lhe acenamos efusivamente.

Eu não podia fazer nada. O livro havia tanto tempo esperado de repente se encontrava perigosamente distante; considerando as coisas com frieza, isso era bastante lamentável; mas não sei que loucura me fazia embarcar em suas asas prontamente abertas. Martim, sem perder um minuto, começou a procurar as desculpas que daria à mulher no sábado à tarde e na noite de sábado para domingo (pois é assim: Martim é casado, tem uma mulher jovem e, o que é pior, a ama; e, o que é ainda pior, tem medo; e, o que é ainda bem pior, tem medo *por* ela).

UM RASTREAMENTO BEM-SUCEDIDO

Arrumei uma bela Fiat emprestada para nossa excursão e no sábado às duas horas fui buscar Martim em frente à sua casa; ele estava à minha espera, e logo partimos. Era julho, fazia um calor terrível.

Queríamos chegar o mais cedo possível a B..., mas quando avistamos, numa cidadezinha, dois jovens com calções de ginástica e cabelos molhados, parei o carro. O lago não era longe, ficava atrás das casas. Eu sentia necessidade de me refrescar; Martim concordou.

Vestimos nossos calções de banho e mergulhamos. Eu chegaria rapidamente à margem oposta, mas Martim se limitou a mergulhar, sacudir-se e sair. Ao pisar de novo na margem, depois de atravessar o lago em sentido inverso, encontrei-o perdido em profunda contemplação. Um grupo de crianças brincava ruidosamente à beira da água, alguns jovens da cidade jogavam bola um pouco mais longe, mas Martim mantinha os olhos fixos no corpo vigoroso de uma jovem que estava a uns quinze metros e de costas para nós. Ela fitava, numa imobilidade quase perfeita, as águas do lago.

"Olhe", disse Martim.

"Estou olhando."

"E o que me diz?"

"O que quer que eu diga?"

"Você não sabe o que deveria dizer?"

"Tenho que esperar que ela se vire."

"Eu não preciso esperar que ela se vire. O que ela mostra deste lado já é mais do que suficiente."

"Está certo! Mas não temos tempo."

"O rastreamento", retrucou Martim, "o rastreamento!", e se voltou para um menino que enfiava um calção de ginástica. "Ei, garoto, por favor, você sabe o nome daquela moça?" Mostrou com o dedo a moça, que continuava na mesma posição, presa de estranha apatia.

"Aquela?"

"É, aquela."

"Ela não é daqui", disse o menino.

Martim se dirigiu então a uma menina de uns doze anos que tomava sol perto de nós.

"Garota, você sabe quem é aquela moça, aquela que está em pé perto da água?"

A garota se levantou, dócil: "Aquela lá longe?".

"É."

"É Maria."

"Maria do quê?"
"Maria Panek, de Puzdrany..."
A moça continuava à beira do lago, de costas para nós. Abaixou-se para pegar sua touca de banho, e quando se levantou para cobrir os cabelos, Martim já estava de novo perto de mim: "É uma tal de Maria Panek, de Puzdrany. Podemos ir embora!".
Estava absolutamente calmo e se aquietara, e era evidente que só pensava em prosseguir viagem.

UM POUCO DE TEORIA

É isso que Martim chama de *rastreamento*. Com sua vasta experiência, chegou à conclusão de que o mais difícil, para qualquer um que tenha grandes exigências numéricas nesse campo, não é tanto *seduzir* uma jovem quanto *conhecer* um número suficiente de jovens que ainda não tenham sido seduzidas.

Acha, assim, que devemos constantemente, em todos os lugares e em todas as circunstâncias, proceder ao rastreamento sistemático de mulheres ou, em outras palavras, anotar num caderno ou em nossa memória o nome das mulheres que nos agradaram e que um dia poderemos *abordar*.

A *abordagem* é um grau superior de atividade e significa entrar em contato com esta ou aquela mulher, conhecê-la e facilitar a aproximação com ela.

Aqueles que, com presunção, gostam de se voltar para o passado, insistem no número de mulheres *conquistadas*; mas aqueles que olham para a frente, para o futuro, devem primeiro se preocupar em dispor de um número suficiente de mulheres *rastreadas* e *abordadas*.

Além da abordagem, só existe um único e último grau de atividade, e quero acentuar, para agradar a Martim, que aqueles que aspiram somente a este último grau são homens miseráveis e inferiores, os quais lembram os jogadores de futebol do interior que vemos se lançar de cabeça baixa na direção do gol do adversário, esquecendo-se de que para marcar um gol (ou muitos gols) não basta o desejo frenético de chutar, mas é preciso primeiro jogar em campo um jogo consciencioso e sistemático.

"Você acha que algum dia vai ter oportunidade de ir vê-la em Puzdrany?", perguntei a Martim quando estávamos novamente na estrada.

"Nunca se sabe", respondeu ele.

"Em todo caso", observei, "o dia está começando bem para nós."

O JOGO E A NECESSIDADE

Chegamos ao hospital de B... com excelente humor. Eram mais ou menos três e meia. Pedimos que chamassem nossa enfermeira pelo telefone da guarita do porteiro. Ela desceu pouco depois, de touca de enfermeira e blusa branca, e notei certo rubor em sua face, o que me pareceu um bom presságio.

Martim tomou rapidamente a palavra, e a moça nos anunciou que deixaria o serviço às sete horas. Pediu-nos que a esperássemos a essa hora em frente ao hospital.

"Você já falou com sua colega?", perguntou Martim. E a moça confirmou:

"Sim. Estaremos as duas aqui."

"Perfeito", disse Martim, "mas não podemos pôr meu amigo diante de um fato consumado."

"Bem", disse a moça, "podemos ir vê-la. Ela está na cirurgia."

Atravessamos devagar o pátio do hospital, e perguntei timidamente: "Você ainda está com meu livro?".

A enfermeira fez que sim com a cabeça: estava com ele e ali mesmo, no hospital. Senti-me aliviado de um peso e insisti para que ela fosse primeiro buscar o livro.

É claro que Martim achou despropositado o fato de eu preferir, e abertamente, um livro à mulher que me seria apresentada, mas foi mais forte do que eu. Devo confessar que tinha sofrido muito durante esses poucos dias em que o livro sobre a cultura etrusca ficara fora do alcance dos meus olhos. Precisei fazer um grande esforço para suportar isso sem reclamar, mas não queria de maneira nenhuma estragar o Jogo, esse valor que aprendi a respeitar desde o tempo de minha juventude e ao qual sei subordinar todos os meus interesses e desejos pessoais.

Enquanto eu reencontrava meu livro com emoção, Martim continuava a conversar com a enfermeira, e tinha ido tão longe que a moça prometera conseguir o chalé de um colega, perto do lago Hoter, emprestado para a noite. Não podíamos estar os três mais satisfeitos e seguimos para o pequeno prédio verde onde ficava o serviço de cirurgia.

Bem nesse momento, uma enfermeira acompanhada de um médico atravessava o pátio no sentido inverso. O médico era alto, magro e ridículo, e tinha orelhas de abano, o que me fascinava. Nossa enfermeira me cutucou com o cotovelo, e comecei a rir. Quando o casal se afastou, Martim se virou para mim: "Você tem sorte, meu velho. Não merece uma garota tão bonita!".

Não ousei responder que só tinha olhado para o sujeito alto e magro, e formulei um elogio. Mas isso não era absolutamente uma prova de hipocrisia de minha parte. Confio mais no gosto de Martim do que no meu próprio gosto, pois sei que o gosto dele se baseia num *interesse* muito maior do que o meu. Amo em qualquer coisa, inclusive nas coisas do amor, a ordem e a objetividade, e admiro muito mais um conhecedor do que um diletante.

Certas pessoas julgarão talvez hipócrita, da parte do divorciado que sou e que conta justamente uma de suas aventuras (com certeza nada excepcional), qualificar-se de diletante. E, no entanto: sou um diletante. Podemos dizer que *represento* aquilo que Martim *vive*. Algumas vezes me parece que minha vida poligâmica é apenas uma imitação dos outros homens; não nego sentir certo prazer nessa imitação. Mas não posso deixar de reconhecer que existe nesse prazer um não sei quê de inteiramente livre, gratuito, revogável, que caracteriza uma visita a uma galeria de arte ou a descoberta de paisagens exóticas e não está nem um pouco sujeito ao imperativo categórico que pressinto por trás da vida erótica de Martim. O que me impressiona em Martim é exatamente esse imperativo categórico. Quando ele pronuncia um julgamento sobre uma mulher, parece-me que a Natureza em pessoa, a própria Necessidade se exprimem por sua boca.

O ÂMBITO DO LAR

Quando saímos do hospital, Martim insistiu para que eu notasse como tudo estava correndo muitíssimo bem para nós. Depois acrescentou: "Hoje à noite temos que andar depressa. Quero estar de volta às nove horas".

Meus braços arriaram: "Às nove horas? Mas isso significa que temos que sair daqui às oito! Nessas condições, era inútil vir! Pensei que tivéssemos a noite toda pela frente!".

"Por que você acha que perdemos tempo?"

"Não faz sentido ter vindo aqui apenas por uma hora. O que pretende fazer das sete às oito?"

"Tudo. Você ouviu, arranjei um chalé. Nessas condições, tudo vai sair às mil maravilhas. Tudo depende de você, vai precisar se mostrar suficientemente decidido."

"E pode me dizer por que precisa voltar às nove horas?"

"Prometi a Georgina. Jogamos nossa partida de cartas todo sábado à noite antes de deitar."

"Meu Deus!", suspirei.

"Ainda ontem Georgina teve aborrecimentos no trabalho, e você quer que eu a prive dessa pequena alegria do sábado? Você sabe, ela é a melhor mulher que já conheci."

E acrescentou: "Aliás, você vai ficar contente de ter ainda a noite inteira pela frente, em Praga".

Compreendi que era inútil discutir. Nada pode aplacar os temores que Martim sente em relação à tranquilidade de sua mulher, e nada pode abalar sua confiança nas infinitas possibilidades eróticas de cada hora e de cada minuto.

"Ande", disse Martim. "Até as sete, ainda temos três horas. Não vamos ficar parados!"

A TRAPAÇA

Fomos para a grande aleia do jardim público, onde passeiam os moradores da cidade. Examinamos muitos pares de moças que passavam por nós ou estavam sentadas nos bancos, mas elas não nos agradaram.

Mesmo assim, Martim abordou duas, com quem conversou e marcou até encontro, mas eu sabia que não era para valer. Trata-se do que chamo *abordagem de treinamento*, exercício a que ele se dedica de vez em quando para não perder a prática.

Contrariados, saímos do jardim público e fomos para as ruas, mergulhadas no vazio e no tédio da cidadezinha do interior.

"Vamos beber alguma coisa", disse a Martim. "Estou com sede."

Encontramos um prédio em cuja fachada estava escrito: "Café". Entramos, mas era apenas um self-service; sala azulejada, fria e pouco acolhedora; fomos até o balcão, onde havia uma senhora desagradável, comprar um refrigerante que em seguida levamos para uma mesa manchada de molho, a qual deveria nos incitar a sair dali o mais depressa possível.

"Não ligue", disse Martim, "a feiura tem uma função positiva em nosso mundo. Ninguém quer perder tempo, assim que chegamos a um lugar, temos pressa de ir embora, é isso que dá à vida o ritmo desejado. Mas não vamos nos deixar envolver. Podemos conversar uma porção de coisas, protegidos pela feiura tranquila deste botequim." Tomou sua soda e me perguntou: "Você já abordou sua estudante de medicina?".

"Claro que sim", disse eu.

"E como ela é? Descreva-a direito para mim."

Descrevi a estudante de medicina, o que não me deu trabalho, embora a estudante de medicina não exista. É. Isso sem dúvida depõe contra mim, mas é assim mesmo: *eu a inventei.*

Podem acreditar na minha palavra: não agi por motivos escusos, para brilhar diante de Martim ou para iludi-lo. Inventei aquela estudante de medicina pela simples razão de que já não podia suportar a insistência de Martim.

Martim é exigente em extremo no que diz respeito à minha atividade. Está convencido de que a cada dia encontro novas mulheres. Ele me vê diferente do que sou, e se eu lhe dissesse francamente que durante uma semana inteira não possuí uma nova mulher, nem mesmo me aproximei de uma, ele me tomaria por hipócrita.

Vi-me, portanto, constrangido a lhe contar, alguns dias antes, que tinha rastreado uma estudante de medicina. Ele pareceu satisfeito e me estimulou a passar à abordagem. Naquele dia se certificou dos meus progressos.

"E ela é do tipo de quem? É do tipo de...?" Fechou os olhos, procurando na penumbra um termo de comparação;

depois se lembrou de uma amiga comum: "... é do tipo de Sílvia?".

"É muito melhor", disse eu.

Martim se espantou: "Está brincando...".

"É do tipo da sua Georgina."

A mulher de Martim é para ele o critério supremo. Martim ficou muito satisfeito com meu relato e se entregou ao devaneio.

UMA ABORDAGEM BEM-SUCEDIDA

Logo depois entrou no bar uma moça de calça de veludo. Dirigiu-se ao balcão e pediu seu refrigerante. Em seguida, parou numa mesa vizinha à nossa e bebeu sem sentar.

Martim se virou para ela: "Senhorita", disse, "não somos daqui e gostaríamos de lhe perguntar uma coisa".

A moça sorriu. Era muito bonita.

"Estamos sufocando com o calor e não sabemos o que fazer..."

"Vão tomar um banho!"

"Justamente. Não sabemos onde se pode tomar um banho nesta cidade."

"Não existe nenhum lugar."

"Como assim?"

"Na verdade, existe uma piscina, mas faz um mês que está vazia."

"E o rio?"

"Está sendo dragado."

"Então onde podemos tomar um banho?"

"Só no lago Hoter, mas fica a pelo menos sete quilômetros daqui."

"Não tem importância, estamos de carro, bastaria que nos guiasse."

"Você seria nosso navegador", disse eu.

"Ou melhor, nosso piloto", disse Martim.

"Nossa estrela", disse eu.

A moça, desconcertada, aceitou por fim nos acompanhar; mas ainda tinha alguma coisa para fazer e precisava ir buscar o maiô; nós a encontraríamos no mesmo lugar, exatamente uma hora depois.

Estávamos satisfeitos. Olhamos enquanto ela se afastava, balançando lindamente os quadris e sacudindo seus cachos pretos.

"Está vendo?", disse Martim. "A vida é curta, é preciso aproveitar cada minuto."

O ELOGIO DA AMIZADE

Voltamos ao jardim público para examinar os pares de moças sentadas nos bancos, mas quando uma era bonita, o que às vezes acontecia, sua vizinha jamais o era.

"É uma estranha lei da natureza", disse eu a Martim. "A mulher feia espera se aproveitar do brilho de sua amiga mais bonita, e esta espera brilhar com maior intensidade em contraste com a feiura; em consequência, nossa amizade é submetida a provas constantes. E fico muito orgulhoso por nunca deixarmos nem o acaso nem o espírito de competição decidir por nós. Entre nós a escolha é sempre uma questão de cortesia. Cada um oferece ao outro a moça mais bonita, e nisso parecemos dois senhores antiquados que não conseguem entrar numa sala por não poderem admitir que um passe na frente do outro."

"É", disse Martim, comovido. "Você é um amigo de verdade. Venha, vamos sentar um pouco. Estou com dor nas pernas."

E fomos nos sentar, o corpo gostosamente inclinado para trás, o sol batendo bem no rosto, e, sem preocupação, deixamos por alguns minutos o mundo seguir seu curso ao nosso redor.

A GAROTA DE BRANCO

De repente Martim se endireitou (movido sem dúvida por uma misteriosa intuição), o olhar fixo numa aleia solitária do parque por onde passava uma moça de vestido branco. Mesmo de longe, quando ainda não se podiam distinguir nitidamente as proporções do corpo e os traços do rosto, percebia-se nela um encanto especial, difícil de explicar; uma espécie de pureza ou ternura.

Quando ela passou diante de nós, vimos que era muito jovem. Não era nem menina nem moça, o que nos lançou num estado de extrema excitação. Martim se levantou de um salto: "Senhorita, sou Forman, o diretor. Sabe, o cineasta".

Estendeu a mão à garota, que a apertou com uma expressão de extremo espanto nos olhos.

Martim virou o rosto para mim e disse: "Quero lhe apresentar meu câmera".

"Sou Ondricek", disse eu, estendendo-lhe a mão.

Ela se inclinou.

"Estamos bastante atrapalhados, senhorita. Procuro exteriores para meu próximo filme. Meu assistente, que conhece bem a região, devia nos esperar aqui, mas não veio. Estamos sem saber por onde começar nossa visita à cidade e arredores. Meu câmera", brincou Martim, "estuda o problema neste grosso livro alemão, mas infelizmente não vai achar nada."

A alusão ao livro do qual eu ficara privado uma semana inteira me irritou. Passei ao ataque contra meu diretor: "É pena que não tenha se interessado mais por este livro. Se se ocupasse seriamente da preparação e não deixasse todo o trabalho de documentação para seus câmeras, seus filmes seriam talvez menos superficiais e conteriam menos erros". Depois apresentei minhas desculpas à garota: "Perdão, senhorita. Não queríamos importuná-la com nossas discussões profissionais; na verdade, estamos preparando um filme histórico sobre a cultura etrusca na Boêmia".

"Sei", disse ela, inclinando-se.

"É um livro apaixonante, veja!"

Entreguei o livro à garota, que o segurou com um temor quase religioso e se pôs a folheá-lo distraidamente para atender ao que lhe pareceu ter sido uma sugestão minha.

"Acho que o castelo de Pchacek não fica longe daqui, era o centro dos etruscos tchecos, mas como se vai até lá?", disse eu ainda.

"Fica a dois passos daqui", disse a garota, e de repente se animou, pois o fato de conhecer o caminho para Pchacek lhe oferecia por fim um terreno mais sólido naquele diálogo um tanto obscuro.

"Como? Conhece esse castelo?", perguntou Martim, simulando um grande alívio.

"Claro", disse ela. "Fica a uma hora daqui."

"A pé?", disse Martim.

"É, a pé", disse ela.

"Mas nós estamos de carro", disse eu.

"Seja nosso navegador", disse Martim, mas eu preferi não continuar o ritual do jogo de palavras, pois tenho um diagnóstico psicológico mais firme do que Martim, e senti que algumas brincadeiras fáceis poderiam nos prejudicar e que uma seriedade total seria nossa melhor aliada.

"Não queremos abusar de seu tempo, senhorita", disse eu, "mas se puder nos dedicar uma hora ou duas e nos mostrar os lugares que queremos ver nesta região, nós lhe ficaríamos muito gratos."

“Bem”, disse a garota, inclinando-se de novo, “eu gostaria, mas...” Só nesse momento percebemos que ela carregava uma cesta de compras onde havia dois pés de alface... “Tenho que levar a salada para a mamãe, mas é bem perto daqui, e volto logo.”

“Claro, tem que levar a salada para sua mãe”, disse eu. “Nós ficamos esperando aqui.”

“Está bem. Não vou demorar mais que dez minutos”, disse ela.

Inclinou-se mais uma vez e se afastou com uma pressa em que se percebia interesse.

“Nossa Senhora!”, disse Martim.

“De primeira ordem, não é?”

“Concordo. Estou disposto a, por ela, sacrificar as duas enfermeiras.”

A ARMADILHA DE UMA FÉ EXCESSIVA

Dez minutos se passaram, depois um quarto de hora, e a garota não voltava.

Martim me tranquilizava: “Não tenha medo, se há uma coisa de que tenho certeza, é de que ela virá. Nosso número foi de todo convincente, e a menina estava deslumbrada”.

Eu também pensava a mesma coisa, de modo que ficamos esperando, cada minuto avivando nosso desejo por aquela adolescente ainda criança. Enquanto isso, havíamos deixado passar a hora marcada para nosso encontro com a moça de calça de veludo. Estávamos tão absorvidos na imagem da menina de branco que nem pensávamos em nos levantar.

E o tempo passava.

“Escute, Martim, acho que ela não virá mais”, disse eu por fim.

"Como é que você explica isso? Ela acreditou em nós como em Deus Pai."

"É. E foi justamente essa a nossa desgraça. Ela acreditou *demais* em nós."

"E daí? Você por acaso queria que ela não acreditasse?"

"Sem dúvida teria sido melhor. Uma fé ardente demais é a pior aliada." Embalado por essa ideia comecei um discurso: "A partir do momento em que tomamos uma coisa ao pé da letra, a fé transporta essa coisa ao absurdo. O verdadeiro defensor de uma política nunca leva a sério os *sofismas* dessa política, mas somente os *objetivos práticos* que se escondem atrás dos sofismas. Pois os clichês políticos e os sofismas não são feitos para que acreditem neles; servem mais como pretexto geral de fácil aceitação; os ingênuos que os levam a sério descobrirão neles, mais cedo ou mais tarde, as contradições, começarão a se revoltar e acabarão sendo ignominiosamente considerados hereges ou renegados. Não, uma fé excessiva nunca traz nada de bom; e não apenas aos métodos religiosos e políticos; até mesmo ao nosso método, de que nos servimos para atrair essa garota".

"Não o compreendo mais", disse Martim.

"No entanto, é bem compreensível: para essa menina nós fomos apenas dois senhores muito sérios, e ela quis se comportar bem, como uma criança bem-educada que no bonde cede seu lugar às pessoas mais velhas."

"Mas, então, por que não se comportou bem até o fim?"

"Justamente porque acreditou demais em nós. Levou a salada para a mãe e lhe contou tudo com entusiasmo: o filme histórico, os etruscos na Boêmia... E a mãe..."

Martim me interrompeu: "É... Compreendo o que se seguiu". Depois se levantou.

O sol começava a descer devagar sobre os telhados da cidade, o vento refrescava ligeiramente, e nós estávamos tristes. Em todo caso fomos até o self-service ver se a moça de calça de veludo ainda estava à nossa espera. Claro que não estava. Eram seis e meia. Voltamos para o carro. Sentimo-nos de repente como dois homens banidos de uma cidade estranha e de suas alegrias, e só nos restava procurar refúgio no nosso carro, que ali parecia gozar do privilégio da extraterritorialidade.

"Vamos!", gritou Martim, já dentro do carro. "Não faça essa cara de enterro! O principal está para acontecer."

Tive vontade de responder que só dispúnhamos de uma hora para o principal, por causa da sua Georgina e do seu jogo de cartas, mas preferi me calar.

"Aliás", acrescentou Martim, "o dia foi bom. Rastreamento da garota de Puzdrany, abordagem da moça de calça de veludo; tudo está preparado para nós nesta cidade, basta voltarmos outra vez."

Não respondi nada. É. O rastreamento e a abordagem tinham sido absolutamente bem-sucedidos. Tudo estava em ordem. Mas tive de repente a impressão de que, neste último ano, Martim não conseguira nada além das seleções e abordagens.

Fiquei olhando para ele. Seus olhos brilhavam como de costume, com sua luz eternamente ávida; naquele momento senti como queria bem a Martim, como admirava a bandeira atrás da qual ele desfilara a vida toda: a bandeira da eterna busca de mulheres.

O tempo passava, e Martim disse: "São sete horas".

Estacionamos o carro a uns dez metros do portão do hospital, para que eu pudesse observar a entrada pelo retrovisor.

Eu continuava a refletir sobre aquela bandeira. Pensei que o alvo da busca, com o decorrer dos anos, passa a ser cada vez menos as mulheres e cada vez mais a busca em si. Com a condição de que se trate de uma busca antecipadamente *inútil*, pode-se a cada dia buscar um número infinito de mulheres e dessa maneira fazer da busca uma *busca absoluta*. É: Martim se situava na posição da busca absoluta.

Estávamos esperando havia cinco minutos. As moças não vinham.

Isso não me inquietava de maneira nenhuma. O fato de elas virem ou não, não tinha a menor importância. Pois se viessem, poderíamos nós, em uma hora, levá-las a um chalé distante, conquistar sua confiança, deitar com elas, para pedir licença às oito horas e ir embora? Não, a partir do momento em que Martim decidira que tudo deveria terminar às oito, tinha reduzido (como tantas vezes antes!) aquela aventura a um jogo ilusório.

Estávamos esperando havia dez minutos. Ninguém aparecia na entrada do hospital.

Martim ficou indignado e quase gritou: "Vou lhes dar mais cinco minutos, não espero mais que isso".

Martim não é mais jovem, pensei ainda. Ama fielmente sua mulher. Na verdade, leva a vida conjugal mais bem-comportada que existe. Essa é a realidade. E acima dessa realidade, no nível de uma ilusão inocente e tocante, a juventude de Martim continua, juventude inquieta, turbulenta e pródiga, reduzida a um simples jogo que não chega a atravessar os limites do seu campo de batalha para alcançar a vida e se tornar realidade. E como Martim é o cavaleiro cego da Necessidade, dá a suas aventuras a inocência do Jogo, *sem ao menos se aperceber disso*, continua a depositar nelas todo o ardor de sua alma.

Bem, pensava eu, Martim é prisioneiro de sua ilusão, mas e eu? E eu? Por que lhe faço companhia neste jogo ridículo? Eu, que sei que tudo isto é um engodo? Não seria ainda mais ridículo do que Martim? Por que fingir esperar por uma aventura amorosa quando sei muito bem que o máximo que pode me acontecer é perder uma hora, estragada antecipadamente, com duas mulheres desconhecidas e indiferentes?

Foi aí que vi pelo retrovisor as duas mulheres atravessarem o portão do hospital. Mesmo àquela distância, podia se notar o efeito do pó de arroz e do batom no rosto delas, estavam vestidas com elegância exagerada, e seu atraso decerto tinha a ver com isso. Olharam em torno e se dirigiram para nosso carro.

"Deixa para lá, Martim", disse eu, fingindo não ver as duas mulheres. "Já se passaram quinze minutos. Vamos embora." E pisei no acelerador.

O ARREPENDIMENTO

Estávamos saindo da cidade de B..., deixando as últimas casas, penetrando numa paisagem de campos e árvores, o sol desaparecendo atrás dos cumes.

Estávamos calados.

Eu pensava em Judas Iscariotes, que, segundo um escritor religioso, traíra Jesus justamente por *acreditar* infinitamente nele; não teve paciência para esperar o milagre pelo qual Jesus deveria manifestar a todos os judeus seu poder divino; por isso o entregou aos esbirros, para forçá-lo logo à ação. Ele o traiu porque queria apressar a hora de sua vitória.

Ah, pensei, se traí Martim, foi, ao contrário, porque deixei de acreditar nele (e no poder divino de sua corrida às mulheres); sou um híbrido infame de Judas Iscariotes e de Tomé, aquele que chamamos o Incrédulo. Sentia que minha culpabilidade aumentava ainda mais minha simpatia por Martim e que sua bandeira da eterna busca de mulheres (essa bandeira que víamos tremular incessantemente acima da nossa cabeça) me enternecia até as lágrimas. Começava a me censurar por minha precipitação.

Realmente, seria eu capaz, um dia, de renunciar a esses gestos que significam a juventude? E o que poderia fazer senão me contentar em *imitá-los* e tentar encontrar na minha vida racional um pequeno espaço para essa atividade irracional? Pouco importa que tudo isso seja um jogo inútil! Pouco importa que eu saiba disso! Iria eu renunciar ao jogo simplesmente porque ele é inútil?

O POMO DE OURO DO ETERNO DESEJO

Martim estava a meu lado, no seu banco, e se recuperava lentamente da sua indignação.

"Escute", disse ele, "sua estudante de medicina é mesmo de primeira ordem?"

"Já disse. É do tipo da sua Georgina."

Martim me fez outras perguntas. Precisei descrever mais uma vez a estudante de medicina para ele.

Em seguida ele disse: "Quem sabe, depois, você não poderia passá-la para mim?".

Quis parecer verdadeiro: "Receio que seja difícil. Iria incomodá-la o fato de você ser meu amigo. Ela tem princípios...".

"Ela tem princípios...", repetiu Martim tristemente, e vi que ele lamentava esse fato.

Não quis atormentá-lo.

"A menos que eu faça de conta que não o conheço", disse eu. "Você poderia talvez se fazer passar por outra pessoa."

"Boa ideia! Por exemplo, me fazer passar por Forman, como hoje."

"Os cineastas não a interessam. Ela prefere os esportistas."

"Por que não?", disse Martim. "Tudo é possível", e estávamos novamente em plena discussão. O plano se definia de minuto em minuto, em breve iria balançar diante de nossos olhos, na noite que começava a cair, como um belo pomo maduro e radioso.

Permitam-me que chame esse pomo, com certa ênfase, o pomo de ouro do eterno desejo.

O JOGO DA CARONA

1

A agulha do mostrador de gasolina oscilou bruscamente em direção ao zero, e o jovem motorista comentou que era espantoso o quanto aquele conversível bebia. "Desde que não fiquemos sem gasolina como da última vez", observou a moça (de aproximadamente vinte e dois anos), e o lembrou dos vários lugares onde aquilo já acontecera. O rapaz respondeu que não se importava, pois tudo o que lhe acontecia em sua companhia tinha sabor de aventura. A moça não pensava como ele: quando ficavam sem gasolina no meio da estrada, a aventura era sempre só para ela, pois ele se escondia, e ela precisava usar e abusar de seu charme feminino: parar um carro, pedir que a levasse até o posto de gasolina mais próximo, depois parar outro carro e voltar com um galão. O rapaz comentou que os motoristas que lhe davam carona deviam ser bem antipáticos para que ela se queixasse de sua missão daquela maneira. A moça respondeu (com um coquetismo desajeitado) que algumas vezes eles eram bem simpáticos, mas que ela pouco podia aproveitar, ocupada em carregar o galão e obrigada a deixá-los antes que pudessem levar a conversa adiante. "Monstro", disse ele. Ela replicou que se havia um monstro ali, era ele. Deus sabia quantas moças o paravam nas estradas quando ele estava sozinho! Continuando a dirigir, ele a abraçou e lhe deu um beijo na testa. Sabia que ela o amava e era ciumenta. O ciúme não é um traço de caráter muito simpático, mas se tomamos cuidado para não abusar dele (se vem acompanhado de comedimento), ele tem, apesar de todos os inconvenientes, qualquer coisa de comovente. Pelo menos ele pensava assim. Embora tivesse apenas vinte e oito anos, achava-se velho e imaginava conhecer tudo o que um homem pode conhecer das mulheres. O que apreciava na moça sentada a seu lado era justamente aquilo que achava mais raro encontrar nas mulheres: a pureza.

A agulha já estava em cima do zero quando ele avistou à direita da estrada uma placa indicando que havia um posto a quinhentos metros. Logo que a viu, ela se sentiu aliviada. Ele deu seta para a esquerda e subiu no aterro diante das bombas de gasolina. Mas um caminhão enorme com um imenso tanque estava parado em frente às bombas e as enchia por meio de uma grossa mangueira. "Chegamos em má hora", disse ele, e desceu. "Vai demorar muito?", gritou para o frentista. "Um minuto." "Conheço esse minuto." Ia sentar de novo no carro, mas viu que a moça descera pela outra porta. "Desculpe", disse ela. "Aonde você vai?", perguntou ele de propósito, para desconcertá-la. Fazia um ano que se conheciam, mas ela ainda conseguia enrubescer diante dele, e ele gostava muito de seus momentos de pudor; primeiro, porque isso a diferenciava das mulheres que conhecera antes dela, segundo, porque conhecia a lei da fugacidade universal, que tornava até mesmo o pudor de sua namorada precioso para ele.

2

A moça detestava ser obrigada a lhe pedir (em geral ele dirigia por horas seguidas) que parasse diante de um bosque. Sempre se irritava com a surpresa fingida com que ele lhe perguntava por quê. Ela sabia que seu pudor era ridículo e fora de moda. No trabalho, constatara muitas vezes que zombavam dela e a provocavam deliberadamente por causa de seu recato. Sempre enrubescia por antecipação perante a ideia de que iria enrubescer. Desejava se sentir bem com seu corpo, sem inquietações nem ansiedade, como a maioria das mulheres com quem convivia. Até inventara, para seu próprio uso, um método original de autopersuasão: repetia para si mesma que todo ser humano ao nascer recebe um corpo entre milhões de outros corpos prontos para o uso, como se lhe fosse atribuída uma morada semelhante a milhões de outras num imenso prédio; que o corpo é, portanto, uma coisa fortuita e impessoal; nada mais que um artigo emprestado e de confecção. Era isso que repetia com todas as variações possíveis, mas sem conseguir impor a si mesma essa maneira de sentir. Esse dualismo da alma e do corpo lhe era estranho. Ela se confundia muito com seu corpo, para não senti-lo com ansiedade.

Essa ansiedade, ela a sentia até mesmo ao lado do rapaz; conhecia-o havia um ano e estava feliz, sem dúvida porque ele nunca distinguia entre seu corpo e sua alma, de maneira que, com ele, podia viver de corpo e alma. A felicidade vinha dessa ausência de dualidade, mas como não há grande distância entre a felicidade e a desconfiança, ela estava cheia de desconfianças. Por exemplo, muitas vezes pensava que havia outras mulheres mais sedutoras (essas, sem ansiedade) e que seu namorado, que conhecia esse tipo de mulher e não escondia isso, um dia a deixaria por uma delas. (É claro que o rapaz dizia já ter conhecido um número suficiente de mulheres desse tipo, mas ela sabia que ele era mais jovem do que pensava.) Ela o queria inteiramente para si e queria ser inteiramente dele, mas quanto mais se esforçava para lhe dar tudo, mais tinha a sensação de lhe recusar aquilo que um amor pouco profundo e superficial proporciona, aquilo que o flerte proporciona. Ela se censurava por não saber conciliar a seriedade com a leveza.

Naquele dia, porém, ela não se atormentava e não pensava em nada disso. Sentia-se bem. Era o primeiro dia de férias de ambos (quinze dias de férias que durante o ano inteiro tinham sido o ponto de convergência de seus desejos), o céu estava azul (durante o ano inteiro ela se perguntara angustiada se o céu estaria realmente azul), e ele estava com ela. Após o "Aonde você vai?", ela enrubesceu e saiu correndo, sem dizer nada. Contornou o posto, que ficava num descampado à beira da estrada; a uns cem metros (na direção que deveriam tomar em seguida) começava uma floresta. Correu para lá e, entregando-se a uma sensação de bem-estar, desapareceu atrás de uma moita. (Apesar da alegria que a presença do ser amado produz, é preciso estar só para senti-la em sua plenitude.)

Depois ela saiu da floresta e voltou para a estrada; do lugar onde se encontrava, podia-se enxergar o posto; o enorme caminhão-tanque já havia partido. O conversível avançou para a coluna vermelha da bomba de gasolina. Ela caminhava ao longo da estrada; virava-se apenas de vez em quando para ver se ele não estava chegando. Por fim o avistou; parou e começou a fazer sinais, como alguém que estivesse pedindo carona a um carro desconhecido. O conversível freou e parou bem ao lado dela. O rapaz se inclinou para o vidro, abaixou-se, sorriu e: "Para onde a senhorita está indo?", perguntou. "Está indo para Bystrica?", perguntou ela por sua vez, com um sorriso sedutor. "Por favor, suba", disse ele, abrindo a porta. Ela entrou, e o carro seguiu em frente.

3

O rapaz ficava sempre contente ao vê-la de bom humor; isso não acontecia com frequência: o trabalho dela era muito duro (ambiente desagradável, muitas horas extras não compensadas), e sua mãe era doente; quase sempre cansada, ela não tinha nervos fortes, sentia-se insegura, e sucumbia facilmente ao medo e à angústia. Portanto, ele recebia toda demonstração de alegria que partisse dela com o desvelo de um irmão mais velho. Sorriu-lhe e disse: "Hoje estou com sorte. Há cinco anos que dirijo e nunca dei carona a uma moça tão bonita".

A moça recebia com gratidão o menor elogio do namorado; para conservar um pouco o entusiasmo, disse:

"Você sabe mentir bem."

"Tenho cara de mentiroso?"

"Tem cara de quem gosta de mentir para as mulheres", disse ela, e um pouco de sua velha angústia, sem que ela percebesse, apareceu nessas palavras, pois ela acreditava realmente que mentir às mulheres agradava a seu namorado.

Em geral ele se irritava com os acessos de ciúme da namorada, mas naquele dia foi tão fácil não dar importância ao fato porque aquela frase não se dirigia a ele, e sim a um motorista desconhecido. Contentou-se com uma pergunta banal: "Isso a incomoda?".

"Se eu fosse sua namorada me incomodaria", disse ela, e isso era uma sutil lição de moral para o rapaz; mas o final da frase se dirigia apenas a um motorista estranho: "Isso não me incomoda, pois não o conheço".

"Uma mulher sempre perdoa mais facilmente um estranho do que um namorado." (Isso era uma sutil lição de moral, que, por sua vez, ele dirigia à moça.) "Portanto, podemos nos entender muito bem, pois somos estranhos um ao outro."

Ela fingiu não perceber a nuance didática subentendida nessa observação e decidiu se dirigir apenas ao motorista desconhecido. "Para que isso, se vamos nos separar daqui a alguns instantes?"

"Por quê?", perguntou ele.

"Você sabe muito bem que vou descer em Bystrica."

"E se eu descer com você?"

Diante dessas palavras ela levantou os olhos para o rapaz e constatou que ele era exatamente como o imaginava nos momentos mais dilacerantes do seu ciúme; assustou-se com o coquetismo com que ele se dirigia a ela (à garota desconhecida da carona) e que o tornava tão sedutor. Replicou então com insolência provocante:

"Fico me perguntando o que *você* faria comigo!"

"Não teria que pensar muito para saber o que fazer com uma moça tão bonita", disse ele galantemente, e ainda dessa vez se dirigia muito mais à moça do que à personagem da carona.

Para ela, essas palavras elogiosas foram como apanhá-lo em flagrante delito, como uma confissão arrancada por hábil subterfúgio; sentiu-se tomada por um brusco e rápido movimento de cólera, e disse: "Você confunde seus desejos com a realidade!".

Ele a observava: o rosto teimoso da moça estava contraído; sentiu por ela uma estranha piedade e desejou reencontrar seu olhar habitual, familiar (que ele considerava simples e infantil); inclinou-se para ela, abraçou-a e, querendo acabar com o jogo, pronunciou docemente seu nome.

Mas ela se desvencilhou e disse: "Você está indo muito rápido!".

"Desculpe, senhorita", disse ele, desconcertado. Depois fixou os olhos na estrada, sem nada dizer.

4

Mas a moça desistiu desse ciúme tão depressa quanto sucumbira a ele. Tinha bom senso suficiente para saber que tudo não passava de um jogo; achava-se até um pouco ridícula por ter repelido seu namorado num movimento de ciúme; esperava que ele não tivesse percebido isso. Felizmente, ela possuía a faculdade milagrosa de modificar depois de algum tempo o sentido dos seus atos e resolveu que não o repelira por despeito, mas apenas para continuar o jogo, cuja despreocupação convinha tão bem a um primeiro dia de férias.

Portanto, ela era de novo a garota da carona que acabara de repelir o motorista muito atrevido, mas apenas para adiar a conquista e torná-la mais saborosa. Voltou-se ligeiramente para ele e disse com voz meiga: "Não queria magoá-lo, senhor".

"Desculpe, não vou mais tocar em você", disse ele.

Ele ficou zangado porque ela não o compreendera e se recusara a ser ela mesma no momento em que ele o desejara; e já que ela insistia em conservar a máscara, ele transferiu a raiva para a garota desconhecida da carona que ela representava; então descobriu subitamente o seu personagem: desistiu dos galanteios, que eram uma forma disfarçada de agradar à namorada, e se pôs a representar o homem duro, que, em suas relações com as mulheres, acentua os aspectos mais brutais da virilidade: a vontade, o cinismo, a segurança.

Esse papel estava em total contradição com o desvelo que ele dedicava à moça. É verdade que antes de conhecê-la ele havia se mostrado menos delicado com as mulheres, mas mesmo então não tinha nada do homem duro e satânico, pois não se distinguia nem pela força de vontade nem pela ausência de escrúpulos. No entanto, embora não se assemelhasse a esse tipo de homem, em outros tempos desejara que isso acontecesse. Certamente é um desejo bastante ingênuo, mas o que fazer: os desejos pueris escapam a todas as armadilhas do espírito adulto e às vezes sobrevivem até a mais longínqua velhice. E esse desejo pueril aproveitou a oportunidade para encarnar o papel que lhe era proposto.

A distância sarcástica do rapaz convinha à moça: ela se

libertava de si mesma. Pois ela mesma era, antes de tudo, o ciúme. A partir do momento em que seu namorado deixou de exibir seus talentos de sedutor para mostrar apenas o rosto fechado, o ciúme se aplacou. Ela podia esquecer de si mesma e se entregar ao seu papel.

Seu papel? Qual? Um papel extraído da má literatura. Ela havia parado o carro não para ir aqui ou ali, mas para seduzir o homem sentado ao volante; a garota da carona era somente uma vil sedutora que sabia usar admiravelmente seu charme. A moça entrou na pele desse ridículo personagem de romance com uma facilidade que a surpreendeu e encantou.

Foi assim que ficaram um ao lado do outro: um motorista e uma garota que pediu carona; dois desconhecidos.

5

O que o rapaz mais lamentava não ter encontrado na vida era a despreocupação. A estrada de sua vida era traçada com rigor implacável: o trabalho não se limitava a lhe absorver oito horas diárias; impregnava o resto do seu dia do tédio obrigatório das reuniões e dos estudos em casa; e impregnava, por meio dos olhares de inúmeros colegas, sua parca vida privada, que nunca ficava preservada e que muitas vezes fora alvo de comentários e discussões públicas. Nem mesmo as duas semanas de férias traziam alguma sensação de libertação ou de aventura; sobre elas também se estendia a sombra cinzenta de um rigoroso planejamento; por causa da escassez de alojamentos para férias, ele fora obrigado a reservar com seis meses de antecedência um quarto nos Tatras, e para isso fora necessária uma recomendação do Comitê Sindical da empresa em que trabalhava, cujo espírito onipresente não cessava de seguir seus atos e seus gestos.

Acabara aceitando tudo isso, mas às vezes tinha a horrível visão de uma estrada em que era perseguido pelo olhar de todos, sem jamais poder se desviar. Precisamente naquele momento essa visão surgiu, e para ele a estrada imaginária se confundiu com a estrada real em que viajava; essa estranha e breve associação de ideias o levou a uma extravagância repentina:

"Para onde você disse que ia?"

"Para Bystrica."

"E o que vai fazer lá?"

"Tenho um encontro."

"Com quem?"

"Com um senhor."

O conversível chegava justamente a um grande cruzamento. O rapaz diminuiu a marcha para ler a placa com as indicações; em seguida tomou a direita.

"E o que acontecerá se você não for ao encontro?"

"Será culpa sua, e você terá que tomar conta de mim."

"Não percebeu que acabei de pegar a estrada de Nové Zamky?"

"É mesmo? Você perdeu a cabeça!"

"Não tenha medo! Eu tomarei conta de você", disse ele.

O jogo assumiu de repente um novo aspecto. O carro se afastara não apenas do destino imaginário — Bystrica — como também do destino real, para o qual pegara a estrada naquela manhã: os Tatras e o quarto reservado. A existência representada invadia a existência real. O rapaz se afastava a um só tempo de si mesmo e do caminho rigoroso de que até então nunca se desviara.

"Mas você me disse que ia para os Tatras", surpreendeu-se ela.

"Vou para onde tenho vontade, senhorita. Sou um homem livre e faço o que quero e o que me agrada."

6

A noite começava a cair quando chegaram a Nové Zamky. O rapaz nunca havia estado lá e precisou de um bom tempo para se orientar. Parou várias vezes para perguntar aos transeuntes onde ficava o hotel. As ruas estavam esburacadas, e eles levaram uns quinze minutos para chegar enfim ao hotel, que, no entanto, era bem perto (segundo os transeuntes que informaram), depois de muitas voltas e desvios. O hotel não tinha nada de convidativo, mas era o único da cidade, e o rapaz estava cansado de dirigir. "Espere aqui", disse ele, e saiu do carro.

Assim que saiu, voltou a ser ele mesmo. De súbito, desagradou-lhe o fato de estar num lugar totalmente imprevisto; ainda mais que não estava ali obrigado por ninguém e, na verdade, nem mesmo por vontade própria. Ele se censurava a extravagância, mas depois resolveu não se preocupar mais: o quarto dos Tatras podia esperar até o dia seguinte, e que mal havia em festejar aquele primeiro dia de férias com um pouco de imprevisto?

Atravessou a sala de jantar, enfumaçada, lotada, barulhenta, e perguntou onde era a recepção. Apontaram para o fundo do hall, ao pé da escada, onde uma loura atarefada se pavoneava sob um quadro repleto de chaves; conseguiu com dificuldade a chave do último quarto livre.

Ao ficar sozinha, a moça também saiu do seu papel. Mas não estava nem um pouco aborrecida com a mudança de itinerário. Era de tal maneira afeiçoada ao namorado, que não duvidava de nada do que ele fazia e, com confiança, oferecia a ele as horas da sua vida. Depois, imaginou que outras moças que ele encontrara em suas viagens tinham ficado esperando por ele no carro como ela naquele momento. Coisa estranha, esse pensamento não lhe fazia mal; ela sorria; parecia-lhe bom que, dessa vez, fosse ela a desconhecida; a desconhecida, irresponsável e indecente, uma daquelas que lhe despertavam tantos ciúmes; acreditava assim suplantá-las; ter encontrado o meio de se apoderar das armas delas; de oferecer enfim ao namorado o que até agora não soubera lhe dar: a leveza, a despreocupação, o despudor; sentia especial satisfação ao pensar que ela sozinha podia ser todas as mulheres e podia assim (ela sozinha) açambarcar toda a atenção do seu bem-amado e absorvê-lo inteiramente.

O rapaz abriu a porta do carro e levou a moça para a sala do restaurante. Num canto, em meio ao barulho, à sujeira e à fumaça, descobriu a única mesa vazia.

7

"Agora vamos ver como é que você vai cuidar de mim", disse a moça em tom provocante.

"Quer tomar um aperitivo?"

Ela quase não bebia, apenas um pouco de vinho, e gostava de vinho do Porto. Mas dessa vez respondeu de propósito: "Uma vodca".

"Muito bem", disse ele. "Espero que não fique embriagada."

"E se eu ficar?"

Ele não respondeu e chamou o garçom, pediu duas vodcas e dois filés. Logo depois, o garçom trouxe uma bandeja com dois copos.

Ele levantou o copo e disse: "Saúde!".

"Será que você não pode encontrar nada mais original?"

Havia algo ali, no jogo da moça, que começava a irritá-lo; agora que estavam frente a frente, ele compreendeu que se ela lhe parecia outra, não era apenas por causa de suas *palavras*, mas porque ela estava tão *inteiramente* metamorfoseada, na gesticulação e nos movimentos, que se assemelhava com lamentável fidelidade àquele tipo de mulher que ele conhecia muito bem e que lhe inspirava uma ligeira aversão.

Portanto (segurando o copo na mão estendida), ele modificou seu brinde. "Bem, não vou beber à sua saúde, mas à saúde da sua espécie, que alia às melhores qualidades do animal os defeitos do ser humano."

"Quando você se refere à minha espécie, está se referindo a todas as mulheres?", perguntou ela.

"Não, apenas às que se assemelham a você."

"De qualquer maneira, não acho muito espirituoso comparar uma mulher a um animal."

"Bem", replicou ele, sempre segurando o copo com o braço levantado, "então não vou beber à saúde de suas semelhantes, mas à sua alma; concorda? À sua alma, que se inflama quando desce da cabeça até o ventre e que se apaga quando volta a subir do ventre para a cabeça."

Ela levantou o copo. "Combinado, à minha alma, que desce para o meu ventre."

"Ainda uma pequena retificação", disse ele. "Bebamos de preferência a seu ventre, para onde desce a sua alma."

"Ao meu ventre", disse ela, e seu ventre (quando eles o designavam pelo nome) parecia responder ao apelo; ela sentia cada milímetro de sua pele.

Em seguida o garçom trouxe os filés. Eles pediram uma segunda vodca e soda (dessa vez beberam aos seios da moça), e a conversa prosseguiu num tom estranhamente frívolo. Ele se irritava cada vez mais por ver até que ponto sua namorada *sabia* se comportar como mulher fácil; pois se sabe tão bem se transformar nesse personagem, pensava ele, é porque na verdade ela *é* assim; no fundo, não era a alma de outra, surgida não se sabia de onde, que se insinuava sob a sua pele; quem ela encarnava daquela maneira era ela mesma; ou pelo menos a parte de seu ser que ela mantinha habitualmente fechada a sete chaves mas que o pretexto do jogo tinha feito sair da gaiola; ela pensava sem dúvida que se *negava* ao jogar aquele jogo; mas não seria exatamente o contrário? não seria o jogo que a transformava nela mesma? e que a libertava? não, diante dele, não havia outra mulher no corpo da namorada; era a própria namorada, ela mesma e mais ninguém. Olhava para ela com crescente repugnância.

Mas não era apenas repugnância. Quanto mais ela lhe parecia estranha *mentalmente*, mais ele a desejava *fisicamente*; a estranheza da alma singularizava seu corpo de mulher; ou melhor, essa estranheza fazia enfim daquele corpo um corpo, como se até então aquele corpo tivesse existido para ele apenas no nevoeiro da compaixão, da ternura, do desvelo, da emoção e do amor; como se estivesse perdido nesse nevoeiro (sim, como se o corpo estivesse *perdido*!). Pela primeira vez, o rapaz acreditava *ver* o corpo da namorada.

Depois da terceira vodca com soda, ela se levantou e: "Desculpe", disse com um sorriso sedutor.

"Posso perguntar aonde a senhorita vai?"

"Mijar, com sua licença", e ela se insinuou entre as mesas na direção da cortina de veludo no fundo do restaurante.

8

A moça ficou satisfeita de deixá-lo aturdido com essa palavra — decerto bem anódina mas que ele nunca a ouvira pronunciar; nada, na sua opinião, definia melhor a personalidade da mulher que ela encarnava do que a ênfase posta sedutoramente nessa palavra; sim, ela estava satisfeita, estava em excelente forma; o jogo a fascinava; trazia-lhe novas sensações: por exemplo, *o sentimento de uma despreocupação irresponsável.*

Ela, que sempre temia pelo minuto seguinte, se sentia de súbito inteiramente relaxada. Aquela vida de outra em que de repente mergulhara era uma vida sem pudor, sem determinações biográficas, sem passado e sem futuro, sem compromisso; era uma vida excepcionalmente livre. Transformada na garota da carona, ela podia tudo; *tudo lhe era permitido*; dizer tudo, fazer tudo, experimentar tudo.

Atravessou a sala e reparou que estava sendo observada por todas as mesas; isso também era uma nova sensação, que ela não conhecia: *o prazer impudico que seu corpo lhe proporcionava*. Até então jamais conseguira se libertar inteiramente da adolescente de catorze anos que tem vergonha dos próprios seios e experimenta uma sensação desagradável de indecência ante a ideia de que eles sobressaem do corpo e são visíveis. Embora tivesse orgulho de ser bonita e bem-feita, esse orgulho era imediatamente corrigido pelo pudor: ela sabia que a beleza feminina age em primeiro lugar pelo seu poder de provocação sexual, e isso, para ela, era uma coisa desagradável; desejava que seu corpo se destinasse apenas ao homem que amava; quando os homens olhavam para os seus seios na rua, parecia que esses olhares sujavam um pouco sua intimidade mais secreta, a qual pertencia somente a ela e a seu amante. Mas agora ela era a garota da carona, a mulher sem destino; libertara-se das ternas correntes do amor e começava a se conscientizar intensamente de seu corpo; e esse corpo a excitava mais na medida em que os olhares que o observavam eram desconhecidos.

Ela passava perto da última mesa quando um homem um tanto embriagado, querendo sem dúvida se destacar por seu conhecimento do mundo, a interpelou em francês: "Combien, mademoiselle?".

A moça compreendeu. Estufava o peito e vivia intensamente cada movimento de seus quadris; desapareceu atrás da cortina de veludo.

9

Era um jogo original. A estranheza vinha, por exemplo, do fato de que o rapaz, embora perfeito na pele do motorista desconhecido, não deixasse sequer por um momento de ver, na garota da carona, a namorada. E justamente isso é que era penoso para ele; ver a namorada ocupada em seduzir um desconhecido e ter o triste privilégio de assistir à cena; ver de perto o aspecto que ela apresentava e o que dizia quando o enganava (quando fosse enganá-lo); tinha a honra paradoxal de servir, ele mesmo, de incentivo à sua infidelidade.

O pior era que ele a adorava mais do que amava; sempre sentira que a moça tinha *realidade* apenas dentro dos limites da fidelidade e da pureza, e que além desses limites ela simplesmente deixava de existir; que além desses limites ela deixaria de ser ela mesma assim como a água deixa de ser água a partir do ponto de ebulição. Quando a via atravessar essa temível fronteira com uma elegância tão natural, sentia sua raiva crescer.

Ela voltou do toalete se queixando: "Um sujeito me disse: 'Quanto, senhorita?'".

"Não se espante! Você está com a aparência de uma puta."

"Sabe que não estou nem ligando?"

"Você devia ter ficado com o tal sujeito!"

"Mas estou com você."

"Pode encontrá-lo mais tarde. Basta combinar com ele."

"Ele não me agrada."

"Mas não iria incomodá-la de maneira nenhuma ter diversos homens na mesma noite."

"E por que me incomodaria? Desde que sejam bonitões."

"Você prefere um depois do outro ou todos ao mesmo tempo?"

"As duas coisas."

A conversa se tornava cada vez mais escabrosa; ela estava

um pouco chocada, mas não podia protestar. No jogo não se é livre, para o jogador o jogo é uma armadilha; se não se tratasse de um jogo e se eles fossem, um para o outro, dois desconhecidos, a garota da carona poderia ter se ofendido há muito tempo e ter partido; mas não há meio de escapar a um jogo; o time não pode fugir do campo antes do fim, os peões do jogo de xadrez não podem sair das casas do tabuleiro, os limites da área de jogo são intransponíveis. A moça sabia que era obrigada a aceitar tudo, pelo simples fato de que se tratava de um jogo. Sabia que quanto mais longe o jogo fosse levado, mais seria um jogo e mais ela seria obrigada a jogar docilmente. E de nada adiantaria pedir socorro à razão e avisar a alma atordoada para guardar distância e para não levar o jogo a sério. Justamente porque aquilo era um jogo, a alma não sentia medo, não se defendia, e se abandonava ao jogo como a uma droga.

O rapaz chamou o garçom e pagou. Depois, levantou-se e disse: "Vamos".

"Para onde?", perguntou ela, fingindo não entender.

"Não faça perguntas! Venha!"

"Olhe como fala comigo!"

"Falo com você como falaria com uma puta."

10

Subiram uma escada mal iluminada; no alto, um grupo de homens um tanto embriagados esperava em frente ao banheiro. Ele a abraçou pelas costas, de maneira que pudesse ter um de seus seios na palma da mão. Os homens que estavam perto do banheiro perceberam isso e começaram a zombar deles. Ela quis se desvencilhar, mas ele mandou que se calasse. "Fique quieta!", disse, o que os homens acolheram com solidariedade brutal, dirigindo alguns ditos obscenos à moça. Chegaram ao primeiro andar. Ela abriu a porta do quarto e acendeu a luz.

Era um quartinho com duas camas, uma mesa, uma cadeira e uma pia. O rapaz empurrou o ferrolho da porta e se virou para a moça. Ela ficou diante dele, numa atitude provocante, com uma sensualidade insolente no olhar. Ele olhava para ela e se esforçava para descobrir por trás daquela expressão lasciva os traços familiares que amava com ternura. Era como olhar para duas imagens na mesma objetiva, duas imagens superpostas que aparecessem em transparência uma através da outra. Essas duas imagens superpostas lhe diziam que a namorada podia conter *tudo*, que sua alma era atrozmente indefinida, que tanto podia existir nela a fidelidade como a infidelidade, a traição como a inocência, a sedução como o pudor; essa mistura selvagem lhe parecia tão repugnante quanto a confusão de um depósito de lixo. As duas imagens superpostas apareciam, sempre em transparência, uma embaixo da outra, e o rapaz compreendia que a diferença entre a namorada e as outras mulheres era uma diferença muito superficial, que, nas vastas profundezas do seu ser, a namorada era semelhante às outras mulheres, com todos os pensamentos, todos os sentimentos, todos os vícios possíveis, o que justificava suas dúvidas e seus ciúmes secretos; que a impressão de contornos a delimitar sua personalidade era apenas uma ilusão a que sucumbia o outro, aquele que a olhava, isto é, ele mesmo. Pensava que aquela moça, tal como a amava, era apenas um produto de seu desejo, de seu pensamento abstrato, de sua confiança, e que a namorada, tal como era *realmente*, era aquela mulher que estava ali, diante dele, desesperadamente *outra*, desesperadamente *estranha*, desesperadamente *polimorfa*. Ele a detestava.

"O que é que está esperando? Tire a roupa!"

Ela inclinou a cabeça coquetemente e disse: "É preciso?".

Para ele, esse tom evocava uma reminiscência, como se outra mulher já tivesse lhe dito isso muito tempo antes, mas já nem sabia qual delas. Queria humilhá-la. Não à garota da carona, mas a ela, sua namorada. O jogo acabava se confundindo com a vida. O jogo de humilhar a garota da carona era apenas um pretexto para humilhar a namorada. Ele esquecera que aquilo era um jogo. Detestava a mulher que estava ali, diante dele. Encarou-a; depois, tirou uma nota de cinquenta coroas da carreira e lhe estendeu. "Está bom?"

Ela pegou as cinquenta coroas e disse: "Você não é muito generoso".

"Você não vale mais do que isso", disse ele.

Ela encostou o corpo no dele: "Você está se comportando mal comigo. Tem que ser mais gentil. Faça um esforço!".

Ela o abraçou e aproximou os lábios dos lábios dele. Mas ele pôs os dedos sobre a boca e a repeliu com suavidade. "Só beijo as mulheres que amo."

"E a mim você não ama?"

"Não."

"Quem você ama?"

"E isso é da sua conta? Tire a roupa!"

11

Nunca ela se despira assim. A timidez, a sensação de pânico, a vertigem, tudo aquilo que sentia quando se despia diante do rapaz (e que não podia dissimular na escuridão), tudo aquilo desaparecera. Permanecia diante dele, segura de si, insolente, em plena claridade, e surpresa por descobrir de repente gestos até então desconhecidos ao se desnudar de forma lenta e inebriante. Atenta a seus olhares, ela tirava a roupa, uma peça após a outra, amorosamente, e saboreava cada etapa desse despojamento.

Mas em seguida, quando ficou completamente nua diante dele, ela pensou que o jogo não podia continuar; que ao se despojar de suas roupas havia tirado a máscara e estava nua, o que significava que era apenas ela mesma e que o rapaz precisaria tomar a iniciativa de se aproximar dela, fazer um gesto com a mão, um gesto que apagaria tudo e a partir do qual só haveria lugar para suas carícias mais íntimas. Assim, ela estava nua diante dele e tinha parado de jogar; sentia-se embaraçada, e o sorriso que na realidade pertencia somente a ela, o sorriso tímido e confuso, apareceu em seu rosto.

Mas o rapaz permanecia imóvel, não fazia nenhum gesto para acabar com o jogo. Não via seu sorriso, que, no entanto, era tão familiar; só via diante de si o belo corpo desconhecido da namorada, que ele detestava. A raiva limpava sua sensualidade de todo verniz sentimental. Ela quis se aproximar, mas ele lhe disse: "Fique onde está, para que eu a veja bem". Desejava apenas uma coisa: tratá-la como a uma prostituta. Jamais conhecera uma prostituta, e a ideia que fazia delas tirara da literatura e do que ouvia falar. Foi essa, portanto, a imagem que evocou, e a primeira coisa que viu foi uma mulher nua com meias pretas dançando na tampa lustrosa de um piano. Não havia piano no quarto do hotel, mas apenas uma pequena mesa encostada na parede e coberta com uma toalha. Mandou que a namorada subisse ali. Ela fez um gesto de súplica, mas ele disse: "Você foi paga para isso".

Diante da resolução implacável que percebeu no olhar dele, ela se esforçou para prosseguir o jogo, mas já não conseguia, não sabia mais. Com lágrimas nos olhos, subiu na mesa. A mesa media quando muito um metro de comprimento por um de largura e estava bamba; de pé ali em cima, ela receava perder o equilíbrio.

Mas ele estava satisfeito de ver aquele corpo nu que se elevava na sua frente e cuja hesitação pudica tornava ainda mais tirânico. Queria ver aquele corpo em todas as posições e sob todos os ângulos, como imaginava que outros homens o tinham visto e o veriam. Ele estava grosseiro, obsceno. Dizia palavras que ela nunca o ouvira pronunciar. Ela queria resistir, escapar àquele jogo, chamou-o pelo nome, mas ele a obrigou a calar-se, dizendo que ela não tinha o direito de falar com ele naquele tom familiar. Ela acabou cedendo, transtornada e quase em pranto. Inclinou-se para a frente e se abaixou, obedecendo ao desejo dele, fez a saudação militar, depois um requebro para dançar um número de twist; mas, num movimento brusco, a toalha deslizou e ela quase caiu. Ele a amparou e a levou para a cama.

Abraçou-a. Ela ficou contente, pensando que o jogo sinistro enfim terminara, que seriam de novo, ambos, como eram na realidade, quando se amavam. Quis encostar os lábios nos lábios dele, mas ele a repeliu, repetindo que só beijava as mulheres que amava. Ela explodiu em soluços. Mas nem pôde chorar, porque a paixão furiosa do namorado se apoderou pouco a pouco do seu corpo, terminando por abafar os gemidos de sua alma. Logo depois havia apenas dois corpos perfeitamente unidos na cama, sensuais e estranhos um ao outro. O que acontecia agora era o que ela sempre temera mais que tudo no mundo, o que sempre evitara ansiosamente: o amor sem sentimento e sem amor. Sabia que atravessara a fronteira proibida, além da qual se conduzia sem a menor reserva e em total comunhão. Apenas experimentava, num recôndito do seu espírito, uma espécie de medo ao pensar que nunca sentira tal prazer e tanto prazer como daquela vez — além daquela fronteira.

12

Depois tudo acabou. O rapaz se afastou dela e puxou o fio comprido que pendia sobre a cama; apagou-se a luz. Ele não queria ver o rosto dela. Sabia que o jogo terminara, mas não tinha nenhuma vontade de voltar ao universo de suas relações habituais; receava essa volta. Permanecia ao lado dela no escuro, evitando qualquer contato com seu corpo.

Logo depois ouviu soluços abafados; num gesto tímido, infantil, a mão da moça tocou a sua; tocou-o, afastou-se, voltou a tocá-lo, e uma voz se fez ouvir, suplicante, entrecortada de soluços, chamando-o pelo nome e dizendo: "Sou eu, sou eu...".

Ele se mantinha calado, imóvel, e compreendia muito bem a triste inconsistência da afirmação da namorada, em que o desconhecido se definia pelo mesmo desconhecido.

Os soluços se transformaram num pranto sentido; a moça ainda repetiu por muito tempo esta tautologia comovente: "Sou eu, sou eu, sou eu...".

Então ele começou a pedir socorro à compaixão (e teve que chamá-la de muito longe, pois ela não estava em nenhum lugar ao alcance de sua mão) para poder consolar a moça. Tinham ainda pela frente treze dias de férias.

O SIMPÓSIO

PRIMEIRO ATO

A SALA DO PLANTÃO

A sala do plantão (em qualquer setor de qualquer hospital de qualquer cidade) reuniu cinco personagens e misturou suas ações e conversas num episódio ridículo, e por isso ainda mais divertido.

Estão na sala o dr. Havel e a enfermeira Elisabeth (ambos do plantão noturno) e dois outros médicos (um pretexto mais ou menos fútil os levou até ali: encontrar o médico e a enfermeira de plantão e esvaziar algumas garrafas com eles): o chefe de equipe com sua calvície e uma bonita médica de uns trinta anos, que pertence a outro setor e, como é do conhecimento do hospital inteiro, dorme com o chefe.

(O chefe é evidentemente casado e acaba de proferir sua frase favorita, que deve confirmar ao mesmo tempo seu senso de humor e suas intenções: "Caros colegas, a maior infelicidade de um homem é um casamento feliz. Nenhuma esperança de divórcio".)

Além desses quatro personagens, há um quinto, mas na verdade ele não está ali, pois, por ser mais jovem, foi incumbido de ir buscar uma nova garrafa. E há a janela, que é importante porque está aberta para a escuridão lá de fora e deixa penetrar continuamente na sala, com o verão morno e perfumado, o luar. E, por fim, há o bom humor que se percebe no discurso complacente de todos, mas sobretudo do chefe, que escuta seu próprio palavreado com ouvidos amorosos.

Pouco depois (e é nesse momento que começa a nossa

história), nota-se certa tensão: Elisabeth bebeu mais do que convém a uma enfermeira de plantão e, além disso, exibe provocante coquetismo com relação ao dr. Havel, o que o enerva, ocasionando uma viva advertência da parte dele.

A ADVERTÊNCIA DO DR. HAVEL

"Minha cara Elisabeth, não a compreendo. Todos os dias, você remexe em feridas purulentas, aplica injeções em nádegas encarquilhadas de gente velha, faz lavagens, esvazia bacias. O destino lhe deu a oportunidade invejável de perceber a natureza carnal do homem em toda a sua vaidade metafísica. Mas sua vitalidade se recusa a ouvir esses argumentos. Nada pode abalar sua vontade tenaz de ser um corpo e apenas um corpo. Seus seios roçam nos homens a cinco metros de distância! Sinto vertigens só de vê-la andar, por causa das eternas espirais desenhadas pelo seu infatigável traseiro. Que diabo, afaste-se um pouco! Seus seios são onipresentes como Deus! Você já está dez minutos atrasada para as injeções!"

O DR. HAVEL É COMO A MORTE. NÃO DEIXA ESCAPAR NADA

"Por favor, Havel", disse o chefe quando Elisabeth (visivelmente aborrecida) saiu da sala do plantão, condenada a dar injeções em dois traseiros velhos, "pode me explicar por que rejeita com tanta obstinação essa pobre Elisabeth?"

O dr. Havel bebeu um gole e respondeu: "Chefe, não se zangue comigo. Não é por ela ser feia ou por não ser mais tão jovem. Acredite! Já tive mulheres ainda mais feias e muito mais velhas".

"É, eu o conheço: você é como a morte; não deixa escapar nada. Mas já que não deixa escapar nada, por que não dorme também com Elisabeth?"

"Com certeza", disse Havel, "é porque ela manifesta seu desejo de maneira tão expressiva que ele fica parecendo uma ordem. Você disse que com as mulheres sou como a morte. E a morte não gosta que lhe deem ordens."

O MAIOR SUCESSO DO CHEFE

"Acho que o compreendo", respondeu o chefe. "Quando eu era um pouco mais moço, conheci uma moça que dormia com todo mundo, e como era bonita, decidi conquistá-la. E imagine que ela não me quis! Dormia com meus colegas, com o motorista, com o cozinheiro, com o carregador de cadáveres, eu era o único com quem ela não dormia. Pode imaginar isso?"

"Certamente", disse a médica.

"Se a senhora quer saber", continuou com humor o chefe, que tratava sua amante cerimoniosamente em público, "nessa época eu estava formado havia poucos anos e fazia muito sucesso. Estava convencido de que toda mulher era acessível, e conseguia demonstrar isso com mulheres bem difíceis. E, no entanto, como vê, com aquela moça tão fácil fracassei!"

"Como o conheço, sei que deve ter uma teoria para explicar isso", disse o dr. Havel.

"Sim", replicou o chefe. "O erotismo não é apenas o desejo do corpo, mas, em igual medida, o desejo da honra. Um parceiro que conquistamos, que se apega a nós e nos ama, torna-se nosso espelho, é a medida de nossa importância e de nosso mérito. Partindo desse ponto de vista, minha putinha não tinha uma tarefa fácil. Quando alguém dorme com todo mundo, deixa de acreditar que uma coisa tão banal quanto o ato de amor possa ter ainda alguma importância. Vira-se, portanto, para o lado oposto, a fim de encontrar a verdadeira honra erótica. Só um homem que a desejava mas a quem ela recusava ceder podia oferecer à minha putinha a medida de seu valor. E como ela queria ser perante seus próprios olhos a melhor e a mais bela, mostrou-se extremamente severa e exigente quando precisou escolher aquele, o único, que ela honraria com a sua recusa. Foi a mim que finalmente escolheu, e compreendi que isso era uma honra excepcional, e ainda hoje considero o episódio o maior sucesso de minha vida amorosa."

"Você tem um dom surpreendente de transformar a água em vinho", disse a médica.

"Está aborrecida porque não considerei a senhora o meu maior sucesso?", disse o chefe. "Precisa me compreender. Ainda que a senhora seja uma mulher virtuosa, não sou para a senhora (e não pode imaginar o quanto isso me entristece) nem o primeiro nem o último, enquanto para aquela putinha eu o era. Acredite, ela nunca me esqueceu, e ainda hoje se lembra com nostalgia de que me rejeitou. Aliás, só contei essa história para mostrar sua analogia com a atitude de Havel para com Elisabeth."

ELOGIO DA LIBERDADE

"Meu Deus, chefe", disse Havel, "por certo não acha que procuro em Elisabeth a medida do meu valor humano."

"Claro que não!", disse a médica, sarcástica. "Já nos explicou isso. A atitude provocante de Elisabeth tem para você o efeito de uma ordem, e você quer conservar a ilusão de que escolhe as mulheres com quem vai dormir."

"Vejam, já que estamos falando com franqueza, não é exatamente assim", disse Havel, pensativo. "Na realidade, estava brincando quando disse que o que me incomoda é a atitude provocante de Elisabeth. Para dizer a verdade, já tive mulheres mais provocantes, e gostava que fossem provocantes, para que as coisas não demorassem."

"Então por que diabo não dorme com Elisabeth?", gritou o chefe.

"Chefe, sua pergunta não é tão absurda quanto pensei a princípio, pois vejo que é muito difícil de responder. Para ser franco, não sei por que motivo não durmo com Elisabeth. Já dormi com mulheres mais feias, mais velhas e mais provocantes. Pode-se concluir daí que, necessariamente, acabarei dormindo com ela. É o que pensariam todos os estatísticos. Todas as máquinas cibernéticas chegariam a essa conclusão. E, veja você, sem dúvida é por isso que não durmo com ela. Sem dúvida, eu quis dizer não à necessidade. Dar uma rasteira no princípio de causalidade. Frustrar por um capricho do livre-arbítrio a sombria previsibilidade da rotina universal."

"Mas por que escolher Elisabeth para esse fim?", bradou o chefe.

"Justamente porque não há motivo. Se houvesse, poderíamos descobri-lo de antemão e de antemão determinar minha conduta. É justamente nessa ausência de motivo que se encontra o fragmento de liberdade que nos é concedido e em cuja direção devemos seguir incansavelmente para que subsista, neste mundo de leis implacáveis, um pouco de desordem humana. Meus caros colegas, viva a liberdade!", disse Havel, e ergueu com tristeza seu copo num brinde.

O ALCANCE DA RESPONSABILIDADE

Nesse momento uma nova garrafa, para a qual imediatamente se dirigiu toda a atenção dos médicos presentes, apareceu na sala. O rapaz encantador e desengonçado que estava em pé junto à porta com a garrafa na mão era Fleischman, estudante de medicina que fazia um estágio naquele setor. Pôs (devagar) a garrafa em cima da mesa, procurou (demoradamente) o saca-rolhas, em seguida pôs (sem pressa) o saca-rolhas na rolha e o enfiou (pensativamente) na rolha, que acabou por extrair (com ar sonhador). Os parênteses precedentes se destinam a evidenciar a lentidão de Fleischman, essa lentidão que atestava, mais que falta de jeito, a admiração displicente com que aquele jovem estudante de medicina observava atento o íntimo de seu ser, negligenciando os detalhes insignificantes do mundo exterior.

"Isso tudo não quer dizer nada", disse o dr. Havel. "Não sou eu que rejeito Elisabeth, é ela que não me quer. Uma pena! Ela é louca por Fleischman."

"Por mim?" Fleischman levantou a cabeça, depois, com passos ágeis, guardou o saca-rolhas e, voltando para a mesa baixa, derramou vinho nos copos.

"Você é bom", disse o chefe, fazendo coro com Havel. "Todo mundo sabe, menos você. Desde que você pôs os pés no setor, ela ficou insuportável. E isso já dura dois meses."

Fleischman olhou (longamente) para o chefe e disse: "Realmente não sei de nada". E acrescentou: "De qualquer maneira, não estou interessado nisso".

"E todos os seus nobres discursos? Toda a sua conversa sobre o respeito à mulher?", disse Havel, simulando grande severidade. "Você faz Elisabeth sofrer, e isso não lhe interessa?"

"Tenho pena das mulheres, e jamais poderei fazer mal a elas conscientemente", disse Fleischman. "Mas o que faço inconscientemente não me interessa, já que é uma coisa sobre a qual não tenho domínio, e portanto pela qual não sou responsável."

Logo depois, Elisabeth voltou. Sem dúvida, havia decidido que o melhor a fazer era esquecer a afronta e se comportar como se nada tivesse acontecido, embora sua atitude fosse extraordinariamente afetada. O chefe lhe ofereceu uma cadeira e encheu seu copo. "Beba, Elisabeth! Esqueça seus tormentos!"

"Claro", respondeu Elisabeth com um sorriso amplo, e esvaziou o copo.

O chefe se dirigiu de novo a Fleischman: "Se fôssemos responsáveis apenas pelas coisas de que temos consciência, os imbecis seriam absolvidos antecipadamente de todas as faltas. Acontece, meu caro Fleischman, que o homem é obrigado a saber. O homem é responsável por sua ignorância. A ignorância é uma falta. Por isso nada pode absolvê-lo de sua falta, e declaro que você se comporta como um malandro com as mulheres, mesmo que o negue".

ELOGIO DO AMOR PLATÔNICO

Havel voltou ao ataque contra Fleischman:

"Afinal, você arranjou o apartamento que prometeu à srta. Klara?", perguntou, lembrando assim o cerco inútil que o outro fazia a determinada moça (conhecida por todos os presentes).

"Ainda não, mas estou tratando disso."

"Devo dizer que Fleischman é um gentleman com as mulheres. Não gosta de enganá-las", interveio a médica, tomando a defesa de Fleischman.

"Não posso suportar crueldade com as mulheres, porque tenho pena delas", repetiu o estudante de medicina.

"De qualquer maneira, Klara o faz esperar muito", disse Elisabeth a Fleischman, e explodiu numa risada tão inconveniente que o chefe se viu obrigado a retomar a palavra:

"Esperar ou não, isso é muito menos importante do que você pensa, Elisabeth. Como todo mundo sabe, Abelardo era castrado, e isso não impediu que ele e Heloísa fossem amantes fiéis e que o amor deles fosse imortal. George Sand viveu sete anos com Frédéric Chopin, imaculada como uma virgem, e até hoje ainda se fala do amor deles! Não quero, em tão ilustre companhia, lembrar o caso da putinha que, ao me recusar, me prestou a maior honra que uma mulher pode prestar a um homem. Preste muita atenção, minha cara Elisabeth, entre o amor e aquilo em que você pensa constantemente existem diferenças muito maiores do que se acredita. Não tenha dúvidas, Klara ama Fleischman. Ela é gentil com ele e, no entanto, não se entrega a ele. Isso lhe parece ilógico, mas o amor é justamente o que é ilógico."

"Mas o que há de ilógico nisso?", disse Elisabeth, rindo outra vez de maneira inconveniente. "Klara precisa de um apartamento, é por isso que é gentil com Fleischman. Mas não tem vontade de dormir com ele, pois com certeza dorme com outro. Mas esse outro não pode lhe arranjar um apartamento."

Nesse instante, Fleischman levantou a cabeça e disse: "Vocês me deixam nervoso. Parecem um bando de adolescentes. Quem sabe ela não hesita por pudor? Isso não passa pela cabeça de vocês? Ou quem sabe ela não tem uma doença que esconde de mim? Uma cicatriz que a enfeia? Há mulheres que têm um pudor terrível. Mas são coisas que você não compreende muito bem, Elisabeth".

"Ou então", disse o chefe, ajudando Fleischman, "Klara fica tão petrificada de paixão diante de Fleischman a ponto de não poder fazer amor com ele. Você não pode imaginar, Elisabeth, que possa amar alguém a tal ponto que se torne impossível dormir com essa pessoa?"

Elisabeth afirmou que não.

Aqui, podemos deixar de acompanhar a conversa (sempre alimentada por novas tolices) por um instante para explicar que, desde o começo da noite, Fleischman se esforçava para olhar a médica nos olhos, pois ela lhe interessava terrivelmente desde que a vira (um mês antes) pela primeira vez. A majestade de seus trinta anos o encantava. Até então, ele só a vira de passagem, e essa noite era a primeira oportunidade que lhe surgia de estar a seu lado durante algum tempo na mesma sala. Tinha a impressão de que de vez em quando ela respondia a seus olhares, e isso o emocionava.

Então, depois de uma troca de olhares, a médica se levantou bruscamente, aproximou-se da janela e disse: "Como está bonito lá fora. É lua cheia...". E de novo seu olhar pousou maquinalmente em Fleischman.

Ele, que tinha faro para situações desse gênero, compreendeu logo que era um sinal, um sinal que se dirigia a ele. E, justamente nesse momento, sentiu uma onda crescer em seu peito. Seu peito era de fato um instrumento sensível, digno da oficina de Stradivarius. Acontecia-lhe, de vez em quando, experimentar essa sensação estimulante que a cada vez o convencia de que a onda em seu peito tinha a irrevogabilidade de um presságio que anunciava o advento de alguma coisa grandiosa e fora do comum, a qual superaria seus sonhos.

Dessa vez, ficou atordoado com essa onda, e também (num canto de seu cérebro que escapava ao atordoamento) surpreso: como era possível que seu desejo tivesse uma força tal que, ao apelo desse desejo, a realidade acorresse docilmente, pronta a se realizar? Sem deixar de se admirar de seu poder, espreitava o momento em que a discussão se tornasse mais animada, para escapar à atenção dos adversários. Assim que achou que chegara o momento, desapareceu da sala.

O BELO RAPAZ DE BRAÇOS CRUZADOS

O setor em que se dava esse simpósio improvisado ficava no andar térreo de um belo pavilhão (próximo a outros pavilhões) construído no vasto jardim do hospital. Era nesse jardim que Fleischman acabara de entrar. Encostou-se ao tronco de um grande plátano, acendeu um cigarro, contemplou o céu: era pleno verão, o ar estava impregnado de perfumes, e a lua redonda se achava suspensa no céu negro.

Ele se esforçava para imaginar o que iria acontecer: a médica, que acabara de lhe fazer sinal para sair, esperava que seu companheiro calvo ficasse mais absorvido na conversa do que na suspeita, e discretamente daria a entender que uma pequena necessidade íntima a obrigava a se ausentar por um instante.

O que aconteceria depois? Depois, ele preferia não imaginar nada. A onda que sentia no peito anunciava uma aventura, e isso lhe bastava. Tinha confiança em sua sorte, confiança em sua estrela do amor, confiança na médica. Mal-acostumado por sua segurança (uma segurança sempre um pouco espantada), ele se abandonava a uma agradável passividade. Pois sempre via a si mesmo com os traços de um homem sedutor, desejado e amado, e lhe agradava esperar pelas aventuras de braços (elegantemente) cruzados. Estava persuadido de que os braços cruzados estimulavam e subjugavam as mulheres e o destino.

Sem dúvida vale a pena observar, nesta ocasião, que acontecia muitas vezes, se não constantemente, de Fleischman *se ver*, de maneira que ele estava constantemente acompanhado de um duplo e sua solidão se tornava divertida de fato. Nessa noite, por exemplo, não apenas estava encostado num plátano e fumava, mas ao mesmo tempo observava com satisfação esse rapaz (belo e juvenil) que estava encostado a um plátano e fumava com displicência. Deleitou-se muito tempo com esse espetáculo e acabou ouvindo passos ligeiros que, vindos do pavilhão, avançavam na direção dele. Fez questão de não se virar. Tragou a fumaça do cigarro mais uma vez e conservou os olhos fixos no céu. Quando os passos estavam bem próximos, disse com voz terna, insinuante: "Sabia que você viria".

URINAR

"Não era tão difícil adivinhar", respondeu-lhe o chefe. "Prefiro urinar na natureza a fazê-lo em instalações modernas, que são infectas. Aqui, por alguns momentos, o fino jorro dourado me une milagrosamente ao húmus, à grama e à terra. Porque, Fleischman, vim do pó, e por um momento, pelo menos parcialmente, vou retornar ao pó. Urinar na natureza é um rito religioso por meio do qual prometemos à terra que, um dia, a ela retornaremos por inteiro."

Como Fleischman se mantivesse calado, o chefe lhe perguntou: "E você? Veio olhar a lua?". Como Fleischman se mantivesse obstinadamente calado, o chefe acrescentou: "Você é um lunático, Fleischman, é por isso que gosto de você". Fleischman interpretou as palavras do chefe como um sarcasmo, e disse num tom que pretendia distante: "Deixe-me em paz com a lua. Também vim aqui mijar".

"Meu querido Fleischman", disse o chefe, enternecido, "interpreto isso como um testemunho excepcional de afeto para com seu velho chefe."

E se postaram ambos sob o plátano para realizar a operação que o chefe, com um entusiasmo incansável e imagens sempre renovadas, comparava a um ofício divino.

SEGUNDO ATO

O BELO RAPAZ SARCÁSTICO

Voltaram pelo corredor comprido, o chefe abraçado fraternalmente ao estudante de medicina. O estudante de medicina estava certo de que o calvo ciumento percebera o sinal da médica e caçoava dele com suas efusões amistosas! Claro, ele não podia retirar a mão do chefe de seu ombro, e isso o irritava ainda mais. Só uma coisa o consolava: ele não apenas estava com raiva, mas se *via* com essa raiva, via a expressão de seu próprio rosto, e ficava satisfeito com esse jovem furioso, que voltava à sala do plantão e, para surpresa geral, iria de súbito se mostrar num aspecto inteiramente diferente: sarcástico, mordaz, demoníaco.

Quando entraram na sala do plantão, Elisabeth estava bem no meio dela e se requebrava terrivelmente, cantarolando as notas de uma música. O dr. Havel baixou os olhos, e a médica explicou, antecipando-se ao espanto dos recém-chegados: "Elisabeth está dançando".

"Ela está um pouco tonta", acrescentou Havel.

Elisabeth não parava de movimentar os quadris e ondular os seios na frente do rosto abaixado do dr. Havel.

"Afinal, onde foi que você aprendeu essa bela dança?", perguntou o chefe.

Fleischman, cheio de sarcasmo, deu uma risada ostensiva: "Ah-ah! Bela dança! Ah-ah!".

"Foi um número que vi numa boate de striptease em Viena", respondeu Elisabeth ao chefe.

"Muito bem", indignou-se o chefe, ternamente. "Desde quando nossas enfermeiras frequentam boates de strip-tease?"

"Isso não é proibido, chefe!", falou Elisabeth, ondulando os seios em torno dele.

A cólera inundava o corpo de Fleischman, procurando uma saída: "É de brometo que você precisa", disse ele, "não de striptease. Vai acabar nos violentando".

"Você não tem nada a temer. Não gosto de fedelhos", cortou Elisabeth, ondulando os seios em torno do dr. Havel.

"E você gostou do tal striptease?", indagou o chefe, amistosamente.

"Se gostei! Havia uma sueca com seios enormes, mas os meus são mais bonitos!" (E ao dizer isso, acariciava os próprios seios.) "E também havia uma moça que fingia tomar um banho de espuma, numa espécie de banheira de papelão, e uma mulata que se masturbava em frente ao público, e isso era o que havia de melhor!"

"Ah-ah!", riu Fleischman, levando o sarcasmo diabólico ao paroxismo. "Masturbação é exatamente o que você precisa!"

UMA TRISTEZA EM FORMA DE TRASEIRO

Elisabeth continuava a dançar, mas seu público por certo não era tão bom quanto os espectadores da boate de Viena: Havel baixava a cabeça, a médica olhava com malícia, Fleischman com ar de reprovação, e o chefe com uma indulgência paternal. E o traseiro de Elisabeth, sobre o qual se estendia o tecido branco do avental de enfermeira, percorria a sala como um sol magnificamente redondo, mas um sol apagado e morto (envolto numa mortalha branca), um sol que os olhares indiferentes e constrangidos dos médicos presentes condenavam a uma lamentável inutilidade.

Chegou um momento em que Elisabeth deu a impressão de que iria realmente tirar uma a uma suas roupas, de maneira que o chefe interveio com voz ansiosa: "Calma, Elisabeth! Não estamos em Viena!".

"Do que é que você tem medo, chefe? Pelo menos vai ficar sabendo com que se parece uma mulher nua!", proclamou Elisabeth, e virando-se para o dr. Havel, ameaçou-o com os seios: "Como é, meu querido Havel? Que cara de enterro é essa? Levante a cabeça! Morreu alguém? Você está de luto? Olhe para mim! Estou viva! Não estou próxima da morte! Ainda estou bem viva! Eu vivo!", e ao dizer isso, seu traseiro já não era um traseiro, mas a própria tristeza, uma tristeza magnificamente modelada, que atravessava a sala dançando.

"Acho que agora chega, Elisabeth", disse Havel, os olhos fixos no chão.

"Chega?", disse Elisabeth. "Mas é para você que estou dançando! E agora vou fazer um striptease para você! Um grande striptease!", e tirou o avental, que estava amarrado na altura dos rins, e com um gesto de dançarina o jogou sobre a mesa.

Mais uma vez, com voz preocupada, o chefe disse: "Elisabeth, seria bom que você fizesse um striptease para nós, mas noutro lugar. Você entende, estamos num hospital".

O GRANDE STRIPTEASE

"Sei me comportar, chefe!", respondeu Elisabeth. Estava com o seu uniforme, azul-claro com gola branca, e não parava de rebolar.

Em seguida pôs as mãos abertas sobre os quadris, passou-as levemente pelos flancos, ergueu-as acima da cabeça; depois sua mão direita subiu pelo braço esquerdo levantado e a mão esquerda pelo braço direito, e ela executou um movimento com os braços na direção de Fleischman, como se jogasse a blusa para ele. Fleischman teve um sobressalto. "Você deixou cair isto, neném", gritou para ela.

Levando novamente as mãos aos quadris, passou-as de leve ao longo das pernas; curvada, levantou a perna direita, depois a perna esquerda. Em seguida, olhou para o chefe e fez um movimento com o braço direito, jogando-lhe a saia imaginária. O chefe estendeu a mão e a fechou; com a outra mão, mandou-lhe um beijo.

Ainda alguns movimentos e alguns passos, e Elisabeth se pôs na ponta dos pés, dobrou os braços para trás e juntou os dedos no meio das costas. Depois, com gestos de dançarina, lançou os braços para a frente, acariciou o ombro direito com a mão esquerda e o ombro esquerdo com a mão direita, e, de novo, fez um movimento gracioso com um dos braços, agora na direção do dr. Havel, que por sua vez fez um gesto tímido e encabulado com a mão.

Mas Elisabeth já percorria majestosamente a sala; desfilava diante dos quatro espectadores, um após o outro, erigindo diante de cada um a nudez simbólica de seus seios. Para terminar, deteve-se diante de Havel, voltou a ondular os quadris e, inclinando-se ligeiramente, passou de leve as mãos pelos flancos; então (como fizera pouco antes), levantou primeiro uma perna, depois a outra, e se ergueu, triunfal, elevando a mão direita com a calcinha invisível entre o indicador e o polegar. Mais uma vez, fez um gesto gracioso na direção do dr. Havel.

Absorvida em toda a glória de sua nudez fictícia, ela já não olhava para ninguém, nem mesmo para Havel. Olhos semicerrados, cabeça inclinada para o lado, olhava para seu próprio corpo, que ondulava.

Depois, a postura orgulhosa se desfez, e Elisabeth sentou nos joelhos do dr. Havel. "Estou exausta", disse, bocejando.

Apanhou o copo dele e bebeu um gole. “Doutor”, perguntou a Havel, “não teria uns comprimidos para me manter acordada? Afinal, não vou dormir mesmo!”

“Tenho tudo o que você quiser, Elisabeth!”, disse Havel; e tirou Elisabeth de seus joelhos, sentou-a na cadeira e se dirigiu à farmácia. Encontrou um poderoso sonífero e deu dois comprimidos a Elisabeth.

“Isso vai me manter acordada?”, perguntou ela.

“Tão certo quanto me chamo Havel”, disse este.

AS PALAVRAS DE ADEUS DE ELISABETH

Depois de engolir os comprimidos, Elisabeth quis sentar de novo nos joelhos de Havel, mas ele fez um movimento brusco, e Elisabeth caiu.

No mesmo instante Havel lamentou o fato, pois nunca tivera a intenção de infligir a Elisabeth tal humilhação, e o movimento que fizera fora mais um reflexo maquinal provocado pela sincera aversão que sentia ante a ideia de tocar o traseiro de Elisabeth com suas coxas.

Tentou então reerguê-la, mas Elisabeth aderia ao chão com todo o seu peso, numa obstinação chorosa.

Fleischman se pôs na frente dela: “Você está bêbada e devia ir se deitar”.

Elisabeth olhou para ele de alto a baixo com imenso desprezo e (saboreando o masoquismo patético do fato de estar no chão) lhe disse: “Grosso, imbecil”. E mais uma vez: “Imbecil”.

De novo, Havel tentou levantá-la, mas ela se desvencilhou violentamente e explodiu em soluços. Ninguém encontrava nada para dizer, e os soluços de Elisabeth se elevavam como um solo de violino na sala silenciosa. Após alguns instantes, a médica teve a ideia de assobiar suavemente. Elisabeth se levantou de um salto, dirigiu-se para a porta e, quando estava com a mão na maçaneta, voltou-se e disse: "Grossos. Grossos. Se vocês soubessem. Mas vocês não sabem de nada. Não sabem de nada".

A ACUSAÇÃO DO CHEFE CONTRA FLEISCHMAN

À partida de Elisabeth se seguiu um silêncio que o chefe foi o primeiro a romper: "Está vendo, meu querido Fleischman? Você diz que tem pena das mulheres. Mas se tem pena das mulheres, por que não tem pena de Elisabeth?".

"O que é que isso tem a ver comigo?", replicou Fleischman.

"Não finja que não sabe de nada! Acabamos de comentar agora mesmo. Ela está louca por você!"

"E o que posso fazer?", perguntou Fleischman.

"Não pode fazer nada", disse o chefe. "Mas você é grosseiro com ela e a faz sofrer, e quanto a isso podia fazer alguma coisa. A noite inteira, ela só se interessou por uma coisa, pelo que você iria fazer, se iria olhar para ela, sorrir para ela, dizer-lhe algo simpático. E lembre-se do que lhe disse!"

"Eu não disse nada de tão terrível", replicou Fleischman (mas havia dúvida em sua voz).

"Nada de tão terrível", ironizou o chefe. "Você zombou dela quando ela dançou, embora ela tenha dançado para você, recomendou-lhe brometo, disse-lhe que o melhor que ela podia fazer era se masturbar. Nada de terrível! Quando ela fez o striptease, você deixou a blusa dela cair no chão."

"Que blusa?", replicou Fleischman.

"A blusa dela", disse o chefe. "Não se faça de imbecil. Por fim, mandou-a se deitar, apesar de ela ter tomado comprimidos contra a fadiga."

"Mas era Havel que ela queria!", retrucou Fleischman.

"Não tente disfarçar", disse o chefe com severidade. "O que queria que ela fizesse, já que você não se importava com ela? Ela o estava provocando. E só queria uma coisa, umas migalhas do seu ciúme. E ainda o chamam de gentleman!"

"Agora, deixe-o em paz", disse a médica. "Ele é cruel, mas é jovem."

"É o arcanjo do castigo", disse Havel.

OS PAPÉIS MITOLÓGICOS

"Sim, é isso mesmo", disse a médica. "Olhe para ele: um arcanjo belo e terrível."

"Somos uma verdadeira sociedade mitológica", sublinhou o chefe com voz sonolenta. "Porque você é Diana. Fria, esportiva, má."

"E você é um sátiro. Velho, lascivo, tagarela", disse a médica. "E Havel é Don Juan. Não velho, mas envelhecido."

"Ora! Havel é a morte", replicou o chefe, voltando à sua tese recente.

O FIM DOS DOM-JUANS

"Se você me perguntar se sou um dom-juan ou a morte, terei, ainda que a contragosto, que concordar com o chefe", disse Havel, e bebeu um bom gole. "Don Juan era um conquistador. E com letras maiúsculas, mesmo. Um Grande Conquistador. Mas eu lhe pergunto: como se pode querer ser um conquistador numa terra onde ninguém resiste a nós, onde tudo é possível e onde tudo é permitido? A era dos dom-juans está terminada. O atual descendente de Don Juan já não *conquista*, apenas *coleciona*. Ao personagem do Grande Conquistador sucede o personagem do Grande Colecionador, mas o Colecionador já não tem absolutamente nada em comum com Don Juan. Dou Juan era um personagem de tragédia. Estava marcado pela culpa. Pecava alegremente e zombava de Deus. Era um blasfemador e acabou no inferno.

"Don Juan carregava nos ombros um fardo trágico, do qual o Grande Colecionador não tem a menor ideia, pois em seu universo há apenas fardos sem peso. Os blocos de pedra se transformaram em plumas. No mundo do Conquistador, um olhar contava muito mais do que contam, no mundo do Colecionador, dez anos do mais assíduo amor físico.

"Don Juan era um mestre, enquanto o Colecionador é um escravo. Don Juan transgredia com ousadia as convenções e as leis. O que o Grande Colecionador faz é apenas aplicar docilmente, com o suor de seu rosto, a convenção e a lei, pois colecionar faz parte das boas maneiras e é de bom-tom, colecionar é quase considerado um dever. Se me sinto culpado, é unicamente por não dormir com Elisabeth.

"O Grande Colecionador não tem nada em comum nem com a tragédia nem com o drama. O erotismo, que era o germe das catástrofes, tornou-se, graças a ele, uma coisa comparável a um café da manhã ou a um jantar, à filatelia, ao pingue-pongue, ou a um giro pelas lojas. O Colecionador introduziu o erotismo na ronda da banalidade. Construiu com ele os bastidores e o palco de um cenário em que o drama verdadeiro nunca se realizará. É pena, meus amigos", exclamou Havel em tom patético, "meus amores (se posso me permitir chamá-los assim) são o palco de uma cena em que nada acontece.

"Cara doutora e caro chefe. Vocês opuseram Don Juan à morte, como termos de uma contradição. Por puro acaso e por inadvertência, assim vocês trouxeram à luz a essência do problema. Vejam. Don Juan desafiava o impossível. E é isso que é tão humano. Em contrapartida, no reino do Grande Colecionador nada é impossível, porque é o reino da morte.

O Grande Colecionador é a morte que veio buscar pela mão a tragédia, o drama, o amor. A morte que veio procurar Don Juan. No fogo infernal para o qual foi enviado pelo Comendador, Don Juan está vivo. Mas no mundo do Grande Colecionador, onde as paixões e os sentimentos flutuam no espaço como uma pluma, nesse mundo, ele está definitivamente morto.

"Ora, vamos, cara senhora", disse Havel com tristeza, "eu e Don Juan! O que não daria eu para ver o Comendador, para sentir em minha alma o peso atroz de sua maldição, sentir nascer em mim a grandeza da tragédia! Ora, vamos, senhora, sou quando muito um personagem de comédia, e nem mesmo isso devo a mim, mas justamente a ele, Don Juan, pois é apenas da perspectiva histórica de sua trágica alegria que a senhora ainda pode sentir, bem ou mal, a tristeza cômica de minha existência de mulherengo, existência que, sem essa referência, seria apenas uma pintura banal, uma monótona paisagem."

NOVOS SINAIS

Cansado de sua longa tirada (durante a qual o chefe sonolento deixou por duas vezes a cabeça cair sobre o peito), Havel se calou. Após uma pausa cheia de emoção, a médica tomou a palavra: "Doutor Havel, eu não sabia que era tão bom orador. Você se pintou com os traços de um personagem de comédia, de uma pintura sem graça, tediosa, como um zero! Infelizmente, a maneira como se expressou foi um pouco nobre demais. É o seu maldito requinte: refere-se a você como mendigo, mas escolhe para isso palavras principescas, para parecer mais príncipe que mendigo. Você é um velho impostor, Havel. Vaidoso mesmo nos momentos em que rola na lama. Você é um velho e vil impostor".

Fleischman riu uma risada sonora, pois acreditava, para sua grande satisfação, perceber desprezo por Havel nas palavras da médica. Assim, encorajado pela ironia da médica e pela própria risada, aproximou-se da janela e disse com ar de quem tudo entendia: "Que noite!".

"Sim", disse a médica. "Uma noite esplêndida. E Havel brincando com a morte! Você pelo menos notou, Havel, que está fazendo uma noite magnífica?"

"Claro que não", disse Fleischman. "Para Havel uma mulher é uma mulher, uma noite é igual a outra, o inverno e o verão são a mesma coisa. O dr. Havel se recusa a enxergar os atributos secundários."

"Você me desmascarou", disse Havel.

Fleischman julgou que dessa vez seu encontro com a médica estava garantido: o chefe tinha bebido muito, e a sonolência a que sucumbira havia alguns minutos parecia ter diminuído consideravelmente sua vigilância. "Ai, minha bexiga!", disse Fleischman, discretamente, e depois de endereçar um olhar à médica, dirigiu-se para a porta.

O GÁS

Uma vez no corredor, ele pensou com prazer que a médica passara a noite inteira zombando dos dois homens, do chefe e de Havel, a quem tratara, com muita propriedade, de impostor, e ficou encantado por ver se repetir um fato diante do qual não podia deixar de se maravilhar a cada vez que ocorria, justamente porque se repetia com bastante regularidade: ele agradava às mulheres, elas o preferiam aos homens experientes, o que, no caso da médica — sem dúvida uma mulher extraordinariamente exigente, lúcida e um pouco (mas agradavelmente) altiva —, constituía um triunfo novo e inesperado.

Foi nesse estado de espírito que Fleischman atravessou o corredor comprido e se dirigiu para a saída. Estava quase chegando à porta que dava para o jardim quando de repente um cheiro de gás atingiu suas narinas. Ele parou e aspirou. O cheiro se concentrava do lado da porta que separava o corredor da pequena sala de repouso das enfermeiras. Subitamente, Fleischman se deu conta de que estava com muito medo.

Seu primeiro movimento foi correr para procurar o chefe e Havel, mas depois ele decidiu tocar na maçaneta da porta (sem dúvida por imaginar que a porta estivesse trancada ou barricada). Mas, para sua grande surpresa, a porta se abriu. O lustre estava aceso e iluminava um grande corpo nu de mulher estendido no divã. Fleischman lançou um olhar circular pela sala e se precipitou na direção de um pequeno fogareiro. Fechou o bico de gás que estava aberto. Em seguida correu para a janela e a escancarou.

COMENTÁRIO ENTRE PARÊNTESES

(Pode-se dizer que Fleischman agiu com sangue-frio e, sobretudo, com presença de espírito. No entanto, uma coisa ele não registrou com a cabeça fria o suficiente. É claro que, por um bom momento, manteve os olhos fixos no corpo nu de Elisabeth, mas sentiu tanto pavor que não pôde, atrás da cortina desse medo, sentir aquilo que agora podemos saborear com toda a tranquilidade, tirando proveito de uma vantajosa distância:

Esse corpo é esplêndido. Está estendido de frente, com a cabeça ligeiramente virada, os ombros um tanto encolhidos, os belos seios encostando um no outro, exibindo sua plena forma. Uma perna está estendida e a outra ligeiramente dobrada, de modo que podemos ver a notável forma das coxas e a sombra negra, extraordinariamente espessa, dos pelos.)

O PEDIDO DE SOCORRO

Depois de abrir de par em par a janela e a porta, Fleischman correu para o corredor e pediu ajuda. O que veio em seguida se desenrolou com rápida eficácia: respiração artificial, telefonema para o setor de emergências, chegada da maca, envio da doente para o médico de plantão, nova sessão de respiração artificial, retorno à vida, transfusão de sangue e, para terminar, profundo suspiro de alívio quando ficou evidente que a vida de Elisabeth estava salva.

TERCEIRO ATO

QUEM DISSE O QUÊ

Quando os quatro médicos saíram do setor de emergências e se encontraram no pátio, pareciam exaustos.

O chefe disse: “Ela estragou nosso simpósio, a querida Elisabeth”.

A médica disse: “As mulheres insatisfeitas sempre trazem má sorte”.

Havel disse: “É curioso. Ela precisou abrir o gás para que se visse que era bem-feita”.

Diante dessas palavras, Fleischman olhou (longamente) para Havel e disse: “Isso acabou com a minha vontade de beber e me divertir. Boa noite”. E se dirigiu para a saída do hospital.

A TEORIA DE FLEISCHMAN

Fleischman achava repugnantes os comentários de seus colegas. Via neles a insensibilidade de homens e mulheres envelhecendo, a crueza da idade, que se opunha à sua juventude como uma barreira hostil. Por isso se sentia satisfeito em estar só e seguia a pé, deliberadamente, para saborear com plenitude sua exaltação: não parava de repetir para si mesmo, com delicioso temor, que Elisabeth estivera a dois passos da morte e que ele seria responsável por essa morte.

Claro, ele não ignorava que um suicídio não resulta de uma causa única, mas em geral de toda uma constelação de causas; porém, não podia negar que uma dessas causas, e sem dúvida a causa decisiva, era ele, pelo simples fato de existir e pelo seu comportamento naquele dia.

No momento, acusava-se de maneira patética. Dizia a si mesmo que era um egoísta com o olhar vaidoso voltado para seus próprios sucessos amorosos. Considerava-se grotesco por ter se deixado cegar pelo interesse que a médica lhe demonstrara. Recriminava-se por ter feito de Elisabeth um simples objeto, um recipiente que usara para despejar sua bílis quando o chefe ciumento impedira seu encontro noturno. Com que direito tratara assim uma criatura inocente?

No entanto, o jovem estudante de medicina não era um ser primitivo; cada um de seus estados de alma continha em si a dialética da afirmação e da negação, de maneira que à voz interior do acusador respondia agora a voz interior do defensor: os sarcasmos que ele dirigira a Elisabeth estavam certamente deslocados, mas sem dúvida não teriam consequências tão trágicas se Elisabeth não tivesse se enamorado dele. Ora, que podia fazer Fleischman se uma mulher estava apaixonada por ele? Tornar-se automaticamente responsável por essa mulher?

Deteve-se um instante nessa pergunta, que lhe parecia a chave de todo o mistério da existência humana. Fez até uma parada e formulou a resposta do modo mais sério possível: sim, errara pouco antes quando dissera ao chefe não ser responsável pelo que acontecia por sua causa mas contra sua vontade. Poderia ele se reduzir ao lado consciente de seu ser? O que ele infligia inconscientemente a outrem também não fazia parte da esfera de sua personalidade? Quem, a não ser ele, podia ser responsável por isso? Sim, ele era culpado; culpado do amor de Elisabeth; culpado por ignorar esse amor; culpado por tê-lo negligenciado; culpado. Por pouco não causara a morte de um ser humano.

Enquanto Fleischman se entregava a esse exame de consciência, o chefe, Havel e a médica voltaram à sala do plantão. Na verdade, já não tinham vontade de beber; ficaram alguns instantes em silêncio; depois: "O que pode ter passado na cabeça de Elisabeth?", disse o dr. Havel.

"Nada de sentimentalismo", disse o chefe. "Quando alguém faz asneiras desse gênero, eu me proíbo qualquer emoção. Por outro lado, se você não tivesse inventado histórias e tivesse agido com ela como não hesitaria em agir com todas as outras, isso não teria acontecido."

"Obrigado por me responsabilizar por um suicídio", disse Havel.

"Sejamos precisos", respondeu o chefe. "Não se trata de um suicídio, mas de uma tentativa pública de suicídio, organizada de maneira que a catástrofe não ocorresse. Meu caro doutor, quando alguém quer se asfixiar com gás, começa fechando a porta à chave. Melhor ainda, toma o cuidado de vedar todas as frestas para que a presença do gás se revele o mais tarde possível. Mas Elisabeth não pensava na morte, pensava em você.

"Só Deus sabe por quantas semanas ela se alegrou com a ideia de que ficaria com você no plantão da noite, e desde o começo do plantão fez avanços indecentes. Mas você se manteve firme. E quanto mais você se mantinha firme, mais ela se mostrava provocante: abriu-se, dançou, quis fazer um striptease...

"Veja, eu me pergunto se não há qualquer coisa de comovente nisso tudo. Quando ela percebeu que não conseguiria sensibilizar seus olhos ou seus ouvidos, apostou tudo no seu olfato e abriu o gás. E antes de abrir o gás, tirou a roupa. Ela sabe que tem um corpo bonito e quis obrigá-lo a perceber isso. Lembre-se do que ela disse ao sair: *Se vocês soubessem. Vocês não sabem de nada. Não sabem de nada.* Agora você sabe, Elisabeth é feia de rosto mas tem um corpo bonito. Você mesmo reconheceu isso. Veja bem que o raciocínio dela não foi tão tolo. Eu me pergunto até se agora você não vai se deixar fisgar."

Havel deu de ombros. "Pode ser", disse.

"Tenho certeza", disse o chefe.

A TEORIA DE HAVEL

"O que você diz pode parecer convincente, chefe, mas há uma falha em seu raciocínio: você superestima meu papel nesse caso. Porque não se trata de mim. Eu não fui o único que se recusou a dormir com Elisabeth. Ninguém queria dormir com ela.

"Há pouco, quando você me perguntou por que eu não queria dormir com Elisabeth, respondi não sei que futilidades sobre a beleza do livre-arbítrio e sobre a minha liberdade, que quero preservar. Mas eram frases lançadas ao acaso, destinadas a mascarar a verdade, que é completamente outra e não é nada lisonjeira: se recusei Elisabeth, é porque sou incapaz de me comportar como um homem livre. Porque é moda não dormir com Elisabeth. Ninguém dorme com ela, e se alguém dormisse, não ficaria bem, pois todo mundo zombaria dele. A moda é um terrível dragão, e eu obedeci servilmente a ela. Mas Elisabeth é uma mulher madura, e isso a fez perder a cabeça. E o que a fez perder a cabeça, mais que qualquer outra coisa, foi o fato de *eu* a recusar, eu, conhecido por todo mundo como indivíduo que não deixa escapar nada. Mas dei mais importância à moda do que à cabeça de Elisabeth.

"Você está certo, chefe: ela sabe que tem um corpo bonito, e achou a situação ao mesmo tempo absurda e injusta, e quis protestar. Lembre-se de que durante toda a noite ela não parou de atrair a atenção para o seu corpo. Quando falou sobre a stripteaser sueca que vira em Viena, acariciou os seios e disse que eram mais bonitos que os da sueca. Mas lembre-se: durante toda a noite, seus seios e seu traseiro invadiram esta sala como uma multidão de manifestantes. Falo sério, chefe, era uma manifestação.

"Você se lembra do striptease, lembra-se como ela o vivia! Chefe, foi o striptease mais triste que vi. Ela se despia com paixão, mas sem se livrar da cobertura detestada de seu uniforme de enfermeira. Ela se despia, mas não podia se despir. E sabendo que não iria se despir, continuava a se despir, porque queria participar a nós seu triste e irrealizável desejo de se despir. Chefe, aquilo não era o ato de se despir, era o canto elegíaco do ato de se despir, o canto sobre a impossibilidade de se despir, sobre a impossibilidade de fazer amor, sobre a impossibilidade de viver! E nem isso quisemos ouvir, baixamos a cabeça e assumimos um ar indiferente."

"Oh, mas que mulherengo romântico! Acha mesmo que ela queria morrer?", gritou o chefe.

"Lembre-se", disse Havel, "do que ela me disse quando dançava! Ela me disse: *Ainda estou viva! Ainda estou bem viva!* Você se lembra? A partir do momento em que começou a dançar, ela sabia o que iria fazer."

"E por que quis morrer completamente nua, hein? Como explica isso?"

"Ela queria entrar nos braços da morte como nos braços de um amante. Foi por isso que se despiu, penteou-se, maquiou-se..."

"E foi por isso que não fechou a porta à chave, hein? Por favor, não tente me convencer de que ela queria morrer realmente."

"Talvez ela não soubesse exatamente o que queria. Você sabe exatamente o que quer? Quem entre nós sabe o que quer? Ela queria morrer, e não o queria. Ela queria sinceramente morrer e, ao mesmo tempo (também sinceramente), queria suspender o ato que a conduziria à morte, e com o qual se sentia valorizada. Você entendeu bem que ela não queria que a vissem quando estivesse escura, cheirando mal e deformada pela morte? Queria nos mostrar seu corpo, tão bonito, tão subestimado, em toda a sua glória no momento em que fosse copular com a morte; queria que ao menos nesse instante essencial nós invejássemos a morte por levar esse corpo e o desejássemos."

A TEORIA DA MÉDICA

"Senhores", começou a médica, que se mantivera calada até então e escutara atentamente os dois médicos, "o que vocês dois disseram me parece lógico, até onde uma mulher pode avaliar. Suas teorias, em si, são bastante convincentes e atestam um profundo conhecimento da vida. Têm apenas um defeito. Não contêm um grama de verdade. Elisabeth não pensava em suicídio. Nem em suicídio real, nem em suicídio simulado. Não pensava em nenhum tipo de suicídio."

A médica saboreou por um instante o efeito de suas palavras e recomeçou: "Vê-se que os senhores têm a consciência culpada. Quando voltamos do setor de emergências, os senhores evitaram a sala de repouso. Não queriam mais vê-la. Mas eu a examinei cuidadosamente, enquanto os senhores faziam a respiração artificial em Elisabeth. Havia uma panela em cima do fogareiro. Elisabeth pôs água para ferver para fazer um café, e adormeceu. A água transbordou e apagou o fogo".

Os dois médicos foram até a sala de repouso com a médica. Era verdade, havia uma pequena panela em cima do fogareiro e nela havia mesmo um pouco d'água.

"Mas, nesse caso, por que ela estava completamente nua?", espantou-se o chefe.

"Vejam bem", disse a médica, mostrando os quatro cantos do aposento: o vestido azul-claro estava jogado no chão debaixo da janela, o sutiã pendurado no pequeno armário branco de remédios, e a calcinha branca, no chão, no ângulo oposto. "Elisabeth jogou suas roupas por toda parte, o que prova que ela quis fazer, mesmo sozinha, o número de striptease que você, chefe, achou prudente proibir!

"Quando ela ficou completamente nua, decerto sentiu cansaço. Isso não lhe convinha, porque não havia desistido de suas esperanças para esta noite. Sabia que acabaríamos indo embora e que Havel ficaria sozinho. Por isso pediu comprimidos para ficar acordada. Quis fazer um café e pôs a panela no fogo. Em seguida, olhou de novo para seu corpo, e isso a excitou. Elisabeth tinha uma vantagem sobre vocês. Ela não via o próprio rosto. Via em si mesma uma beleza sem defeito. Seu corpo a excitou, e ela se deitou lascivamente no divã. Mas, visivelmente, o sono a apanhou de surpresa, antes da volúpia."

"Claro", disse Havel. "Ainda mais que eu lhe dei soníferos!"

"Isso é bem próprio de você", disse a médica. "Então, ainda há alguma coisa a esclarecer?"

"Sim", disse Havel. "Lembre-se do que ela nos disse: *Não estou próxima da morte! Ainda estou bem viva! Eu vivo!* Estas últimas palavras, ela as pronunciou de maneira patética, como se fossem palavras de adeus: *Se vocês soubessem. Vocês não sabem de nada. Não sabem de nada.*"

"Vejamos, Havel", disse a médica. "Parece que você não sabe que noventa e nove por cento das palavras que pronunciamos são palavras atiradas ao vento. Você mesmo, a maior parte do tempo, não fala só por falar?"

Os médicos ainda conversaram durante algum tempo, depois saíram; o chefe e a médica estenderam a mão a Havel e se afastaram.

A NOITE ESTAVA IMPREGNADA DE PERFUMES

Fleischman chegou por fim à rua de subúrbio onde morava com os pais numa pequena casa cercada por um jardim. Abriu o portão e, em vez de ir até a porta de entrada, sentou-se num banco, em meio às roseiras que eram cuidadosamente tratadas por sua mãe.

A noite de verão estava impregnada de perfumes, e as palavras *culpado*, *egoísmo*, *amado*, *morte* se agitavam no peito de Fleischman e lhe causavam um prazer exaltante; ele tinha a impressão de que cresciam asas em suas costas.

Nesse afluxo de felicidade melancólica, compreendeu que era amado como nunca. Evidentemente, muitas mulheres já haviam lhe dado provas palpáveis de seus sentimentos, mas, no momento, ele se restringia a uma fria lucidez: será que tinha sido sempre amor? será que algumas vezes ele não sucumbira a ilusões? será que não se tratava mais de imaginação que da própria realidade? será que Klara, por exemplo, não estava mais interessada do que apaixonada? será que ela não se importava mais com o apartamento que ele procurava para ela do que propriamente com ele? Tudo ficou bem obscuro depois do ato de Elisabeth.

O ar estava impregnado de grandes palavras, e Fleischman pensava que o amor tem apenas um critério: a morte. No fim do verdadeiro amor, existe a morte, e só o amor no fim do qual existe a morte é o amor.

O ar estava impregnado de perfumes, e Fleischman se perguntava: será que algum dia alguém o amaria tanto quanto aquela mulher feia? Mas o que era a beleza ou a feiura perto do amor? O que era a feiura de um rosto perto de um sentimento cuja grandeza refletia o absoluto?

(O absoluto? Sim. Fleischman é um adolescente atirado há pouco tempo no mundo incerto dos adultos. Faz o máximo que pode para seduzir as mulheres, mas o que procura é sobretudo o abraço consolador, infinito, redentor, que o salvará da atroz relatividade do mundo recém-descoberto.)

QUARTO ATO

A VOLTA DA MÉDICA

O dr. Havel estava deitado no divã havia algum tempo, sob uma fina coberta de lã, quando ouviu batidas no vidro. Viu o rosto da médica à luz da lua. Abriu a janela e perguntou: "O que está acontecendo?".

"Deixe-me entrar", disse a médica, e se dirigiu a passos rápidos para a porta do pavilhão.

Havel abotoou a camisa, deu um suspiro e saiu do aposento.

Quando ele abriu a porta do pavilhão, a médica entrou sem dar maiores explicações, e depois de se instalar numa poltrona, na sala do plantão, em frente a Havel, começou a contar que não tinha conseguido voltar para casa, que se sentia terrivelmente perturbada, que não ia conseguir dormir, e pediu a Havel que conversasse um pouco com ela para que se acalmasse.

Havel não acreditava numa só palavra do que a médica dizia e era suficientemente mal-educado (ou imprudente) para demonstrá-lo.

Por isso a médica lhe disse: "É claro que não acredita em mim, pois está convencido de que voltei para dormir com você".

O médico fez um gesto negativo, mas a médica prosseguiu: "Você não passa de um dom-juan vaidoso! É evidente. Assim que uma mulher o vê, ela só pensa nisso. E você, constrangido e contrariado, cumpre sua triste missão".

Mais uma vez, Havel fez um gesto negativo, mas a médica, depois de acender um cigarro e soprar displicentemente a fumaça, prosseguiu: "Meu pobre dom-juan, não tenha medo de nada. Não estou aqui para incomodá-lo. Você não tem nada em comum com a morte. Tudo isso não passa de paradoxos de nosso querido chefe. Você deixa escapar algumas mulheres, sim, pela simples razão de que nem todas estão dispostas a não escapar. Eu, por exemplo, posso lhe garantir, estou completamente imunizada contra você".

"Foi isso que veio me dizer?"

"Talvez. Vim para consolá-lo, para lhe dizer que você não é como a morte. Que eu irei escapar."

A MORALIDADE DE HAVEL

"É gentil da sua parte", disse Havel, "gentil escapar e vir aqui me dizer isso. Você tem razão, não tenho nada em comum com a morte. Não apenas deixei Elisabeth escapar, como também vou deixar que você escape."

"Oh!", fez a médica.

"Não quero dizer com isso que você não me agrada. Muito pelo contrário."

"Mesmo assim...", disse a médica.

"Sim. Você me agrada muito."

"Então, por que vai me deixar escapar? Será que é porque não me interesso por você?"

"Não, acho que não tem nada a ver com isso", disse Havel.

"Então, por quê?"

"Porque você é amante do chefe."

"E daí?"

"O chefe é ciumento. Isso o faria sofrer."

"Você tem escrúpulos?", disse a médica, rindo.

"Sabe", disse Havel, "em minha vida já tive problemas suficientes com mulheres e cada vez prezo mais a amizade masculina. Essa amizade, que não é contaminada pela besteira do erotismo, é o único valor que conheci na vida."

"Você considera o chefe um amigo?"

"O chefe fez muito por mim."

"Mais ainda por mim", replicou a médica.

"Pode ser", disse Havel. "Mas não se trata de gratidão. É um amigo, apenas isso. É uma pessoa incrível. E gosta de você. Se eu tentasse possuí-la, seria obrigado a me considerar um canalha."

O CHEFE CALUNIADO

"Não esperava ouvir de sua boca um elogio tão fervoroso da amizade!", disse a médica. "Eu o estou descobrindo, doutor, num aspecto inteiramente novo para mim e absolutamente inesperado. Não só você possui, contra todas as expectativas, a faculdade de sentir, mas exerce essa faculdade (o que é bem comovente) em relação a um senhor mais velho, grisalho e calvo, que chama atenção apenas pelo ridículo. Reparou nele ainda há pouco? Percebeu como gosta de estar constantemente se exibindo? Quer sempre provar coisas em que ninguém pode acreditar.

"Em primeiro lugar, quer provar que é espirituoso. Você o ouviu. Passou a noite falando e não disse nada, divertindo a plateia, fazendo graça, o dr. Havel é como a morte, inventou paradoxos sobre a infelicidade de um casamento feliz (uma canção que já ouvi umas cem vezes!), tentou provocar Fleischman (como se, para isso, fosse preciso ser espirituoso!).

"Em segundo lugar, quer se fazer passar por um sujeito generoso. Na verdade, detesta qualquer um que ainda tenha cabelos na cabeça, mas disfarça. Ele o bajulava, ele me bajulava, era paternal e terno com Elisabeth, e se implicou com Fleischman, tomou cuidado para que Fleischman não percebesse.

"E em terceiro lugar, e é o mais grave, quer provar que é irresistível. Tenta desesperadamente esconder sua fisionomia atual sob sua aparência de outrora, que ele infelizmente não tem mais e da qual nenhum de nós se lembra. Você viu com que habilidade conseguiu nos contar a história daquela putinha que não quis saber dele, apenas para evocar sua aparência de outros tempos e assim fazer esquecer sua triste calvície?"

A DEFESA DO CHEFE

"Tudo o que você disse é quase verdade, cara senhora", respondeu Havel. "Mas vejo nisso apenas razões suplementares, e boas razões, para gostar do chefe, pois tudo isso me comove mais do que você pensa. Por que espera que eu zombe de uma calvície a que não escaparei? Por que gostaria que eu zombasse desse esforço obstinado do chefe para não ser o que ele é?

"Ou um velho aceita ser o que é, ou seja, um resto lamentável de si mesmo, ou não aceita. Mas o que deve fazer, se não aceita? Só lhe resta fingir ser o que não é; só lhe resta suscitar, por meio de um laborioso fingimento, o que ele não é mais, o que perdeu; inventar, brincar, imitar sua alegria, sua vitalidade, sua cordialidade. Fazer reviver sua imagem juvenil, esforçar-se para se confundir com ela e substituí-la pelo que é no presente. É a mim que vejo nessa comédia do chefe, ao meu próprio futuro. Se ainda me sobrarem forças suficientes para recusar a resignação que certamente é um mal pior do que essa melancólica comédia.

"Você talvez tenha percebido bem o jogo do chefe. Mas é por isso que gosto ainda mais dele, e nunca poderia lhe fazer mal, donde resulta que eu nunca poderia dormir com você."

A RESPOSTA DA MÉDICA

"Meu caro doutor", respondeu a médica, "há menos divergências entre nós do que você pensa. Eu também gosto muito dele. Também tenho pena dele, tanto quanto você. E devo mais a ele do que você. Sem ele, eu não teria um cargo tão bom. (Você sabe bem disso, aliás, todo mundo sabe muito bem disso.) Você acha que faço dele o que quero? Que o engano? Que tenho amantes? Com que alegria todo mundo iria contar a ele! Não quero fazer mal a ninguém, nem a ele nem a mim, e em consequência sou menos livre do que você imagina. Estou completamente presa. Mas me alegro de que nós dois tenhamos nos entendido tão bem. Porque você é o único homem com quem posso me permitir ser infiel ao chefe. Na verdade, você gosta dele com sinceridade e jamais iria querer lhe fazer mal. Você será escrupulosamente discreto. Posso ter confiança em você. Portanto, posso dormir com você...", e sentou no colo de Havel e começou a desabotoar sua roupa.

QUE FEZ O DR. HAVEL?

O que ele poderia fazer?...

QUINTO ATO

NUM TURBILHÃO DE SENTIMENTOS NOBRES

Depois da noite veio a manhã, e Fleischman desceu ao jardim para cortar um buquê de rosas. Em seguida tomou o bonde para o hospital.

Elisabeth tinha um quarto particular no setor de emergências. Fleischman sentou na cabeceira de sua cama, pôs o buquê em cima da mesa de cabeceira e pegou a mão de Elisabeth para sentir seu pulso.

"Está melhor?", perguntou-lhe então.

"Estou", disse Elisabeth.

E Fleischman disse com voz repleta de emoção: "Você não devia ter feito tamanha bobagem, minha querida".

"Você tem razão", disse Elisabeth, "mas eu peguei no sono. Pus água para ferver para fazer um café, e peguei no sono como uma boba."

Fleischman contemplava Elisabeth com espanto, pois não esperava tanta generosidade da parte dela: Elisabeth queria lhe poupar o remorso, não queria oprimi-lo com seu amor, e renegava esse amor!

Ele lhe acariciou o rosto e, arrebatado por seus sentimentos, começou a tratá-la com mais intimidade: "Sei de tudo. Não precisa mentir. Mas agradeço a mentira".

Compreendeu que não poderia encontrar em nenhuma outra tanta nobreza, abnegação e devotamento, e quase sucumbiu à tentação de pedir a ela que se tornasse sua mulher. Mas, no último momento, dominou-se (sempre há tempo para fazer um pedido de casamento) e disse apenas:

"Elisabeth, Elisabeth, minha querida. Foi para você que eu trouxe estas rosas."

Elisabeth olhava para Fleischman com ar de espanto e disse: "Para mim?".

"Sim, para você. Porque estou feliz de estar aqui com você. Porque estou feliz por você existir, Elisabeth. Talvez eu a ame. Talvez a ame muito. Mas é sem dúvida um motivo a mais para ficarmos nisso. Acho que um homem e uma mulher se amam mais quando não vivem juntos e quando sabem um do outro apenas uma coisa: que existem, e quando ficam gratos um ao outro porque existem e porque sabem que existem. E isso basta para que sejam felizes. Obrigado, Elisabeth, obrigado por você existir."

Elisabeth não compreendia nada, mas sorria um sorriso beato, um sorriso estúpido, cheio de uma vaga felicidade e de uma vaga esperança.

Depois Fleischman se levantou, apertou com a mão o ombro de Elisabeth (sinal de um amor reservado e discreto), deu meia-volta e saiu.

A INCERTEZA DE TODAS AS COISAS

"Foi nossa bela colega, literalmente brilhante de juventude esta manhã, que encontrou sem dúvida a explicação mais correta para os acontecimentos", disse o chefe à médica e a Havel, quando os três voltaram a se reunir no setor. "Elisabeth pôs água para ferver para fazer um café, e adormeceu. Pelo menos, é o que ela afirma."

"Está vendo?", disse a médica.

"Não estou vendo absolutamente nada", replicou o chefe. "Afinal de contas, ninguém sabe nada do que aconteceu. Talvez a panela já estivesse no fogareiro. Se Elisabeth quisesse se suicidar com gás, por que tiraria a panela dali?"

"Mas ela explicou tudo!", observou a médica.

"Depois da comédia que representou para nós e do medo que nos fez passar, não me espanta que ela tente nos convencer de que tudo aconteceu por causa de uma panela. Lembre-se que neste país o autor de uma tentativa de suicídio é imediatamente mandado para tratamento num hospital psiquiátrico. Essa perspectiva não agrada a ninguém."

"Essas histórias de suicídio lhe agradam, chefe?", disse a médica.

"Bem que gostaria que Havel fosse torturado pelo remorso, pelo menos uma vez", disse o chefe, rindo.

O ARREPENDIMENTO DE HAVEL

No insignificante comentário do chefe, a consciência culpada de Havel percebeu uma censura cifrada que os céus discretamente lhe enviavam: "O chefe tem razão", disse ele. "Não foi necessariamente uma tentativa de suicídio, mas talvez tenha sido. Aliás, se me permitem a franqueza, eu não iria querer mal a Elisabeth por causa disso. Digam-me, existe na vida um único valor absoluto que leve o suicídio a ser considerado inaceitável por princípio? O amor? Ou a amizade? Posso garantir que a amizade não é menos frágil do que o amor e que nada pode se fundar na amizade. O amor-próprio, talvez? Bem que eu gostaria. Mas, chefe", disse Havel, quase com fervor e em tom de arrependimento, "eu juro, chefe, que não gosto nem um pouco de mim."

"Senhores", disse a médica com um sorriso, "se isso embeleza a vida de vocês, se isso salva a alma de vocês, decidamos que Elisabeth realmente quis se suicidar. Combinado?"

"Já basta", disse o chefe. "Mudemos de assunto. Havel, suas conversas poluem o ar desta bela manhã! Sou quinze anos mais velho do que você. Tenho a falta de sorte de ser feliz em casa, portanto não posso me divorciar. E sou infeliz no amor porque, ai de mim, a mulher que amo não é ninguém mais que esta médica! E apesar disso sou feliz neste mundo!"

"Bem, muito bem", disse a médica ao chefe, com uma ternura fora do comum, e pegou em sua mão. "Eu também sou feliz neste mundo."

Nesse instante, Fleischman se juntou ao grupo dos três médicos e disse: "Estou vindo do quarto de Elisabeth. É de fato uma moça extraordinariamente honesta. Negou tudo. Culpa-se de tudo".

"Estão vendo?", disse o chefe, rindo. "E por pouco Havel não induziu nós todos ao suicídio."

"É evidente", disse a médica. E se aproximou da janela. "Vai fazer um dia lindo. O céu está tão azul. Que é que você acha, Fleischman?"

Minutos antes, Fleischman quase se recriminava por ter agido de maneira hipócrita quando quis resolver o problema com um buquê de rosas e algumas palavras amáveis, mas agora se felicitava por não ter precipitado as coisas. Captou o sinal da médica e o entendeu. O fio da aventura iria, portanto, ser retomado no ponto em que se rompera, na véspera, quando o cheiro de gás malograra o encontro entre Fleischman e a médica. E Fleischman não pôde evitar sorrir para a médica, mesmo sob o olhar ciumento do chefe.

A história recomeça, portanto, no ponto em que havia terminado no dia anterior, mas Fleischman acredita voltar para ela bem mais velho e muito mais forte. Tem um amor grande como a morte atrás de si. Sente uma onda crescer em seu peito, e é a onda mais alta e mais poderosa que conheceu. Pois o que o exalta tão voluptuosamente é a morte: a morte que lhe deram de presente; uma esplêndida e revigorante morte.

QUE OS VELHOS MORTOS CEDAM LUGAR AOS NOVOS MORTOS

1

Ele voltava para casa, contornando uma rua de uma cidadezinha da Boêmia onde morava fazia alguns anos, resignado a uma vida sem muito interesse, a vizinhos faladores e à grosseria monótona que o cercava no escritório, e caminhava com tal indiferença (é assim que se anda num caminho que se percorre centenas de vezes seguidas) que quase não a viu. Mas ela o reconheceu de longe, e enquanto caminhava ao seu encontro, olhava para ele com um sorriso que acabou provocando, no último momento, quando estavam quase frente a frente, um estalo em sua memória e o tirou de sua sonolência.

"Custei a reconhecê-la", disse ele, mas foi uma desculpa desastrada, que logo os transportou para um assunto penoso, o qual seria preferível evitar: eles não se viam fazia quinze anos e tinham envelhecido. "Mudei tanto assim?", perguntou ela, e ele respondeu que não, e ainda que fosse mentira, era uma mentira parcial, porque aquele sorriso reservado (em que se expressava pudica e modestamente uma eterna faculdade de se entusiasmar) chegava até ali através de uma distância de muitos anos, imutável, e o perturbava: porque aquele sorriso evocava a aparência antiga daquela mulher, e de maneira tão clara que ele precisou fazer um esforço para esquecer o sorriso e vê-la como era agora: quase uma velha.

Perguntou-lhe aonde ia e se tinha algum programa, e ela respondeu que viera acertar uns negócios e que agora só lhe restava esperar o trem que à noite a levaria de volta a Praga.

Ele manifestou o prazer que o encontro inesperado lhe causava, e como ambos concordaram (com razão) que os dois bares da cidade eram sujos e viviam lotados, convidou-a para ir a seu apartamento, que não ficava longe, onde poderia preparar um chá ou um café para ela, e que, sobretudo, era um lugar limpo e tranquilo.

2

O dia começara mal para ela. Seu marido (vinte e cinco anos antes tinham vivido ali durante algum tempo — eram, na época, recém-casados —, depois se instalaram em Praga, onde ele morrera fazia dez anos) estava enterrado no cemitério daquela cidadezinha, conforme um estranho pedido que expressara em suas últimas vontades. Ela adquirira então uma concessão por dez anos, e constatara dias antes que se esquecera de renová-la e que o prazo tinha expirado. Inicialmente pensara em escrever à administração do cemitério, mas, lembrando-se de que toda correspondência com administrações é uma empreitada interminável e inútil, resolvera vir.

Embora conhecesse de cor o caminho que conduzia ao túmulo do marido, naquele dia teve a impressão de ver o cemitério pela primeira vez. Não conseguia encontrar o túmulo e achou que estava perdida. Afinal compreendeu: onde ficava antigamente o monumento de arenito com o nome, em letras douradas, de seu marido, erguia-se agora (ela teve a certeza de reconhecer o lugar pelos dois túmulos vizinhos) um monumento de mármore preto com um nome, em letras douradas, absolutamente desconhecido para ela.

Transtornada, dirigiu-se à administração do cemitério. Lá, informaram-na de que os túmulos eram automaticamente liquidados com o término das concessões. Criticou-os por não a terem avisado de que deveria renovar a concessão, e eles responderam que havia pouco lugar no cemitério e que *os velhos mortos deviam ceder lugar aos novos mortos*. Ela ficou indignada e, reprimindo a custo um soluço, disse-lhes que eles não tinham nem o senso da dignidade humana nem respeito pelo próximo, mas não demorou a compreender que a discussão era inútil. Assim como não conseguira impedir a morte do marido, estava sem ação diante daquela segunda morte, aquela morte de um *velho morto* que já não tinha nem o direito a uma existência de morto.

Voltou à cidade, e à sua tristeza logo se juntou a inquietação, pois ela ficou imaginando como poderia explicar a seu filho o desaparecimento do túmulo do pai e justificar diante dele sua própria negligência. Em seguida, veio o cansaço: ela não sabia o que fazer durante as longas horas de espera até a partida do trem que a levaria a Praga, já que não conhecia mais ninguém ali, nem tinha vontade de dar um passeio sentimental, pois a cidade mudara tanto com o passar dos anos que os lugares outrora familiares lhe pareciam inteiramente estranhos. Foi por isso que aceitou com gratidão o convite do velho amigo (meio esquecido) que acabara de encontrar por acaso: pôde lavar as mãos no banheiro e em seguida sentar numa poltrona macia (estava com dor nas pernas), examinar a sala e escutar, por trás da divisória que separava a cozinha do resto do apartamento, o barulho da água fervendo.

3

Ele acabara de fazer trinta e cinco anos, e de repente constatara que seus cabelos rareavam nitidamente no alto da cabeça. Ainda não era uma calvície completa, mas já se podia pressenti-la (os cabelos deixavam entrever a pele): ela era inevitável e estava bem próxima. É ridículo, sem dúvida, considerar a perda dos cabelos uma questão vital, mas ele percebia muito bem que a calvície mudaria seu rosto e que, portanto, a vida de uma de suas aparências (claramente a melhor) chegava ao fim.

Então, ele se perguntou qual era exatamente o balanço da vida desse personagem (com cabelo) que pouco a pouco estava indo embora, o que esse personagem tinha vivido exatamente e que alegrias conhecera exatamente, e constatou com espanto que foram bem poucas essas alegrias; sentia-se enrubescer ante esse pensamento; sim, tinha vergonha: pois é vergonhoso ter vivido tanto tempo neste mundo e ter vivido tão pouco.

O que queria ele dizer precisamente quando dizia que tinha vivido pouco? Pensava nas viagens, no trabalho, na vida social, nos esportes, nas mulheres? Certamente pensava em tudo isso, mas pensava sobretudo nas mulheres; porque, se sua vida era pobre em outros setores, isso o atormentava bem pouco, pois ele não podia se considerar culpado dessa pobreza: afinal de contas não tinha culpa se seu trabalho era desprovido de interesse e de perspectivas; não tinha culpa se não podia viajar, não contando para isso nem com dinheiro nem com a permissão dos dirigentes; não tinha culpa se havia rompido o menisco aos vinte anos e tivera que renunciar aos esportes, de que gostava muito. Em compensação, o setor feminino era para ele uma esfera de liberdade relativa, e aí ele não podia apresentar nenhuma desculpa. Aí, poderia ter mostrado quem era, poderia ter manifestado sua riqueza; as mulheres tinham se tornado para ele o único critério justificado da *densidade* vital.

Mas, por infelicidade, ele nunca tinha se saído bem com as mulheres: até os vinte e cinco anos (apesar de ter sido um rapaz bonito) ficava paralisado pelo medo; logo depois se apaixonou, casou-se e, durante sete anos, persuadiu-se de que se podia encontrar numa só mulher o infinito do erotismo; em seguida se divorciou, a apologética da monogamia (a ilusão do infinito) deu lugar a um desejo suave e audaz pelas mulheres (na diversidade finita de sua multiplicidade), mas, infelizmente, esse desejo e essa audácia eram fortemente prejudicados por uma situação financeira difícil (devia pagar uma pensão alimentícia à ex-mulher por um filho que estava autorizado a ver uma ou duas vezes por ano) e pelas condições de vida numa cidadezinha onde a curiosidade dos vizinhos era tão ilimitada quanto era restrita a escolha das mulheres a seduzir.

Depois disso, o tempo passou muito depressa, e de repente ele se viu diante do espelho oval que ficava em cima da pia do banheiro, segurando na mão direita um pequeno espelho redondo por cima do crânio, o olhar obsessivamente fixo na calvície nascente; de súbito (sem nenhuma preparação) ele compreendeu a verdade banal: não se recupera o que se deixou escapar. Desde então, sofria de mau humor crônico e tinha até ideias de suicídio. Evidentemente (é um ponto que convém sublinhar para que ele não seja tomado por histérico ou imbecil): sabia da comicidade dessas ideias e sabia que nunca as concretizaria (ele mesmo ria ao pensar em sua carta de adeus: *Nunca aceitarei ser calvo: adeus!*); mas tinha esses pensamentos, ainda que fossem platônicos. Façamos um esforço para compreendê-lo: essas ideias lhe ocorriam mais ou menos como ocorre a um corredor de maratona o desejo irresistível de abandonar a prova quando constata, no meio da corrida, que está a ponto de perder (e, ainda por cima, por causa de seus próprios erros). Ele também considerava que a corrida estava perdida e não tinha vontade de continuar a correr.

E, agora, inclinava-se sobre a mesinha e punha uma xícara de café diante do divã (onde logo depois ele mesmo iria sentar) e outra diante da confortável poltrona onde sentara a visitante, e dizia consigo mesmo que era uma estranha crueldade do destino ter reencontrado aquela mulher, por quem fora loucamente apaixonado no passado e que então deixara escapar (por causa de seus próprios erros), justamente no momento em que se achava num péssimo estado de espírito e em que não era possível recuperar mais nada.

4

Ela certamente não teria adivinhado que era, a seus olhos, *aquela que ele deixara escapar*; claro, ela ainda se lembrava de uma noite que haviam passado juntos, lembrava-se de sua aparência de então (ele tinha vinte anos, não sabia se vestir, enrubescia e a divertia com seu jeito de garoto), lembrava-se também de como ela era naquele tempo (tinha quase quarenta anos e uma sede de beleza que a jogava nos braços de desconhecidos que logo repelia; porque sempre pensara que sua vida deveria se assemelhar a *uma dança refinada*, e temia transformar suas infidelidades conjugais num hábito sórdido).

Sim, ela se impunha a beleza, como outros se impõem um imperativo moral; se tivesse percebido a feiura em sua própria vida, teria sucumbido ao desespero. E, como compreendia que seu anfitrião devia achá-la muito velha quinze anos depois (com todas as feiuras que isso implica), apressou-se em abrir diante de seu rosto um leque imaginário, e o cumulou de perguntas: queria saber como ele viera para aquela cidade; interrogou-o sobre seu trabalho; elogiou seu apartamento, que ela achava muito agradável, com vista sobre os telhados da cidade (disse que aquela vista, evidentemente, não tinha nada de extraordinário, mas transmitia um sentimento de liberdade); mencionou os autores de algumas reproduçoes de pintores impressionistas emolduradas (não era difícil, pois com certeza as mesmas reproduções baratas se encontravam na casa da maior parte dos intelectuais tchecos sem dinheiro), depois se levantou, com a xícara na mão, e se inclinou sobre a pequena escrivaninha, onde muitas fotos estavam dispostas num porta-retratos (constatou que não havia nem uma fotografia de mulher jovem), e perguntou se o rosto da mulher idosa que se via numa das fotos era o rosto da mãe dele (ele aquiesceu).

Em seguida, ele perguntou quais eram os negócios que, quando se encontraram, ela disse que tinha vindo resolver. Ela não tinha a menor vontade de falar do cemitério (ali, no quinto andar daquele edifício, estava como que suspensa acima dos telhados e também, sensação ainda mais agradável, acima de sua vida); mas, como ele insistia, acabou por confessar (mas muito resumidamente, pois o impudor de uma franqueza excessiva sempre lhe fora estranho) que havia morado naquela cidade em outra época, muitos anos antes, que seu marido estava enterrado ali (não disse nada sobre o desaparecimento do túmulo) e que todo ano ela ia para lá com o filho, no Dia de Todos os Santos.

5

"Todo ano?" Essa revelação o entristecia, e ele pensou novamente na crueldade do destino; se a tivesse reencontrado seis anos antes, quando viera se instalar naquela cidade, tudo ainda teria sido possível: ela ainda não estaria tão marcada pela idade e não estaria tão diferente da imagem da mulher que ele amara quinze anos antes; ele teria tido força para superar a diferença e confundir as duas imagens (a imagem presente e a do passado). Mas agora as duas imagens estavam desesperadamente distantes uma da outra.

Ela bebera sua xícara de café e falava, enquanto ele se esforçava para determinar exatamente a amplitude daquela metamorfose em razão da qual ela iria lhe escapar *uma segunda vez*: o rosto estava enrugado (o que muitas camadas de pó de arroz tentavam em vão disfarçar); o pescoço estava envelhecido (o que ela tentava esconder em vão com uma gola alta); as faces estavam caídas; os cabelos (isso, porém, era quase belo!) se tornavam grisalhos. Contudo, o que mais chamava sua atenção eram as mãos (que nem o pó nem a maquiagem, infelizmente, podem embelezar): a rede azul de veias que nelas se desenhava em relevo quase as transformava em mãos de homem.

Seu pesar se misturava à raiva; ele teve vontade de beber para esquecer que aquele reencontro acontecia tarde demais; perguntou se ela não queria tomar um conhaque (tinha uma garrafa aberta no armário, atrás da divisória); ela respondeu que não, e ele se lembrou de que, quinze anos antes, ela quase não bebia, sem dúvida por medo de que o álcool a privasse de seu educado comedimento. E quando ele viu o gesto delicado que ela fez com a mão para recusar o conhaque, compreendeu que aquele charme do bom gosto, aquela sedução, aquela graça, que o haviam fascinado, continuavam os mesmos, embora estivessem ocultos sob a máscara da idade, e ainda continuavam atraentes, mesmo por trás de uma grade.

Quando ele pensou que aquela grade era *a grade da velhice*, sentiu por ela uma piedade imensa, e essa piedade a tornou mais próxima (aquela mulher outrora deslumbrante, que o fazia perder a fala), e ele teve vontade de conversar com ela como um amigo conversa com uma amiga, longamente, na atmosfera azulada da melancólica resignação. E, de fato, falava com loquacidade e, para terminar, aludiu às ideias pessimistas que o assaltavam havia algum tempo. Claro, não falou nada sobre sua calvície incipiente (assim como ela não falara nada sobre o túmulo desaparecido); a visão da calvície foi transubstanciada em frases quase filosóficas sobre o tempo que passa depressa demais para que se possa acompanhá-lo, sobre a vida marcada pela decomposição inevitável, e em outras frases semelhantes, com as quais esperava que a visitante concordasse com uma observação compatível; mas esperou em vão.

"Não gosto dessa conversa", disse ela quase com veemência, "tudo isso que você está dizendo é terrivelmente superficial."

6

Ela não gostava que falassem sobre envelhecimento e morte, pois havia nessas conversas a imagem da feiura física, que lhe repugnava. Repetiu várias vezes a seu anfitrião, quase emocionada, que suas impressões eram *superficiais*; o homem, dizia ela, é mais que seu corpo perecível, pois o essencial é a obra do homem, o que o homem deixa para os outros. Não era, de sua parte, um argumento novo; recorrera a ele trinta anos antes, quando estava apaixonada por seu futuro marido, que tinha dezoito anos a mais do que ela; nunca deixara de respeitá-lo sinceramente (apesar de todas as suas infidelidades, das quais ele nada sabia ou nada queria saber) e se esforçava para convencer a si mesma de que a inteligência e a posição do seu marido compensavam o pesado fardo dos anos.

"Que obra, pergunto eu! Que obra você quer que deixemos?", replicou ele com um riso amargo.

Ela não queria recordar seu falecido marido, embora estivesse firmemente convencida do valor permanente de tudo o que ele realizara; contentou-se então em responder que todo homem aqui na Terra realiza uma obra, por mais modesta que seja, e que é isso, e somente isso, que lhe dá o seu valor; começou a falar de si mesma com loquacidade, de seu trabalho num centro de cultura nos arredores de Praga, das conferências e das noites de poesia que organizava ali; falava (com uma ênfase que lhe pareceu deslocada) das "fisionomias agradecidas do público"; depois disse que era bom ter um filho e ver seus próprios traços (seu filho se parecia com ela) mudarem pouco a pouco, transformando-se num rosto de homem, que era bom lhe dar tudo o que uma mãe pode dar a um filho e desaparecer sem alarde dos rastos de sua vida.

Não fora por acaso que começara a falar do filho, pois, naquele dia, o filho estivera presente em cada um de seus pensamentos, censurando-lhe o fracasso no cemitério; era estranho; nunca deixara que um homem lhe impusesse sua vontade, mas seu próprio filho a dominava, sem que ela pudesse compreender como. Se o fracasso no cemitério a tinha perturbado tanto, era sobretudo porque se sentia culpada diante dele e temia suas recriminações. Seu filho a vigiava com um cuidado ciumento para que ela honrasse dignamente a memória do pai (era ele que insistia todo ano para que não deixassem de ir ao cemitério no Dia de Todos os Santos!), e fazia muito tempo que ela adivinhava: essa preocupação não era ditada pelo amor ao pai morto, mas pelo desejo de tiranizar a mãe, de mantê-la dentro dos limites que convêm a uma viúva; pois era isso, apesar de ele nunca tê-lo expressado e de ela ter se esforçado (em vão) para ignorá-lo: repugnava-lhe pensar que sua mãe pudesse ter uma vida sexual, considerava com aversão tudo o que pudesse subsistir nela (mesmo como virtualidade) de sexual e, como a ideia do sexo está ligada à ideia da juventude, considerava com aversão tudo o que subsistia nela de juvenil; já não era uma criança, e a juventude de sua mãe (associada à agressividade do desvelo materno) formava uma espécie de obstáculo entre ele e a juventude das moças que começavam a interessá-lo; ele precisava ter uma mãe velha para poder suportar seu amor e ser capaz de amá-la. E apesar de algumas vezes ela perceber que assim ele a empurrava para o túmulo, acabara cedendo, capitulando sob a pressão dele e até idealizando essa capitulação, persuadindo-se de que a beleza da vida provinha justamente desse retraimento silencioso atrás de outra vida. Em nome dessa idealização (sem a qual as rugas de seu rosto a teriam marcado ainda mais), ela punha na discussão com seu anfitrião um tão inesperado ardor.

Mas de repente seu anfitrião se inclinou sobre a mesinha que os separava, acariciou-lhe a mão e disse: "Desculpe se eu disse bobagens, você sabe que sempre fui um imbecil".

7

A discussão não o irritara, muito pelo contrário, a visitante apenas confirmava a seus olhos sua identidade: no protesto que ela erguera contra suas afirmações pessimistas (mas não seria antes de tudo um protesto contra a feiura e o mau gosto?), ele a reencontrava tal como a conhecera, de maneira que seu personagem e a aventura deles do passado lhe preenchiam cada vez mais o pensamento, e ele desejava somente uma coisa: que nada viesse romper aquela atmosfera azulada tão propícia à conversação (por isso lhe acariciara a mão e chamara a si mesmo de imbecil) e que ele pudesse lhe falar do que lhe parecia agora essencial: sua aventura comum; pois estava convencido de que vivera com ela algo inteiramente extraordinário, de que ela não tinha consciência e para o qual ele mesmo deveria procurar e encontrar as palavras certas.

Não se lembrava mais como haviam se conhecido, sem dúvida ela fazia parte de um grupo de estudantes amigos dele, mas se lembrava perfeitamente do discreto barzinho de Praga onde se encontraram pela primeira vez: ele estava sentado em frente a ela num compartimento forrado de veludo vermelho, estava encabulado e quieto, mas ao mesmo tempo literalmente inebriado pelos delicados sinais por meio dos quais ela dava a entender sua simpatia por ele. Tentava imaginar (sem ousar esperar a realização de seus sonhos) como ela reagiria se a beijasse, a despisse e a amasse, mas não conseguia. Sim, era estranho: tentou mil vezes imaginá-la no amor físico, mas em vão: seu rosto continuava voltado para ele com o mesmo sorriso tranquilo e doce, e ele não conseguia (nem sequer com o mais decidido esforço de imaginação) decifrar nele a expressão de exaltação amorosa. *Ela escapava totalmente à sua imaginação.*

Era uma situação que jamais se repetira em sua vida: ele se viu confrontado com o *inimaginável*. Estava certamente naquele período muito curto da vida (o período *paradisíaco*) em que a imaginação ainda não está saturada da experiência, não se tornou rotina, em que se conhecem ou se sabem poucas coisas, de modo que o inimaginável ainda existe; e quando o inimaginável está para se transformar em realidade (sem a intervenção do imaginável, sem a passarela das imagens), somos tomados pelo pânico e pela vertigem. E, de fato, ele foi tomado pela vertigem quando, após diversos outros encontros durante os quais ele não conseguiu se decidir a nada, ela começou a interrogá-lo detalhadamente com uma eloquente curiosidade sobre o quarto de estudante que ele ocupava numa cidade universitária, quase o obrigando a convidá-la.

O quarto da cidade universitária em que ele morava com um amigo, que lhe prometera, em troca de um copo de rum, não voltar naquele dia antes de meia-noite, não se assemelhava em nada ao apartamento de hoje: duas camas metálicas, duas cadeiras, um armário, uma lâmpada ofuscante sem abajur, uma desordem medonha. Ele fez uma arrumação, e às sete horas (ela era sempre pontual, isso fazia parte de sua elegância) ela bateu na porta. Era setembro, e a escuridão começava a cair lentamente. Sentaram-se na beira da cama metálica e começaram a se beijar. Aos poucos foi ficando mais escuro, e ele não queria acender a luz, porque estava feliz por não poder ser visto e esperava que a escuridão diminuísse o constrangimento que não deixaria de sentir quando se despisse diante dela. (Sabia desabotoar sofrivelmente a blusa das mulheres, mas se despia diante delas com uma pressa pudica.) Porém, daquela vez, hesitou por muito tempo antes de desabotoar o primeiro botão da blusa (achava que o gesto inicial do ato de despir devia ser um gesto elegante e delicado, de que apenas os homens experientes são capazes, e temia trair sua inexperiência), de modo que ela se levantou e perguntou com um sorriso: "Não seria melhor eu tirar essa couraça?...", e começou a se despir; mas estava escuro, e ele via apenas a sombra de seus movimentos. Ele se despiu apressadamente e só sentiu certa segurança quando começaram (graças à paciência que ela revelara) a se amar. Ele olhava para o rosto dela, mas, na penumbra, sua expressão lhe escapava, e não conseguia sequer distinguir seus traços. Lamentou não ter acendido a luz, mas lhe parecia impossível se levantar agora, dirigir-se à porta e apertar o interruptor; portanto, continuou a cansar inutilmente os olhos: não a reconhecia; tinha a impressão de amar outra pessoa; uma personagem postiça, abstrata, desindividualizada.

Em seguida, ela sentou sobre ele (ainda assim, ele só via sua sombra erguida) e, ondulando os quadris, disse alguma coisa com voz abafada, num murmúrio, mas era difícil saber se falava com ele ou consigo mesma. Ele não distinguia as palavras e lhe perguntou o que estava dizendo. Ela continuou a murmurar, e nem mesmo quando a apertou de novo contra si, ele conseguiu compreender suas palavras.

8

Ela escutava seu anfitrião e estava cada vez mais interessada em detalhes que esquecera havia muito tempo: por exemplo, aquele tailleur azul-claro em tecido leve de verão, com o qual ela parecia, dizia ele, um anjo intocável (sim, lembrava-se desse tailleur), ou aquele grande pente de tartaruga que ela usava nos cabelos e que lhe dava, dizia ele, uma nobreza antiquada de mulher da sociedade, ou aquele hábito que tinha, no bar onde costumavam se encontrar, de sempre pedir um chá com rum (seu único pecado alcoólico), e tudo isso desviava agradavelmente seu pensamento do cemitério, do túmulo desaparecido, de suas pernas doloridas, do centro de cultura, dos olhos reprovadores do filho. Ah!, pensava ela, embora sendo o que sou agora, não vivi inutilmente se um pouco de minha juventude continua vivendo na memória desse homem; e ela pensou em seguida que ali estava uma nova confirmação de sua convicção: todo o valor do ser humano está ligado a essa faculdade de se superar, de existir além de si mesmo, de existir no outro e para o outro.

Ela o escutava e não se opunha quando ele vez por outra lhe acariciava a mão; esse gesto combinava com a atmosfera íntima da conversa, e dele emanava uma ambiguidade desconcertante (a quem se dirigia esse gesto? àquela *de quem* se falava ou àquela *a quem* se falava?); aliás, agradava-lhe esse homem que a acariciava; ela até pensava que lhe agradava mais que o jovem de quinze anos atrás, cuja falta de jeito, se bem lembrava, era antes de mais nada penosa.

Quando ele chegou, em seu relato, ao momento em que a sombra móvel dela se elevava acima da sua cabeça e em que ele tentava em vão compreender suas palavras, calou-se por um instante, e ela (ingenuamente, como se ele conhecesse essas palavras e quisesse, após tantos anos, fazer que ela as relembrasse como um segredo esquecido) lhe perguntou com voz doce: “E o que eu dizia?”.

9

“Não sei”, respondeu ele. De fato não sabia; ela então escapava não apenas à sua imaginação mas também às suas percepções; a seu olhar como a seus ouvidos. Quando ele tornou a acender a luz no pequeno quarto da cidade universitária, ela já estava vestida, tudo nela já estava em ordem, deslumbrante, perfeito, e ele procurava inutilmente a ligação entre aquele rosto iluminado e o rosto que adivinhara na escuridão alguns minutos antes. Eles ainda não haviam se separado, naquela noite, e ele já procurava aquela lembrança: esforçava-se para imaginar como era seu rosto (dissimulado na penumbra) e seu corpo (dissimulado na penumbra) alguns minutos antes, durante o amor. Em vão; ela escapava à sua imaginação sempre.

Ele prometeu a si mesmo que a próxima vez que fizesse amor com ela deixaria a luz acesa. Mas não houve próxima vez. Ela o evitava com polidez e habilidade, e ele sucumbia à dúvida e ao desespero: talvez tivessem feito bem o amor, mas ele também sabia até que ponto ele tinha sido impossível, *antes*, e sentia vergonha; sentia-se condenado, porque ela o evitava, e já não ousava insistir em revê-la.

“Diga, por que você me evitava?”

“Desculpe”, disse ela, com sua voz mais terna. “Foi há tanto tempo. Como vou saber?”, e, como ele ainda insistisse, ela disse: “Não se deve voltar sempre ao passado. Já dedicamos muito de nosso tempo a ele!”. Dissera isso para acalmar um pouco sua insistência (e esta última frase, pronunciada com um ligeiro suspiro, lembrava-lhe sem dúvida a última visita ao cemitério), mas ele interpretou de outro modo sua declaração: como se se destinasse a levá-lo a compreender brusca e deliberadamente (este fato evidente) que não havia duas mulheres (a de hoje e a de ontem), mas uma só e mesma mulher, e que essa mulher, que lhe escapara quinze anos antes, agora estava ali, ao alcance de sua mão.

"Você está certa, o presente é mais importante", disse ele com entonação significativa, e dizendo isso olhou com intensidade para seu rosto risonho, em que os lábios entreabertos mostravam uma fileira de dentes; nesse momento, ocorreu-lhe uma lembrança: naquela noite, no pequeno quarto da cidade universitária, ela pegara os dedos dele e os pusera na boca, mordera-os com muita força, a ponto de machucá-los, e, enquanto isso, ele apalpava todo o interior de sua boca, e ainda se lembrava disso nitidamente; de um lado, faltavam-lhe alguns dentes atrás (então, essa descoberta não lhe repugnara; ao contrário, esse pequeno defeito combinava com a idade de sua parceira, idade que o atraía e excitava). Mas agora, olhando pela fenda que se abria entre os dentes e o canto da boca, pôde constatar que os dentes estavam perfeitamente brancos e que não lhe faltava nenhum, e ficou contrariado: mais uma vez, as duas imagens se destacavam uma da outra, mas ele não queria admitir tal coisa, queria reuni-las de novo, pela força e pela violência, e disse: "Não quer mesmo um conhaque?", e como ela recusasse, com um sorriso sedutor e as sobrancelhas ligeiramente levantadas, ele foi para trás da divisória, apanhou a garrafa de conhaque, inclinou-a em direção à boca e bebeu depressa. Pensou em seguida que, pelo seu hálito, ela poderia descobrir o que ele acabara de fazer às escondidas, pegou dois copos, a garrafa, e os levou para a sala. Mais uma vez, ela balançou a cabeça. "Simbolicamente, ao menos", disse ele, e encheu os dois copos. Ele brindou com ela: "Para que eu só fale de você no presente!". Ele esvaziou seu copo, ela umedeceu os lábios, ele sentou ao lado dela no braço da poltrona, e segurou suas mãos.

10

Ela não desconfiara, quando aceitou acompanhá-lo ao seu apartamento, que um *tal* contato pudesse acontecer e, na hora, ficou com medo; como se esse contato tivesse acontecido antes que ela tivesse tempo de se preparar (ela já perdera havia muito esse *estado de preparação permanente*, tal como o conhece a mulher madura) (podia se destacar, talvez, nesse temor, alguma coisa em comum com o temor da adolescente que acaba de ser beijada pela primeira vez, pois se a adolescente *ainda* não está pronta e se ela, a visitante, não o estava *mais*, esse "mais" e esse "ainda" estão misteriosamente ligados, como a velhice e a infância). Em seguida, ele a fez sentar no divã, apertou-a contra si, acariciou-lhe o corpo inteiro, e ela se sentia mole em seus braços (sim, mole: porque seu corpo perdera havia muito tempo a sensualidade soberana que comunicava a seus músculos o ritmo das contrações e dos relaxamentos e a atividade de centenas de delicados tropismos).

Mas o temor do primeiro instante não demorou a se dissipar sob suas carícias, e ela, que estava tão distante da bela mulher madura que fora outrora, retornava agora a uma vertiginosa atividade nesse ser desaparecido, na sua sensibilidade, na sua consciência, ela reencontrava sua antiga segurança de amante experiente, e como não sentia essa segurança havia muito tempo, agora a sentia mais intensamente do que jamais no passado; seu corpo, que um momento antes ainda estava surpreso, temeroso, passivo e mole, animou-se, respondia agora com suas próprias carícias, e ela sentia a precisão e o saber dessas carícias, e isso a enchia de felicidade; as carícias, sua atitude, os movimentos delicados com que seu corpo respondia ao abraço, ela voltava a encontrar tudo isso não como uma coisa aprendida, alguma coisa que ela soubesse e que executasse agora com uma satisfação fria, mas como alguma coisa essencialmente *dela*, com a qual se confundia na embriaguez e na exaltação, como se ela voltasse a encontrar seu continente familiar (ah, o continente da beleza!), do qual tivesse sido banida e ao qual retornava solenemente.

No momento, seu filho estava infinitamente longe; quando seu anfitrião a tomou nos braços, bem no íntimo ela percebeu que o filho a culpava, mas ele logo desapareceu, e agora, num raio de milhares de quilômetros, havia apenas ela e o homem que a acariciava e a abraçava. Mas quando ele pôs a boca na sua e quis abrir seus lábios com a língua, tudo mudou: ela voltou à realidade. Cerrou os dentes com firmeza (sentia sua dentadura, grudada no céu da boca, e tinha a impressão de que ela lhe ocupava a boca inteira), depois o repeliu com suavidade: "Não. Realmente. Por favor. Não vale a pena".

E como ele continuasse a insistir, ela o segurou pelos pulsos e repetiu sua recusa; em seguida lhe disse (falava com pesar, mas sabia que precisava falar se quisesse que seu anfitrião obedecesse) que era tarde demais para fazerem amor; lembrou-lhe a idade que tinha; disse que se fizessem amor, ele sentiria por ela apenas desprezo, e ela ficaria desesperada, porque o que ele lhe dissera sobre a aventura deles do passado era infinitamente belo e importante para ela; seu corpo era mortal e envelhecia, mas ela sabia agora que nele permanecia alguma coisa de imaterial, alguma coisa que se assemelhava a um raio que continua a brilhar, mesmo depois que a estrela se apaga; e pouco importava se ela envelhecesse, desde que sua juventude continuasse intacta, presente em outro ser. "Você construiu para mim um monumento em sua memória. Não podemos permitir que ele seja destruído. Compreenda", disse ela para se proteger. "Você não tem o direito, não tem o direito."

11

Ele lhe garantiu que ela continuava bonita, que na realidade nada mudara, que sempre somos nós mesmos, mas sabia que mentia e que ela estava certa: conhecia muito bem sua sensibilidade excessiva em relação a coisas físicas, a repugnância, mais acentuada a cada ano, que ele sentia pelas imperfeições do corpo feminino e que, nesses últimos anos, o levava a procurar mulheres cada vez mais jovens e, portanto, como ele constatava com amargura, cada vez mais vazias e idiotas; sim, não podia haver nenhuma dúvida a esse respeito: se a persuadisse a fazer amor, no final haveria a repulsa, e essa repulsa poderia macular não apenas o momento presente, mas a imagem de uma mulher amada havia muito tempo, aquela imagem que ele conservava na memória como uma joia.

Sabia de tudo isso, mas tudo isso eram só ideias, e as ideias nada podiam contra o desejo, que sabia apenas de uma coisa: a mulher cuja intangibilidade e inatingibilidade o haviam atormentado durante quinze anos, essa mulher estava ali; poderia finalmente vê-la em plena luz, poderia enfim, em seu corpo de hoje, decifrar seu corpo de outrora, em seu rosto de hoje decifrar seu rosto de outrora. Enfim poderia descobrir sua inimaginável gesticulação amorosa, seu inimaginável espasmo amoroso.

Abraçou seus ombros e a olhou nos olhos: "Não se negue. Não tem sentido resistir".

12

Mas ela balançou a cabeça, porque sabia que não era absolutamente absurdo resistir a ele, conhecia os homens e sua atitude com relação ao corpo feminino, sabia que no amor nem mesmo o idealismo mais fervoroso consegue liberar a superfície do corpo de seu poder terrível; claro, ela ainda tinha uma silhueta realmente elegante, que conservara suas proporções iniciais, e ainda tinha a aparência realmente jovem, sobretudo quando estava vestida, mas sabia que, ao se despir, revelaria as rugas do pescoço e exibiria a grande cicatriz, sequela de uma operação de estômago a que se submetera havia dez anos.

E, à medida que retomava consciência de sua aparência física atual, a qual esquecera alguns momentos antes, as angústias da manhã de hoje subiam das profundezas da rua até a janela do apartamento (que pensara ser suficientemente alto para abrigá-la de sua própria vida), enchiam o quarto, pousavam sobre as reproduções emolduradas, sobre a poltrona, sobre a mesa, sobre a xícara de café vazia, e o rosto de seu filho guiava o cortejo; desde que o distinguiu, enrubesceu e procurou refúgio em algum lugar bem no fundo de si mesma: louca que estava, queria se afastar do caminho que ele lhe traçara e que ela até aquele momento seguira com um sorriso e palavras entusiásticas; quisera fugir (mesmo por um breve instante) e eis que devia docilmente retornar a esse caminho e reconhecer que era o único que lhe convinha. O rosto do filho era de tal maneira sarcástico que ela se sentia, na sua vergonha, cada vez menor diante dele, a ponto de, no cúmulo de sua humilhação, ser apenas a cicatriz que tinha no estômago.

O anfitrião segurava seus ombros e repetia: "Não teria sentido resistir", e ela balançava a cabeça, mas de maneira inteiramente maquinal, pois seus olhos já não viam o anfitrião, mas o rosto do filho inimigo, que ela detestava cada vez mais à medida que se sentia menor e mais humilhada. Ouviu-o censurá-la pelo túmulo desaparecido, e, do caos de sua memória, desprezando toda lógica, surgiu esta frase que ela lhe gritou no rosto, com raiva: *Os velhos mortos devem ceder lugar aos novos mortos, meu querido!*

13

Ele não podia desconfiar por nada neste mundo que aquilo acabaria em repulsa, pois, no momento, nem o olhar que lhe dirigia (olhar perscrutador e penetrante) estava isento de certa repulsa, mas, coisa estranha, isso não o incomodava, isso o excitava e estimulava, como se ele desejasse essa repulsa: nele, o desejo do coito se aproximava do desejo de repulsa; ao desejo de ler em seu corpo aquilo que ignorara por tanto tempo, misturava-se o desejo de, ao mesmo tempo, manchar esse segredo recém-decifrado.

De onde lhe vinha essa paixão? Tivesse ou não consciência, uma ocasião única se apresentava a ele: sua visitante encarnava tudo aquilo que ele não tivera, tudo o que lhe escapara, tudo o que lhe faltara, tudo aquilo cuja ausência tornava insuportável sua idade atual, com os cabelos que começavam a rarear e aquele balanço de vida lamentavelmente vazio; e ele, consciente ou apenas suspeitando disso de modo vago, podia agora privar de significação todas essas alegrias que lhe haviam sido recusadas (e cujas cores cambiantes tornavam sua vida tão tristemente incolor), podia descobrir que elas eram derrisórias, que eram apenas aparência e decadência, que eram apenas poeira que paira no ar, podia-se vingar delas, humilhá-las, aniquilá-las.

"Não resista", repetiu, tentando atraí-la para si.

14

Ela ainda tinha diante dos olhos os traços sarcásticos do filho, e disse, quando o anfitrião a atraiu com força para si: "Por favor, me dê um minuto", e se afastou; temia na realidade cortar o fio de suas ideias: os velhos mortos deviam ceder lugar aos novos mortos, e os monumentos não serviam para nada, nem mesmo o monumento à sua memória que o homem que estava agora a seu lado reverenciara durante quinze anos, nenhum monumento servia para nada, para nada. Eis o que dizia ao filho em pensamento, olhando com satisfação vingativa para aquele rosto que se contraía e que gritava para ela: "Você nunca falou desse jeito, mamãe!". Ela sabia muito bem que nunca falara daquele jeito, mas aquele instante estava repleto de uma luz que tornava todas as coisas perfeitamente claras:

Diante da vida, ela não tinha nenhuma razão para dar preferência aos monumentos; seu próprio monumento, para ela, só tinha uma razão de ser: podia abusar dele agora, para o bem de seu corpo desprezado; pois o homem que estava sentado a seu lado lhe agradava, era jovem e seria provavelmente (quase com certeza, na verdade) o último homem que lhe agradaria e que ela poderia ter, e só isso contava; se em seguida ela lhe inspirasse repulsa e arruinasse seu próprio monumento no pensamento dele, pouco se importava, porque esse monumento estava fora dela, como estavam fora dela o pensamento e a memória desse homem, e daquilo que estava fora dela, nada contava. "Você nunca falou desse jeito, mamãe!" Ouvia a exclamação do filho, mas não lhe dava atenção. Sorria.

"Você tem razão, por que deveria resistir?", disse ela docemente, e se levantou. Depois começou a desabotoar a roupa devagar. A noite ainda estava longe. Dessa vez, o quarto estava inteiramente claro.

O DR. HAVEL VINTE ANOS DEPOIS

1

No dia em que o dr. Havel partiu para fazer um tratamento numa estação de águas, sua bela mulher ficou com os olhos marejados de lágrimas. Eram sem dúvida lágrimas de compaixão (Havel sofria havia algum tempo de uma doença da vesícula biliar, e a mulher até então nunca o vira doente), mas é igualmente verdade que a perspectiva de três semanas de separação despertava nela os tormentos do ciúme.

O quê? Como acreditar que uma atriz, bonita, admirada e muito mais jovem, tivesse ciúmes de um senhor envelhecido que, fazia muitos meses, não saía de casa sem levar no bolso um vidro de comprimidos para se prevenir contra dores traiçoeiras?

No entanto, era o que acontecia, e ninguém conseguia compreendê-la. Nem mesmo o dr. Havel, que, ele também, a julgara, por sua aparência, invulnerável e soberana; ficara ainda mais encantado, alguns anos antes, quando a conhecera melhor e descobrira sua simplicidade, sua natureza caseira, sua timidez; era estranho: nem mesmo depois que se casaram, a atriz chegara a se dar conta da vantagem que sua mocidade lhe proporcionava; estava como que enfeitiçada pelo amor e pela extraordinária reputação erótica do marido, que lhe parecia sempre esquivo e inatingível, e embora ele se esforçasse, dia após dia, para convencê-la, com uma paciência infinita (e uma sinceridade total), de que não havia nem nunca poderia haver ninguém que a igualasse, ela era dolorosa e intensamente ciumenta; apenas sua nobreza natural conseguia manter oculto esse sentimento funesto, que se tornava cada vez mais violento e fazia cada vez mais estragos.

Havel sabia de tudo isso, ficava ora sensibilizado ora aborrecido e às vezes sentia certo cansaço, mas, como amava a mulher, fazia tudo para aliviar seus tormentos. Ainda dessa vez, tentava ajudá-la: exagerava suas dores e a gravidade de seu estado, pois sabia que o medo que a mulher sentia ao pensar em sua doença era para ela um medo estimulante e reconfortante, mas que os temores que lhe inspirava sua boa saúde (cheia de infidelidades e traições) a minavam; por isso falava muitas vezes da dra. Frantiska, que iria tratar dele na estação de águas; a atriz a conhecia, e sua aparência física, perfeitamente bonachona e absolutamente estranha a toda imagem sensual, a tranquilizava.

Quando o dr. Havel, já no ônibus, viu sua bonita mulher na plataforma de embarque, com os olhos marejados, teve na realidade uma sensação de alívio, pois o amor da mulher, embora agradável, lhe pesava. Contudo, na estação de águas as coisas não foram assim tão bem. Quando ele tomava os banhos, nos quais devia embeber o corpo três vezes por dia, sentia dores, cansaço, e quando encontrava mulheres bonitas sob as arcadas, constatava com pavor que se sentia velho e que não as desejava. A única mulher que ele recebeu permissão de ver à saciedade foi a brava Frantiska, que lhe dava injeções, tirava-lhe a pressão, apalpava seu abdômen e o informava longamente sobre o que se passava na estação de águas e sobre os dois filhos dela, em especial um, que Havel pensava ser parecido com a mãe.

Achava-se nesse estado de espírito quando recebeu uma carta da mulher. Ah, que desgraça! Dessa vez a nobreza da sua esposa não tinha conseguido manter fechada a tampa sob a qual fermentava o ciúme; era uma carta repleta de gemidos e queixas: não queria lhe censurar nada, dizia ela, mas não conseguia pregar olhos à noite; sabia muito bem, dizia, que seu amor o incomodava, e imaginava sem esforço o quanto ele devia estar feliz por poder descansar longe dela; sim, compreendia muito bem que o aborrecia; e sabia também que era muito fraca para mudar sua vida, sempre atravessada por multidões de mulheres; sim, sabia disso, não reclamava, mas chorava e não conseguia dormir...

Quando o dr. Havel terminou essa longa lista de lamentações, lembrou-se dos três anos perdidos durante os quais havia se esforçado pacientemente para se mostrar à mulher como um pecador arrependido e um marido apaixonado; sentia um cansaço e um desespero imensos. Amassou a carta com raiva e a jogou no cesto.

2

No dia seguinte, sentia-se melhor; a vesícula já não o incomodava, e ele experimentou um desejo brando mas nítido por diversas mulheres que viu pela manhã passeando sob as arcadas. Infelizmente, esse modesto progresso foi apagado por uma descoberta bem mais grave: essas mulheres passavam perto dele sem o menor sinal de atenção; para elas, ele se confundia com o cortejo doentio dos pálidos bebedores de água mineral...

"Está vendo? Você está melhorando", disse-lhe Frantiska, a médica, depois de auscultá-lo pela manhã. "Não deixe de seguir rigorosamente a dieta. Por sorte, as pacientes com quem você cruza sob as arcadas são velhas e doentes demais para perturbá-lo, o que é melhor, pois você precisa sobretudo de calma."

Havel enfiou a camisa nas calças; feito isso, ficou em pé diante de um pequeno espelho preso num canto, acima da pia, e observou amargamente seu rosto. Depois, disse com grande tristeza: "Você se engana. Já reparei que entre as velhas que passeiam sob as arcadas há algumas moças bonitas. Mas elas nem olharam para mim".

"Acredito em tudo o que você quiser, menos nisso!", replicou Frantiska, e o dr. Havel, desviando os olhos do triste espetáculo que via no espelho, mergulhou o olhar nos olhos crédulos e fiéis da médica; sentia gratidão por ela, mesmo sabendo muito bem que ela estava apenas expressando uma crença numa tradição, uma crença no papel que estava acostumada a vê-lo representar (papel que ela desaprovava, mas sempre com ternura).

Bateram então à porta. Frantiska abriu, apareceu a cabeça de um rapaz se inclinando em atitude respeitosa. "Ah, é você! Eu tinha esquecido completamente de você!" Ela deixou o rapaz entrar no consultório e explicou a Havel: "Há dois dias que o redator-chefe do jornal local tenta encontrá-lo".

Com loquacidade, o rapaz começou a se desculpar de incomodar de maneira tão inoportuna o dr. Havel e se esforçou (com uma expressão desagradavelmente tensa) para assumir um tom descontraído: o dr. Havel não devia ficar aborrecido porque a médica revelara ao jornalista sua presença ali, pois, de qualquer maneira, ele acabaria por descobri-lo, se necessário até mesmo numa banheira de água termal; e o dr. Havel também não devia ficar aborrecido com o jornalista por sua audácia, que era um atributo indispensável à profissão de jornalista, sem a qual o rapaz não poderia ganhar a vida. Depois falou longamente da revista ilustrada que a estação de águas publicava uma vez por mês e que em cada número trazia uma entrevista com um doente célebre que estivesse fazendo tratamento na estação; mencionou, a título de exemplo, vários nomes, entre os quais o de um membro do governo, o de uma cantora e o de um jogador de hóquei no gelo.

"Veja só", disse Frantiska, "as moças bonitas das arcadas não se interessam por você, mas, em compensação, você interessa aos jornalistas."

"É uma decadência horrível", disse Havel. Mas estava satisfeito com aquele interesse; sorriu para o jornalista e rejeitou sua oferta com uma falta de sinceridade tão evidente quanto tocante: "No que me diz respeito, senhor, não sou nem membro do governo, nem jogador de hóquei, e menos ainda uma cantora. Claro, não quero subestimar meus trabalhos científicos, mas eles interessam mais aos especialistas do que ao grande público".

"Mas não é o senhor que quero entrevistar; nem sequer pensei nisso", respondeu o rapaz com uma franqueza instantânea. "É sua mulher. Ouvi dizer que ela viria visitá-lo durante o seu tratamento."

"Você está mais bem informado que eu", disse um tanto friamente o dr. Havel; depois, aproximando-se do espelho, examinou de novo seu rosto, que lhe desagradou. Abotoou a gola da camisa e ficou em silêncio, enquanto o jovem jornalista mergulhava num embaraço crescente, que o fazia perder a audácia profissional tão orgulhosamente proclamada; desculpou-se perante a médica, desculpou-se perante o médico e se sentiu aliviado quando saiu da sala.

3

O jornalista era antes um estouvado que um imbecil. Não dava a mínima importância à revista da estação de águas, mas como era seu único redator, tinha que fazer tudo para encher todos os meses as vinte e quatro páginas com as fotos e as palavras indispensáveis. No verão, bem ou mal ele conseguia cumprir essa tarefa, pois a estação fervilhava de hóspedes notáveis, muitas orquestras iam para lá dar concertos ao ar livre, e não faltavam notícias sensacionalistas. Em compensação, durante os meses chuvosos, as arcadas eram invadidas pelos camponeses e pelo tédio, e ele precisava aproveitar todas as oportunidades. Por isso, quando na véspera o jornalista soube que entre os hóspedes da estação estava o marido de uma atriz famosa, justamente aquela que atuava no novo filme policial que havia algumas semanas distraía os melancólicos frequentadores do lugar, farejou no ar a oportunidade e foi procurá-lo.

Mas, no momento, sentia vergonha.

Na realidade, como sempre duvidava de si, ficava num estado de dependência servil em relação às pessoas com quem convivia; temerosamente, procurava no olhar delas a confirmação da sua identidade e do seu valor. Ora, tinha a impressão de que o haviam achado lastimável, estúpido, enfadonho, e essa ideia era ainda mais penosa porque o homem que assim o julgara lhe parecia, à primeira vista, simpático. Foi por isso que, torturado pela inquietação, telefonou no mesmo dia à médica para lhe perguntar quem era exatamente o marido da atriz, e ficou sabendo que aquele senhor era não só uma sumidade no mundo médico, mas também um personagem muito famoso; o jornalista tinha certeza de que nunca ouvira falar dele?

O jornalista confessou que não, e a médica lhe disse com brandura: "Claro, você ainda é uma criança. E felizmente, na especialidade em que o dr. Havel se notabilizou, não passa de um ignorante".

Quando compreendeu, depois de fazer outras perguntas a outras pessoas, que a especialidade a que a médica tanto se referia só podia ser o erotismo, domínio em que, ao que parecia, o dr. Havel era inigualável em sua terra natal, sentiu vergonha de ter sido tachado de ignorante e de ter, além do mais, confirmado esse julgamento pelo fato de nunca ter ouvido falar do dr. Havel. E como sempre sonhara em ser um conhecedor como aquele homem, ficou mortificado com a ideia de ter se comportado, justamente diante dele, diante de seu mestre, como um imbecil odioso; lembrava-se de sua tagarelice, de suas brincadeiras estúpidas, de sua falta de tato, e não podia deixar de reconhecer humildemente a legitimidade do veredicto que julgara perceber no silêncio reprovador do mestre e no seu olhar ausente, fixado no espelho.

A estação de águas onde se passa esta história não é grande, e, querendo ou não, ali todo mundo se encontra muitas vezes por dia. Portanto, o jovem jornalista não teve trabalho em reencontrar logo o homem em quem pensava. Era fim de tarde, e a multidão de hepáticos ia e vinha sob as arcadas. O dr. Havel bebericava uma água malcheirosa numa taça de porcelana. O jovem jornalista se aproximou dele e confusamente começou a apresentar desculpas. Não pensara, disse ele, que o marido da sra. Havel, a célebre atriz, fosse ele, o dr. Havel, mas outro Havel; havia muitos Havel na Boêmia, e o jornalista, por infelicidade, não estabelecera relação entre o marido da atriz e o médico ilustre, de quem evidentemente ouvira falar fazia muito tempo, não apenas como sumidade do mundo médico, mas também — podia sem dúvida se permitir dizê-lo — como personagem das mais diversas histórias e anedotas.

Não há nenhuma razão para negar que o dr. Havel, no mau humor em que estava, ouviu com prazer as palavras do rapaz, sobretudo a alusão às histórias e anedotas, que o dr. Havel sabia muito bem estarem sujeitas, como o próprio homem, às leis do envelhecimento e do esquecimento.

"Não precisa se desculpar", disse ele ao rapaz, e como visse o seu embaraço, pegou-o delicadamente pelo braço e o convidou para acompanhá-lo num passeio sob as arcadas. "Nem vale a pena falar nisso", disse para acalmá-lo, mas, ao mesmo tempo, ele próprio se detinha com complacência naquelas desculpas, e repetiu muitas vezes: "Quer dizer então que você ouviu falar de mim?", e a cada vez explodia numa risada feliz.

"Sim", assentiu febrilmente o jornalista. "Mas não imaginava de modo nenhum que o senhor fosse como é."

"E como imaginava que eu fosse?", perguntou o dr. Havel com um interesse sincero, e como o jornalista, não encontrando nada para dizer, gaguejasse qualquer coisa, disse com melancolia: "Sei. Ao contrário de nós, os personagens dos romances, das lendas ou das histórias engraçadas são feitos de uma matéria que não está sujeita ao desgaste da idade. Não, não quero dizer com isso que as lendas e as histórias engraçadas são imortais; é claro que elas também envelhecem, e que seus personagens envelhecem com elas; porém, envelhecem de maneira tal que seus traços não se modificam nem se adulteram, mas esmaecem, apagam-se lentamente e acabam por se confundir com a transparência do espaço. É assim que vão desaparecer Pépé le Moko, e Havel, o Colecionador, e também Moisés e Palas Atena ou são Francisco de Assis; mas imagine que Francisco vai esmaecer lentamente com os passarinhos pousados em seu ombro, com a corça que se esfrega em sua perna e com o bosque de oliveiras que lhe empresta sua sombra, imagine que toda a sua paisagem vai lentamente se apagar com ele e se fundir com ele num azul consolador, enquanto eu, meu caro, tal como sou, nu, arrancado da lenda, vou desaparecer no pano de fundo de uma paisagem de cores implacavelmente berrantes e sob os olhos de uma juventude sarcasticamente viva".

O jornalista ficou ao mesmo tempo perturbado e entusiasmado com a tirada de Havel, e os dois homens passearam ainda um longo tempo na noite que começava a cair. Quando se separaram, Havel declarou que estava farto da comida da dieta e que no dia seguinte gostaria de um bom jantar; perguntou ao jornalista se aceitava se juntar a ele.

Claro que ele aceitou.

4

"Não conte à doutora", disse Havel quando sentou à mesa em frente ao jornalista e pegou o cardápio, "mas tenho uma concepção original da dieta: evito cuidadosamente todos os pratos que não me apetecem." Depois perguntou ao rapaz o que ele queria tomar como aperitivo.

O redator não tinha o hábito de beber antes das refeições e, não encontrando mais nada para dizer: "Uma vodca", respondeu.

O dr. Havel pareceu descontente: "Vodca, isso cheira à alma russa!".

"É verdade", disse o rapaz, e a partir desse momento se sentiu perdido. Parecia um candidato a bacharel diante do júri. Não procurava dizer o que pensava nem fazer o que queria, mas se esforçava para agradar aos examinadores; esforçava-se para adivinhar suas ideias, seus caprichos, seus gostos; desejava ser digno deles. Por nada no mundo teria admitido que seus jantares eram ruins e vulgares, que não tinha a menor ideia de qual vinho tomar com que carne. E o dr. Havel o fazia sofrer, de modo involuntário, ao consultá-lo interminavelmente sobre a escolha do hors-d'oeuvre, do prato principal, do vinho e do queijo.

Quando o jornalista constatou que o júri lhe dera uma nota má no exame oral de gastronomia, quis compensar essa perda com um zelo crescente, e durante a pausa, entre o hors-d'oeuvre e o prato principal, examinou ostensivamente as mulheres que se encontravam no restaurante; em seguida tentou, com alguns comentários, demonstrar seu interesse e sua experiência. Mais uma vez se deu mal. Quando disse que uma mulher ruiva, que estava sentada duas mesas adiante, seria sem dúvida uma amante excelente, o dr. Havel lhe perguntou sem maldade o que o levava a afirmar tal coisa. O redator deu uma resposta vaga, e quando o médico o interrogou sobre suas experiências com as ruivas, enredou-se em mentiras inverossímeis e se calou rapidamente.

O dr. Havel, em compensação, sentia-se à vontade e feliz sob os olhos cheios de admiração do jornalista. Pediu uma garrafa de vinho tinto para acompanhar a carne, e o rapaz, encorajado pelo álcool, fez uma nova tentativa para se mostrar digno do favor do mestre; falou durante muito tempo de uma jovem que encontrara recentemente e que cortejava fazia algumas semanas com grande esperança de sucesso. Sua confissão foi bastante nebulosa, e o sorriso constrangido que lhe apareceu no rosto, o qual por ambiguidade deliberada deveria dizer o que não fora dito, apenas expressava uma insegurança penosamente superada. Havel percebeu bem tudo isso e, movido pela simpatia, interrogou o jornalista sobre as mais diversas características físicas da referida jovem, para permitir que ele se estendesse sobre um assunto que lhe era caro e falasse com mais desembaraço. Mas ainda dessa vez o rapaz fracassou: suas respostas foram incrivelmente vagas; ele não foi capaz de descrever com precisão a arquitetura geral do corpo da jovem nem os diversos aspectos de sua anatomia, menos ainda seu caráter. Assim, o dr. Havel acabou por sustentar toda a conversa, e, deixando-se pouco a pouco inebriar pelo prazer da noitada e pelo vinho, impôs ao jornalista um monólogo espirituoso feito de suas próprias lembranças, de suas anedotas e de suas frases de efeito.

O jornalista bebia lentamente seu vinho, escutava e, fazendo isso, era tomado por sentimentos contraditórios: antes de mais nada, estava infeliz: sentia-se insignificante e idiota, parecia um aprendiz indigno diante de um mestre incontestável e tinha vergonha de abrir a boca; mas ao mesmo tempo estava feliz: sentia-se lisonjeado, porque o mestre estava sentado na sua frente, conversava com ele como colega e lhe confiava toda sorte de observações pessoais extremamente preciosas.

Como o discurso de Havel se prolongasse, o rapaz teve vontade de falar também, de dar sua contribuição, de fazer coro, de mostrar seu espírito de equipe; por isso conduziu de novo a conversa para a namorada e perguntou confidencialmente a Havel se aceitaria encontrá-la no dia seguinte para dizer como a julgava à luz de sua experiência; em outros termos (sim, foi esta a palavra que empregou no seu entusiasmo), para *homologá-la*.

De onde lhe vinha essa ideia? Seria apenas uma ideia súbita nascida dos vapores do vinho e do desejo febril de dizer alguma coisa?

Por mais espontânea que ela fosse, o jornalista esperava com isso uma tripla vantagem:

• a conspiração envolvendo a avaliação comum e clandestina (a homologação) criaria entre ele e o mestre um elo secreto, reforçaria a camaradagem, a cumplicidade a que aspirava o jornalista;

• caso o mestre desse sua aprovação (como o rapaz o esperava, pois ele próprio sentia grande atração pela referida jovem), estaria aprovando o rapaz, por sua escolha, por seu gosto, e ele seria assim promovido, aos olhos do mestre, do nível de aprendiz ao nível de companheiro, e com isso cresceria em importância a seus próprios olhos;

• e por fim: a própria jovem teria mais valor aos olhos do rapaz, e o prazer que ele experimentava com a sua presença se transformaria de um prazer fictício num prazer real (pois o rapaz às vezes tinha a impressão de que o mundo em que vivia era um labirinto de valores cujo sentido só lhe aparecia de maneira extremamente confusa e que só poderiam se transformar de valores aparentes em valores reais depois de terem sido *verificados*).

5

Quando o dr. Havel acordou no dia seguinte, sentiu a vesícula ligeiramente dolorida por causa do jantar da véspera; e quando olhou o relógio, constatou que deveria estar na sessão de hidroterapia dali a meia hora e que, portanto, deveria se apressar, embora se apressar fosse uma das coisas que mais detestava no mundo; e ao se pentear, viu no espelho um rosto que achou desagradável. O dia começava mal.

Não teve nem tempo de tomar o café da manhã (isso também lhe pareceu mau sinal, pois ele fazia muita questão de seus hábitos de vida regulares) e se dirigiu às pressas ao prédio das termas. Lá, entrou num corredor comprido; bateu numa porta, e apareceu uma loura bonita de avental branco; ela fez uma expressão aborrecida porque ele estava atrasado e o convidou a entrar. Havel começou a se despir numa cabine, atrás da divisória. "Como é?", ouviu ele após um instante. A voz da massagista, cada vez menos gentil, desagradava ao dr. Havel e o incitava à vingança (ora, havia muitos anos o dr. Havel conhecia somente uma forma de vingança contra as mulheres!). Portanto, ele tirou a cueca, encolheu a barriga, estufou o peito e quis sair da cabine; mas, em seguida, descontente com esse esforço indigno de sua pessoa, que lhe teria parecido tão ridículo em outro, deixou cair confortavelmente a barriga e com displicência, única atitude que julgava digna de si, dirigiu-se para a grande banheira e mergulhou na água morna.

Enquanto isso, inteiramente indiferente ao peito e à barriga dele, a massagista girava as torneiras do painel de comando, e quando o dr. Havel ficou estirado no fundo da banheira, ela pegou sua perna direita e lhe aplicou, sob a água, na sola do pé, uma mangueira da qual saía um violento jato. O dr. Havel, que sentia cócegas, puxou a perna, e a massagista o advertiu.

Certamente não teria sido difícil, com uma frase de efeito, uma conversa, uma pergunta espirituosa, forçar a loura a desistir de sua fria impolidez, mas Havel estava indignado demais, ofendido demais. Dizia para si mesmo que ela merecia um castigo e que não estava interessado em lhe facilitar as coisas. Quando ela lhe aplicou a mangueira na parte inferior da barriga e ele escondeu as partes sexuais com as mãos, temendo que o jato violento o machucasse, perguntou-lhe o que iria fazer à noite. Sem olhar para ele, ela lhe indagou por que razão o emprego de seu tempo lhe interessava. Ele explicou que morava sozinho num quarto com uma só cama e queria que ela fosse encontrar com ele. "Acho que você se enganou de endereço", disse a loura, pedindo-lhe que se virasse de bruços.

Assim, o dr. Havel ficou deitado de bruços no fundo da banheira, e levantava o queixo para respirar. Sentia o jato violento massagear-lhe as coxas e estava satisfeito com o tom certo em que se dirigira à massagista. Pois o dr. Havel sempre castigara as mulheres rebeldes, insolentes ou muito mimadas levando-as friamente, sem a menor ternura e quase em silêncio, para o seu divã, de onde as mandava embora também friamente. Precisou de um instante para compreender que sem dúvida se dirigira à massagista com a frieza adequada e sem a menor ternura, mas que não a tinha levado, e sem dúvida não a levaria, para o seu divã. Compreendeu que fora rejeitado, e isso foi uma nova afronta. Ficou feliz quando se viu de novo na cabine, enrolado numa toalha de banho.

Em seguida, saiu depressa do prédio e se dirigiu ao painel de publicidade do cinema O Tempo, onde estavam expostas três fotografias, uma das quais de sua mulher, que aparecia assustada, ajoelhada diante de um cadáver. O dr. Havel contemplou aquele rosto delicado, deformado pelo terror, e sentiu um amor sem limites e uma saudade imensa. Ficou ali um longo momento, sem conseguir tirar os olhos da vitrine. Depois decidiu passar na casa de Frantiska.

6

"Por favor, peça uma ligação interurbana, preciso falar com minha mulher", disse ele quando a médica se despediu de seu paciente e o convidou a entrar no consultório.

"Aconteceu alguma coisa?"

"Aconteceu", disse Havel. "Estou me sentindo sozinho!"

Frantiska olhou para ele com desconfiança, discou o número do interurbano e repetiu o número que Havel lhe dizia. Então pôs o fone no gancho e disse: "Está se sentindo sozinho, você?".

"E por que não?", disse Havel, mal-humorado. "Você é como minha mulher. Vê em mim o homem que deixei de ser há muito tempo. Tornei-me humilde, estou só, estou triste. Estou ficando velho. E posso lhe assegurar que não é nada agradável."

"Você devia ter filhos", respondeu-lhe a médica. "Assim não pensaria tanto em si. Eu também estou ficando velha, mas nem penso nisso. Quando vejo meu filho crescer, fico pensando como ele será quando for um homem e não lamento os anos que passam. Sabe o que ele me disse ontem? 'Para que servem os médicos se as pessoas morrem de qualquer jeito?' O que me diz disso? O que você responderia?"

Felizmente, o dr. Havel não teve que responder, pois o telefone estava tocando. Tirou o fone do gancho e quando ouviu a voz de sua mulher disse logo que estava triste, que não tinha ninguém com quem conversar, ninguém que tivesse vontade de olhar, que não aguentaria ficar sozinho ali.

Uma voz débil se fez ouvir no aparelho, primeiro desconfiada, paralisada, quase gaguejante, mas que acabou por se acalmar um pouco sob a pressão das palavras do marido.

"Por favor, venha para cá, venha ao meu encontro assim que puder!", disse Havel ao telefone, e ouviu a mulher responder que iria de bom grado, mas que tinha representação quase todos os dias.

"Quase todos os dias não é todos os dias", disse Havel, e a ouviu responder que estaria de folga no dia seguinte, mas que não sabia se valeria a pena ir até lá por um dia.

"Como pode dizer isso?", replicou Havel. "Então não sabe como é precioso um dia numa vida curta?"

"E você não está mesmo com raiva de mim?", perguntou a voz débil no aparelho.

"Por que estaria?"

"Por causa daquela carta. Você está com dores, e eu o fico aborrecendo com uma carta estúpida de mulher ciumenta."

O dr. Havel derramou no fone uma torrente de ternura, e sua mulher anunciou (agora com voz enternecida) que iria para lá no dia seguinte.

"Sabe, sinto inveja de você", disse Frantiska quando Havel desligou o telefone. "Você tem tudo. Amantes à vontade, e ainda por cima um bom casamento."

Havel olhava para a amiga que falava de inveja mas que era, sem dúvida, boa demais para poder invejar quem quer que fosse, e teve pena dela, pois sabia que a alegria dada pelas crianças não pode substituir outras alegrias, e que uma alegria que tem a obrigação de substituir outras alegrias se torna rapidamente uma alegria gasta.

Em seguida foi almoçar, depois do almoço fez a sesta, e ao acordar lembrou que o jovem jornalista o esperava no café para lhe apresentar a namorada. Então, vestiu-se e saiu. Ao descer a escada do prédio das termas, viu no saguão, no vestiário, uma mulher alta que se assemelhava a um belo cavalo de corrida. Estava faltando só isso! Pois era justamente esse tipo de mulher que sempre fazia o dr. Havel ficar maluco. A mulher do vestiário entregou o casaco à mulher alta, e Havel se adiantou para ajudá-la a enfiar uma das mangas. A mulher parecida com um cavalo agradeceu, distraída, e Havel lhe disse: "Posso fazer mais alguma coisa pela senhora?". Sorriu-lhe, mas ela, sem sorrir, respondeu que não, e saiu precipitadamente do prédio.

Havel tomou isso como uma bofetada e, num estado de renovada solidão, dirigiu-se ao café.

7

O jornalista estava instalado, havia muito tempo, ao lado da namorada, num compartimento (tinha escolhido um lugar de onde se podia ver a entrada) e não conseguia se concentrar na conversa, que, em geral, corria entre eles alegre e ininterrupta. Estava em pânico por causa de Havel. Pela primeira vez desde que conhecera a namorada, tentava observá-la com olho crítico, e enquanto ela falava (felizmente, ela não parava de falar um segundo, de modo que a agitação do rapaz passava despercebida), descobriu em sua beleza vários pequenos defeitos; ficou perturbado, mas logo se tranquilizou com a ideia de que esses pequenos defeitos tornavam sua beleza mais interessante e que era justo por causa desses defeitos que todo o seu ser lhe era tão ternamente próximo.

Pois o rapaz gostava muito da namorada.

Mas se gostava tanto dela, por que cedera à ideia, tão humilhante para a moça, de levá-la para ser *homologada* por um médico lúbrico? E mesmo se lhe concedermos circunstâncias atenuantes, admitindo, por exemplo, que isso era para ele apenas uma brincadeira, como uma simples brincadeira podia perturbá-lo a tal ponto?

Não era uma brincadeira. O rapaz não sabia realmente o que devia pensar da namorada, era realmente incapaz de avaliar seu charme e beleza.

Seria ele assim tão ingênuo e inexperiente que não conseguia distinguir uma mulher bonita de uma feia?

Não, não era desprovido de experiência a tal ponto, já conhecera muitas mulheres e tivera com elas toda espécie de relações, mas estivera sempre tão preocupado consigo mesmo que não se dedicara a elas. Consideremos, por exemplo, este notável detalhe: ele se lembrava exatamente como estava vestido no dia em que saíra com fulana, sabia que no dia tal usara calças largas demais e que por isso se sentira infeliz, sabia que em outro dia usara um suéter branco com o qual dava a impressão de ser um esportista elegante, mas não se lembrava absolutamente como estavam vestidas suas namoradas.

Sim, com efeito é notável: por ocasião de suas breves aventuras, entregava-se, diante do espelho, a longos e minuciosos estudos de sua própria pessoa, enquanto tinha apenas uma percepção global e superficial de seus pares do sexo feminino; preocupava-se muito mais com a imagem que projetava nos olhos da jovem com quem saía do que com a imagem que lhe era oferecida por esta. No entanto, não era indiferente ao fato de que sua parceira fosse bela ou não. Muito pelo contrário. Pois, além de ser visto pelos olhos da parceira, os dois eram vistos e julgados juntos pelos olhos dos outros (pelos olhos do mundo), e ele fazia muita questão de que o mundo ficasse satisfeito com sua namorada, sabendo que, na pessoa da namorada, seriam julgados sua escolha, seu gosto, seu nível, portanto ele mesmo. Mas precisamente porque se tratava do julgamento dos outros, ele não ousava muito se fiar em seus próprios olhos; até então, ao contrário, tinha se contentado em dar ouvidos à voz da opinião pública e se identificar com ela.

Mas o que era a voz da opinião pública comparada à voz de um mestre e conhecedor? Olhava com impaciência para a entrada e, quando viu afinal a silhueta do dr. Havel através da porta de vidro, fingiu surpresa e disse à namorada que, por puro acaso, um homem importante que ele queria entrevistar em breve para a sua revista estava entrando no café. Foi ao encontro do dr. Havel e o conduziu à sua mesa. A jovem, interrompida alguns instantes pelas apresentações, não tardou a reatar o fio de sua loquacidade inesgotável.

O dr. Havel, rejeitado dez minutos antes pela mulher que parecia um cavalo de corrida, examinou demoradamente a garota falante e se entregou ainda mais ao mau humor. A garota não era uma beleza, mas era muito atraente, e não havia a menor dúvida de que o dr. Havel (que era tido como a morte, que não deixa escapar nada) a agarraria ao menor sinal, de bom grado. Ela possuía de fato certos traços marcantes por sua ambiguidade estética: tinha na base do nariz uma porção de manchas douradas que podiam ser vistas como uma aberração na brancura de sua pele, mas também como uma joia natural sobre essa brancura; era graciosa em extremo, o que podia ser interpretado como uma imperfeição em relação às proporções femininas ideais, mas também como a delicadeza irritante da criança que persiste na mulher; era excessivamente falante, o que poderia ser visto como uma mania penosa, mas também como uma feliz disposição, que permitia a seu parceiro se abandonar aos próprios pensamentos sem o risco de ser surpreendido.

O jornalista observava com discrição e ansiedade o rosto do médico e, como esse rosto lhe parecesse perigosamente pensativo (o que não era de muito bom augúrio), chamou o garçom e pediu três conhaques. A jovem protestou, dizendo que não bebia, depois pouco a pouco se deixou convencer de que podia e devia beber, e o dr. Havel compreendeu com tristeza que era provável que aquela criatura esteticamente ambígua, a qual revelava numa torrente de palavras toda a simplicidade de sua alma, fosse seu terceiro fracasso do dia, se ele fizesse uma tentativa, pois o dr. Havel, outrora soberano como a morte, já não era aquele que fora.

Em seguida o garçom trouxe os conhaques, os três ergueram os copos para brindar, e o dr. Havel mergulhou nos olhos azuis da moça como nos olhos hostis de alguém que não iria lhe pertencer. E quando se apoderou desses olhos, com todo o seu significado de hostilidade, devolveu-lhe essa hostilidade e de repente viu diante de si apenas uma criatura cuja expressão estética era absolutamente clara: uma garota frágil, com o rosto manchado de sardas, insuportavelmente tagarela.

Embora essa metamorfose agradasse ao dr. Havel, como lhe agradava o olhar do rapaz, que nele se fixava com uma interrogação ansiosa, essas alegrias eram bem pequenas comparadas ao abismo de amargura que se abria nele. Pensou que fazia mal em prolongar aquele encontro que não podia lhe proporcionar o menor prazer; tomou então a palavra, disse alguns gracejos encantadores diante do rapaz e da namorada, expressou sua satisfação em ter passado com eles um momento tão agradável, anunciou que estavam esperando por ele e se despediu.

Quando o médico chegou à porta de vidro, o rapaz bateu na testa e disse que tinha se esquecido por completo de marcar um encontro para a entrevista. Saiu precipitadamente do compartimento e alcançou Havel na rua. "Então, o que acha dela?", perguntou.

O dr. Havel olhou por longo tempo nos olhos do rapaz, cuja admiração impaciente o alegrava.

Em compensação, o silêncio do médico afligia o jornalista, e ele tomou a iniciativa: "Sei que não é nenhuma maravilha".

"Certamente que não", disse Havel.

O jornalista baixou a cabeça: "Ela é um pouco tagarela. Mas, fora isso, é simpática!".

"É, simpática", disse Havel. "Mas um cão também pode ser simpático, um canário ou um pato que corre desajeitadamente de um lado para outro numa fazenda também. O que conta na vida não é ter o maior número possível de mulheres, porque isso é apenas um êxito aparente. Você deve, de preferência, cultivar uma exigência especial consigo mesmo. Lembre-se, meu amigo, que o verdadeiro pescador devolve os peixes pequenos à água."

O rapaz começou a se desculpar e afirmou que ele mesmo tinha sérias dúvidas em relação à namorada, o que, aliás, demonstrara ao pedir a opinião do dr. Havel.

"Isso não tem importância", disse Havel. "Não se aflija por tão pouco."

Mas o rapaz continuava se desculpando e se justificando, e acabou dizendo que no outono havia poucas mulheres bonitas na cidade e que os homens eram obrigados a agarrar o que encontravam.

"Nesse ponto, não estou de acordo com você", replicou Havel. "Vi aqui mulheres extremamente sedutoras. Mas vou lhe dizer uma coisa. Existe uma beleza superficial da mulher que o gosto provinciano considera erroneamente como beleza. Ao lado disso, existe a verdadeira beleza erótica da mulher. Mas, claro, reconhecer à primeira vista essa beleza não é fácil. É toda uma arte." Em seguida estendeu a mão ao rapaz e se afastou.

8

O jornalista estava desesperado: compreendia que era um imbecil incorrigível, perdido no infinito deserto (sim, ele o imaginava infinito) de sua própria juventude; compreendia que o dr. Havel lhe concedera uma nota má; e lhe pareceu, sem nenhuma dúvida possível, que sua namorada era insignificante, desinteressante e nada bonita. Quando voltou a sentar ao lado dela, achou que todos os fregueses do café, assim como os dois garçons que iam e vinham, sabiam disso e olhavam para ele com uma piedade maldosa. Pediu a conta e explicou à namorada que tinha um trabalho urgente e que por isso devia deixá-la. Ela se entristeceu, e ele sentiu o coração se apertar: mesmo sabendo que iria, como um verdadeiro pescador, devolvê-la à água, continuava, ainda assim, no fundo de seu ser (secretamente e com uma espécie de vergonha), a amá-la.

O dia seguinte não trouxe nenhuma melhora para o seu mau humor, e quando ele cruzou diante do prédio das termas com o dr. Havel acompanhado de uma senhora elegante, cedeu a um sentimento de inveja que lhe pareceu quase raiva: a mulher era escandalosamente bela, e o humor do dr. Havel, que lhe fez um sinal alegre assim que o viu, estava escandalosamente radiante, de maneira que o jovem jornalista se sentiu ainda mais infeliz.

"Quero lhe apresentar o redator-chefe do jornal local", disse Havel. "Procurou me conhecer só para ter uma oportunidade de encontrá-la."

Quando o rapaz compreendeu que estava diante de uma mulher que vira nas telas, seu embaraço só aumentou; Havel o forçou a acompanhá-los, e o jornalista, não sabendo o que dizer, passou a explicar seu projeto de entrevista, completando-o com uma ideia nova: publicar em sua revista uma entrevista dupla com a sra. Havel e com o médico.

"Meu caro amigo", replicou Havel, "as conversas que tivemos foram agradáveis e, graças a você, interessantes. Mas, diga-me, por que publicá-las numa revista destinada a portadores de doenças do fígado e de úlceras do duodeno?"

"Posso muito bem imaginar as conversas que tiveram", ironizou a sra. Havel.

"Falamos de mulheres", disse o dr. Havel. "Encontrei nesse rapaz um parceiro e um conversador de primeira ordem, o luminoso companheiro de meus dias sombrios."

A sra. Havel se virou para o rapaz: "Ele não o aborreceu?".

O jornalista ficou feliz porque o médico o chamara de luminoso companheiro, e mais uma vez à sua inveja se juntou a gratidão: fora ele que com certeza aborrecera o médico; estava bem consciente de sua inexperiência e de sua falta de atrativos, de sua insignificância, terminou por acrescentar.

"Ah, meu querido", disse a atriz, "como você deve ter se gabado!"

O jovem jornalista tomou a defesa do médico. "Não é verdade! A senhora diz isso porque não sabe o que é esta cidadezinha, o que é este buraco onde moro."

"Mas é uma cidade bonita", protestou a atriz.

"É, para vocês, porque ficam pouco tempo por aqui. Mas eu moro e vou continuar morando aqui. Sempre o mesmo círculo de pessoas que já conheço de cor. Sempre as mesmas pessoas, que pensam todas a mesma coisa, e cujos pensamentos são todos apenas bobagens e lugares-comuns. Preciso me dar bem com elas, queira ou não, e me adapto a elas, pouco a pouco, sem me dar conta. Que horror! E pensar que poderia me tornar uma delas! E pensar que poderia ver o mundo com seus olhos míopes!"

O jornalista falava com um fervor crescente, e a atriz acreditou perceber em suas palavras o sopro do eterno protesto da juventude; ficou emocionada, comovida, e disse: "Não, você não deve se adaptar. Não deve!".

"Não devo", concordou o rapaz. "Ontem o doutor me abriu os olhos. Preciso sair de qualquer maneira do círculo vicioso deste ambiente. Do círculo vicioso desta pequenez, desta mediocridade. Preciso sair", repetiu o rapaz, "sair."

"Nós dissemos", explicou o dr. Havel a sua mulher, "que

o gosto comum da província tem um falso ideal de beleza e que esse ideal é essencialmente estranho ao erotismo, até antierótico, ao passo que o encanto verdadeiro, erótico, explosivo, permanece despercebido para esse gosto. Existem mulheres em torno de nós que poderiam levar um homem a conhecer as aventuras mais vertiginosas dos sentidos, e ninguém as vê."

"É isso mesmo", aprovou o rapaz.

"Ninguém as vê", retomou o médico, "porque elas não correspondem às normas daqui; de fato, o encanto erótico se manifesta mais pela originalidade do que pela regularidade; mais pela expressividade do que pela moderação; mais pela anormalidade do que pela beleza comum."

"É" , aprovou o rapaz.

"Você conhece Frantiska?", perguntou Havel à mulher.

"Conheço", disse a atriz.

"E sabe que muitos amigos meus dariam tudo o que têm para passar uma única noite com ela. Aposto minha cabeça como ninguém nesta cidade presta atenção nela. Pois bem, diga-me, rapaz, você que a conhece, já reparou que Frantiska é uma mulher extraordinária?"

"Não, na verdade, não!", disse o rapaz. "Nunca me ocorreu olhar para ela como mulher!"

"Isso não me espanta", disse o dr. Havel. "Você não a considera nem bastante magra nem bastante tagarela. Ela não tem sardas suficientes!"

"É isso", disse o rapaz com ar infeliz. "O doutor viu muito bem ontem até que ponto chega a minha estupidez."

"Mas alguma vez já reparou em seu andar?", continuou Havel. "Já reparou que suas pernas literalmente falam quando ela anda? Meu caro, se você ouvisse o que dizem aquelas pernas, ficaria vermelho, embora eu o conheça e saiba que não é nenhum santo."

9

"Você adora caçoar dos inocentes", disse a atriz ao marido quando ficaram a sós.

"Você sabe que em mim isso é um sinal de bom humor", disse ele. "E juro que é a primeira vez que isso me acontece desde que estou aqui."

Dessa vez, o dr. Havel não estava mentindo; quando o ônibus entrara na estação, de manhã, e ele vira pelo vidro sua mulher sentada, depois, quando a vira sorridente ao descer, sentira-se feliz, e como os dias precedentes tinham deixado intactas nele reservas inteiras de alegria, manifestara o dia todo seu contentamento de maneira um pouco maluca. Eles passearam sob as arcadas, devoraram filhós redondos e açucarados, passaram na casa de Frantiska para ouvir as últimas graças de seu filho, deram com o jornalista o passeio descrito no capítulo anterior e zombaram dos frequentadores da estação de águas que davam suas voltas salutares pelas ruas do lugar. Nessa ocasião o dr. Havel notou que alguns transeuntes tinham os olhos fixos na atriz; ao se virar, constatou que eles paravam e se viravam para olhar para eles.

"Você foi reconhecida", disse Havel. "Aqui as pessoas não sabem o que fazer e frequentam o cinema com paixão."

"Isso o aborrece?", perguntou a atriz, que considerava um pecado a publicidade inerente a sua profissão, pois, como todos os que amam com amor verdadeiro, desejava um amor tranquilo e discreto.

"Ao contrário", disse Havel, e deu risada. Depois eles se divertiram por muito tempo com uma brincadeira infantil, adivinhando quais transeuntes iriam reconhecê-la ou não e fazendo apostas sobre o número de pessoas que a reconheceriam na rua seguinte. E as pessoas se viravam, velhos senhores, camponeses, garotos, e também as poucas mulheres bonitas que faziam tratamento na estação de águas naquela temporada.

Havel, que fazia alguns dias vivia numa invisibilidade humilhante, deleitava-se com o interesse dos transeuntes e desejava atrair também para si a maior parte possível daqueles raios de atenção; pegava a atriz pela cintura, segredava-lhe no ouvido toda espécie de agrados e obscenidades, e ela apertava o corpo contra o dele, levantando em direção ao rosto de Havel seus olhos contentes. E ele, sob tantos olhares, sentia que recuperava a visibilidade perdida, que seus traços indecisos se tornavam precisos e perceptíveis, e estava de novo orgulhoso da alegria que lhe davam seu corpo, seus passos, todo o seu ser.

Caminhavam assim, amorosamente abraçados, ao longo das vitrines da rua principal, quando o dr. Havel avistou numa loja de acessórios de caça a massagista loura que o tratara de maneira tão ríspida na véspera; ela estava na loja vazia e conversava com a vendedora. "Venha", disse ele de repente a sua mulher, que se surpreendeu. "Você é a criatura mais maravilhosa que conheço; quero lhe dar um presente", e a pegou pela mão, e ambos entraram na loja.

As duas mulheres se calaram; a massagista olhou longamente para a atriz, depois para Havel, por um breve instante, depois de novo para a atriz e de novo para Havel; este percebeu o fato com satisfação, mas sem dirigir a ela um só olhar, passou rapidamente revista às mercadorias expostas; viu chifres de cervo, alforjes, carabinas, binóculos, bengalas, focinheiras.

"O que o senhor deseja?", perguntou a vendedora.

"Um momento", disse Havel; acabou descobrindo apitos sob o vidro do balcão e apontou para eles. A vendedora lhe entregou um, Havel o levou aos lábios, apitou, depois o examinou de novo de todos os ângulos e apitou uma vez mais, suavemente. "Excelente", disse ele à vendedora, e depositou diante dela as cinco coroas solicitadas. Deu o apito à mulher.

A atriz via nesse presente uma daquelas criancices que

tanto apreciava no marido, uma palhaçada, seu senso de absurdo, e lhe agradeceu com um belo olhar amoroso. Mas Havel achou que não era suficiente e lhe disse à meia-voz: "É assim que me agradece um presente tão bonito?". A atriz lhe deu um beijo. As duas mulheres não tiravam os olhos deles e os seguiram ainda com o olhar quando eles saíram da loja.

Depois disso eles retomaram o passeio pelas ruas e pelo jardim público, devoraram alguns filhós, tocaram o apito, sentaram num banco e fizeram apostas, divertindo-se em adivinhar quantos transeuntes iriam olhar para trás. À noite, quando entraram num restaurante, quase esbarraram com a mulher que parecia um cavalo de corrida. Ela pousou sobre eles um olhar atônito, longamente sobre a atriz, mais brevemente sobre Havel, depois de novo sobre a atriz, e quando olhou de novo para Havel, cumprimentou-o com naturalidade. Havel a cumprimentou por sua vez e, inclinando-se ao ouvido da esposa, perguntou-lhe à meia-voz se ela o amava. A atriz lhe lançou um longo olhar amoroso e acariciou seu rosto.

Em seguida, sentaram a uma mesa, fizeram uma refeição leve (pois a atriz cuidava escrupulosamente da dieta do marido), beberam vinho tinto (o único que o dr. Havel podia beber), e a sra. Havel teve seu momento de emoção. Inclinou-se para o marido, pegou em sua mão e lhe disse que aquele fora um dos dias mais bonitos que tivera; confessou-lhe que havia ficado muito triste quando ele partira para a estação de águas; desculpou-se mais uma vez de ter lhe escrito uma carta estúpida de mulher ciumenta e lhe agradeceu por ter telefonado pedindo que fosse ao seu encontro; disse que se sentiria sempre feliz de ir ao seu encontro, mesmo que fosse para vê-lo apenas por um minuto; depois deu uma longa explicação dizendo que a vida com Havel era para ela um tormento e uma incerteza a cada instante, como se Havel estivesse eternamente para abandoná-la, mas que, por essa mesma razão, cada dia era para ela uma alegria renovada, um novo recomeço de seu amor, uma nova dádiva.

Depois subiram juntos para o quarto do dr. Havel, e a alegria da atriz em pouco tempo atingiu seu paroxismo.

10

Dois dias depois, o dr. Havel foi à sessão de hidroterapia e chegou atrasado de novo, pois, para dizer a verdade, nunca chegava na hora. E foi recebido pela mesma massagista loura, mas dessa vez ela não ostentou uma expressão severa, ao contrário, sorriu para ele e o chamou de doutor, e Havel concluiu que ela fora consultar sua ficha na secretaria das termas ou que andara se informando sobre ele. Percebeu esse interesse com satisfação e foi se despir atrás da divisória da cabine. Quando a massagista lhe avisou que a banheira estava cheia, ele saiu da cabine exibindo orgulhosamente o umbigo e se estirou com prazer na banheira.

A massagista girou a torneira no painel de comando e perguntou a Havel se sua senhora ainda estava com ele. Havel disse que não, e a massagista perguntou se em breve ela não apareceria num bom filme. Havel disse que sim, e a massagista levantou-lhe a perna direita. Como o jato fizesse cócegas na sola dos pés dele, a massagista sorriu e disse que o médico parecia ter o corpo muito sensível. Depois continuaram a conversar, e Havel comentou que a vida ali era enfadonha. A massagista deu um sorriso eloquente e disse que o médico certamente sabia arrumar um jeito de não se entediar. E quando a massagista se debruçou para lhe aplicar a mangueira no peito e Havel elogiou seus seios, cuja parte superior, na posição em que ele estava, podia ver, ela respondeu que o médico certamente já vira seios mais bonitos.

Dessa conversa, Havel concluiu que a breve estada de sua mulher o havia metamorfoseado por completo aos olhos daquela gentil jovem musculosa, que ele bruscamente adquirira charme e, melhor ainda: que seu corpo era para ela a oportunidade de ter uma ligação secreta com uma atriz célebre, de se igualar a uma mulher ilustre, para a qual todos os olhares se voltavam. Havel compreendeu que tudo lhe seria permitido, tudo já lhe fora prometido tacitamente, por antecipação.

Uma coisa, porém, acontece com muita frequência na vida. Quando estamos satisfeitos, recusamos de bom grado e com soberba as oportunidades que nos são oferecidas, confirmando assim nossa feliz saciedade. Bastou que a moça loura desistisse de sua arrogância insultante, que tivesse a voz doce e o olhar humilde, para que o dr. Havel deixasse de desejá-la.

Em seguida, ele teve que se virar de bruços, manter o queixo fora da água e se deixar atingir dos pés à cabeça por um jato violento. Essa postura lhe parecia a postura religiosa da humildade e da ação de graças: pensava em sua mulher, pensava como era bela, como ele a amava e como ela o amava, e que ela era a sua estrela da felicidade, que lhe granjeava os favores da sorte e das jovens musculosas.

E quando a massagem terminou e ele ficou de pé para sair da banheira, a beleza da massagista de pele úmida lhe pareceu tão sadia e tão saborosa, e seu olhar tão humildemente submisso, que ele sentiu vontade de se inclinar na direção em que adivinhava, ao longe, sua mulher. Pois teve a impressão de que o corpo da massagista estava de pé sobre a mão grande da atriz e que essa mão lhe era estendida como uma mensagem de amor, como uma oferenda. E lhe ocorreu que sua mulher ficaria magoada se ele recusasse essa oferenda, recusando essa atenção terna. Ele sorriu para a moça que suava e lhe disse que reservara a noite para ela e que a esperaria às sete horas na bifurcação. A moça aceitou, e o dr. Havel se enrolou numa grande toalha de banho.

Quando ele já se vestira e penteara, constatou que estava com um humor extraordinariamente bom. Tinha vontade de conversar e passou na casa de Frantiska, para quem a visita veio a calhar, pois ela também estava muito bem-disposta. Ela falou sobre coisas sem importância, pulando de um assunto para outro mas voltando com frequência ao assunto que haviam abordado no último encontro deles: sua idade; com frases ambíguas, ela tentava sugerir que não se devia capitular ante o número de anos, que o número de anos nem sempre era uma desvantagem, e que é uma sensação absolutamente maravilhosa descobrir de súbito que se pode tranquilamente falar de igual para igual com gente mais jovem. "E os filhos não são tudo", disse ela à queima-roupa. "Você sabe como gosto de meus filhos, mas há outras coisas na vida."

As reflexões de Frantiska não saíram nem por um segundo dos limites de uma abstração vaga, e para um leigo não passariam de simples palavrório. Mas Havel não era um leigo e adivinhou o sentido que se ocultava por trás daquele palavrório. Concluiu que sua própria felicidade era apenas um elo de uma longa cadeia de felicidades, e como ele tinha o coração generoso, seu bom humor decuplicou.

11

Sim, o dr. Havel via com clareza: o jornalista foi à casa da médica no mesmo dia em que seu mestre a elogiou. Após algumas frases, o jovem descobriu em si uma audácia surpreendente e lhe disse que ela lhe agradava, que queria vê-la. A médica lhe disse com voz tímida que era mais velha do que ele e que tinha filhos. Com essa resposta, o jornalista sentiu crescer sua segurança, e não teve nenhuma dificuldade em encontrar palavras: afirmou que a médica possuía uma beleza secreta que era mais preciosa do que uma beleza comum; elogiou seu andar e disse que suas pernas falavam quando ela andava.

E dois dias depois, na hora em que o dr. Havel chegava tranquilamente à bifurcação e avistava de longe a moça loura e musculosa, o jornalista percorria com impaciência sua mansarda estreita; estava quase certo do sucesso, mas ainda temia que um erro ou o acaso pudesse atrapalhá-lo; abria a porta a todo instante e olhava para baixo, para o vão da escada; enfim, a viu.

O cuidado com que a médica se vestira e maquiara quase fazia esquecer a aparência familiar daquela mulher de calça branca e blusa branca; em sua perturbação, o rapaz pensava que o encanto erótico de Frantiska, que até então apenas pressentira, estava ali diante dele, quase impudicamente desnudado, e ele se sentiu invadido pela timidez que o respeito provoca; para superá-la, pegou a médica nos braços antes mesmo de fechar a porta e se pôs a beijá-la com violência. Ela se assustou com a rapidez e pediu que ele a deixasse sentar. Ele consentiu, mas logo sentou a seus pés e lhe beijou as meias sobre os joelhos. Ela pôs a mão nos cabelos dele e tentou afastá-lo delicadamente.

Vamos ouvir o que ela dizia para ele: primeiro, repetia muitas vezes: "Você tem que se comportar, você tem que se comportar, prometa que vai se comportar". Quando o rapaz lhe disse: "Está bem, está bem, vou me comportar", ao mesmo tempo que avançava cada vez mais com os lábios sobre o náilon rugoso, ela disse: "Não, não, isso não, não, não", e quando ele os pousou ainda mais acima, ela começou bruscamente a lhe falar com intimidade, afirmando: "Oh, você é louco, você é louco!".

Essa afirmação resolveu tudo. O rapaz não encontrou mais nenhuma resistência. Estava extasiado; extasiado consigo mesmo, com a rapidez de seu próprio sucesso, extasiado com o dr. Havel, cujo gênio estava com ele e tomava conta dele, extasiado com a nudez da mulher deitada sob ele num abraço amoroso. Queria ser um mestre, queria ser um virtuose, queria demonstrar sua sensualidade e sua voracidade. Levantou-se ligeiramente, para examinar com um olhar ávido o corpo estirado da médica, e sussurrou: "Você é linda, você é esplêndida, é esplêndida...".

A médica escondeu a barriga com as mãos e disse: "Proíbo que você zombe de mim...".

"O que está dizendo? Eu não estou zombando! Você é esplêndida!"

"Não olhe para mim", disse ela, apertando seu corpo contra o dele para que ele não a visse. "Tive dois filhos. Sabia?"

"Dois filhos?", disse o rapaz sem compreender.

"Dá para perceber. Não quero que você olhe para mim."

Esse comentário esfriou um pouco o ardor inicial do rapaz, e ele teve dificuldade em retomar o grau de excitação apropriado; para melhor consegui-lo, tentou alimentar com palavras a embriaguez que diminuía e murmurou no ouvido da médica que era bom que ela estivesse ali com ele, nua, toda nua, toda nua.

"Você é gentil, loucamente gentil", disse-lhe a médica.

O rapaz falou mais uma vez da nudez da médica e lhe perguntou se ela também não achava excitante estar ali com ele, nua.

"Você é uma criança", disse a médica. "Claro que é excitante", mas acrescentou após um breve silêncio que tantos médicos já a tinham visto nua que isso se tornara banal. "Mais médicos do que amantes", disse ela, e sem interromper seus movimentos começou a falar dos partos difíceis que tivera. "Mas valeu a pena", disse, concluindo: "Tive dois filhos. Tão lindos, tão lindos!".

Uma vez mais, a excitação penosamente conseguida abandonava o jornalista, de repente ele tinha a impressão de estar no café, conversando com a médica diante de uma xícara de chá; ficou revoltado; seus movimentos se tornaram impetuosos e ele tentou atrair o interesse dela para considerações mais sensuais: "A última vez que fui à sua casa, você sabia que iríamos fazer amor?".

"E você, sabia?"

"Eu *queria*", disse o jornalista, "eu *queria tanto*!", e pôs na palavra *queria* uma paixão imensa.

"Você é como meu filho", disse a médica em seu ouvido. "Ele também quer ter tudo. Eu sempre pergunto a ele: 'Você não quer um relógio que lance jatos d'água?'."

Era assim que faziam amor; a médica falava e estava encantada com a conversa.

Em seguida, quando estavam sentados lado a lado no divã, nus e exaustos, a médica acariciou os cabelos do jornalista, dizendo: "Você tem um topete igual ao dele".

"Igual ao de quem?"

"Do meu filho."

"Você fala o tempo todo do seu filho", observou o jornalista, numa tímida reprovação.

"Sabe", disse orgulhosamente a médica, "ele é o queridinho da mamãe, o queridinho da mamãe."

Depois ela se levantou e se vestiu. E de repente, naquele pequeno quarto de rapaz, teve a impressão de ser uma jovem, uma mulher muito jovem, e se sentiu maravilhosamente bem. No momento de partir, abraçou o jornalista; tinha os olhos úmidos de gratidão.

12

Depois de uma bela noite, começava um belo dia para o dr. Havel. Durante o café da manhã trocara algumas palavras promissoras com a mulher que parecia um cavalo de corrida, e às dez horas, quando voltou de seu tratamento, uma carta de amor de sua mulher o esperava no quarto. Em seguida, foi passear sob as arcadas, no cortejo dos frequentadores da estação de águas; segurava entre os lábios a taça cheia de água da fonte e irradiava bem-estar. As mulheres que, dias antes, passavam perto dele sem notá-lo tinham os olhos fixos nele, e ele se inclinava de leve para cumprimentá-las. Quando ele viu o jornalista, abordou-o alegremente: "Passei na casa da médica ainda há pouco e, de acordo com certos sinais que não podem escapar a um bom psicólogo, tenho a impressão de que você foi bem-sucedido!".

O rapaz não tinha desejo maior do que se abrir com o mestre, mas a maneira como transcorrera a noite anterior o deixava um tanto perplexo; não estava tão certo de que a noite tivesse sido tão fascinante quanto deveria, e não sabia se um relato preciso e fiel aumentaria seu prestígio perante o dr. Havel ou o diminuiria; perguntava a si mesmo o que deveria revelar ao médico ou esconder dele.

Mas quando viu o rosto do dr. Havel, radiante de impudor e alegria, só pôde responder no mesmo tom, alegre e impudico, e elogiou com termos entusiásticos a mulher que o dr. Havel lhe recomendara. Disse que ficara encantado desde que começara a olhar para ela com olhos diferentes dos da província, contou que ela aceitara prontamente ir até a casa dele e que se entregara sem a menor resistência.

Quando o dr. Havel começou a lhe fazer perguntas, precisas e detalhadas, a fim de analisar todas as nuances do acontecido, o rapaz, em suas respostas, querendo ou não, teve que chegar cada vez mais perto da realidade, e acabou reconhecendo que, embora estivesse muito satisfeito em todos os sentidos, a conversa que a médica tivera com ele durante o amor o deixara um tanto confuso.

O dr. Havel ficou muito interessado, e quando o jornalista, a seu pedido, lhe repetiu o diálogo com detalhes, ele pontuou o relato com exclamações entusiásticas: "Excelente! Perfeito!", "Ah, esse eterno coração de mãe!". E: "Eu o invejo, meu caro!".

Nesse momento, a mulher que parecia um cavalo de corrida foi se postar em frente aos dois homens. O dr. Havel se inclinou, e a mulher alta lhe estendeu a mão. "Desculpe", disse ela, "eu me atrasei um pouco."

"Não tem importância", disse o dr. Havel. "Estou numa discussão muito interessante com meu amigo. Peço que me desculpe por um minuto, gostaria de terminar esta conversa."

E sem soltar a mão da mulher alta, virou-se para o jornalista: "Caro amigo, o que você acaba de me dizer ultrapassa todas as minhas expectativas. Pois é preciso compreender que os prazeres carnais abandonados a seu mutismo são de uma terrível monotonia, uma mulher imita a outra no prazer e, nele, uma faz esquecer a outra. E, no entanto, se nos atiramos aos prazeres do amor, é para nos lembrarmos deles. Para que seus pontos luminosos unam com uma fita radiosa nossa juventude à idade avançada. Para que eles entretenham nossa memória com uma chama eterna! E saiba, meu amigo, que uma só palavra pronunciada nesse instante, a mais banal de todas, pode iluminá-lo com uma luz que o torna inesquecível. Diz-se que sou um colecionador de mulheres. Na realidade, sou antes um colecionador de palavras. Acredite, você não esquecerá jamais a noite de ontem, e ficará feliz por ela o resto da vida!".

Depois fez um sinal com a cabeça para o rapaz, e segurando a mão da mulher alta parecida com um cavalo, afastou-se lentamente com ela ao longo das arcadas.

EDUARDO E DEUS

1

Comecemos a história de Eduardo na pequena casa de seu irmão mais velho, no campo. Este último estava estirado num divã e dizia a Eduardo: "Pode ir procurar sem medo essa mulher. Ela é com certeza uma ordinária, mas acho que mesmo essas pessoas têm uma consciência. Justamente por ter feito uma sujeira comigo em outros tempos, talvez, agora, fique contente em lhe fazer um favor para compensar seu erro".

O irmão de Eduardo continuava o mesmo: um sujeito legal e preguiçoso. Sem dúvida estava igualmente afundado no divã, em sua mansarda de estudante, isso alguns anos antes (Eduardo era então um garoto), no dia da morte de Stálin, quando ficara em casa vadiando e cochilando; no dia seguinte fora para a faculdade sem desconfiar de nada, e vira uma de suas colegas, a camarada Cechackova, no meio do hall, numa imobilidade pomposa, semelhante à estátua da dor; deu três voltas em torno da moça e se afastou às gargalhadas. A moça, ofendida, qualificou essa risada de provocação política, e o irmão de Eduardo teve que abandonar os estudos e ir trabalhar numa cidadezinha, onde tinha hoje uma casa, um cachorro, uma esposa, dois filhos e até mesmo um chalé para os fins de semana.

E agora estava estirado no divã, nessa casa no campo, e explicava a Eduardo: "Era chamada de o braço vingador da classe trabalhadora. Mas você não deve se intimidar com isso. Hoje é uma mulher madura, e sempre teve um fraco por garotões; é por esse motivo que vai ajudá-lo".

Eduardo era muito jovem nessa época. Acabara de concluir os estudos na faculdade (a mesma de onde seu irmão tinha sido expulso) e procurava um emprego. Seguindo o conselho do irmão, no dia seguinte foi bater à porta da sala da diretora. Encontrou uma mulher alta, ossuda, com cabelos pretos e oleosos, olhos pretos e uma penugem preta sob o nariz. Essa feiura lhe poupou o medo que sempre sentia, na juventude, em presença da beleza feminina, de maneira que pôde conversar com ela sem se perturbar, com toda a gentileza e toda a galanteria desejadas. Esse tom evidentemente agradou à diretora, e ela afirmou diversas vezes, com nítida exaltação: "Precisamos de jovens aqui". Prometeu a Eduardo que o apoiaria.

2

Foi assim que Eduardo se tornou professor numa cidadezinha da Boêmia. Não ficou nem satisfeito nem aborrecido com isso. Procurava sempre fazer distinção entre o sério e o não sério, e enquadrava sua carreira de professor na categoria do *não sério*. Não que a profissão de docente, em si mesma, fosse desprovida de importância (aliás, ele a valorizava muito, pois não poderia ganhar a vida de outra maneira), mas a considerava fútil em relação à sua própria natureza. Não a escolhera. Ela lhe fora imposta pela demanda social, pelas avaliações dos dirigentes em seu histórico, pelos atestados do liceu, pelos resultados do concurso de admissão. Pela ação conjugada dessas forças, ele fora largado na faculdade (como um saco é largado por um guindaste em cima de um caminhão). Inscrevera-se nela a contragosto (a expulsão do irmão era de mau agouro), mas acabara se resignando. Compreendia, no entanto, que sua profissão fazia parte dos acasos de sua vida. Que ela iria se colar à sua pele como um bigode postiço que se presta ao riso.

Mas se uma coisa *obrigatória* é uma coisa não séria (que se presta ao riso), o sério é sem dúvida aquilo que é *facultativo*: em sua nova cidade, Eduardo logo encontrou uma moça que achou bonita, e começou a se dedicar a ela com uma seriedade quase sincera. Chamava-se Alice e, como ele pôde perceber com grande tristeza desde os primeiros encontros, era extremamente reservada e virtuosa.

Fez várias tentativas, durante seus passeios vespertinos, para abraçar os ombros dela de maneira que roçasse por trás o bico de seu seio direito, e, toda vez, ela agarrava sua mão e a afastava. Uma noite em que ele repetia mais uma vez essa tentativa e tinha (mais uma vez) sua mão afastada, ela parou e disse: "Você acredita em Deus?".

Os sensíveis ouvidos de Eduardo perceberam nessa pergunta uma insistência discreta, e ele logo esqueceu o seio.

"Acredita em Deus?", Alice repetiu a pergunta, e Eduardo não ousou responder. Não o censuremos por não ter coragem de ser franco. Sentia-se abandonado demais naquela cidade em que era um recém-chegado, e Alice lhe agradava demais para que ele se arriscasse a perder sua simpatia com uma única e simples resposta.

"E você?", perguntou para ganhar tempo.

"Eu acredito", disse Alice, e insistiu de novo para que ele respondesse.

Até o momento, nunca lhe ocorrera a ideia de acreditar em Deus. Mas ele sabia que não devia confessar isso, muito pelo contrário, devia aproveitar a ocasião e fazer de sua fé um belo cavalo de madeira em cujo ventre pudesse se esconder, de acordo com o exemplo antigo, para se introduzir em seguida, discretamente, no coração da moça. Porém, Eduardo era incapaz de dizer a Alice, simplesmente: *sim, acredito em Deus*; não era cínico e tinha vergonha de mentir; a simplicidade grosseira da mentira lhe repugnava; se a mentira era indispensável, ele queria pelo menos que ela apresentasse a maior semelhança possível com a verdade. Então, respondeu com uma voz que traía um grande esforço de reflexão:

"Não sei bem como devo responder a essa pergunta, Alice. Claro que acredito em Deus, mas..." Fez uma pausa, e Alice lhe dirigiu um olhar surpreso. "Mas quero ser inteiramente franco com você. Será que posso ser inteiramente franco com você?"

"Deve", disse Alice. "Sem isso, não teríamos motivo para estarmos juntos."

"Verdade?"

"Verdade", disse Alice.

"Às vezes tenho dúvidas", disse Eduardo com voz sufocada. "Às vezes me pergunto se Ele realmente existe."

"Mas como pode duvidar?", disse Alice, quase gritando.

Eduardo ficou calado e, após um instante de reflexão, pensou no argumento clássico: "Quando vejo tanta infelicidade à minha volta, muitas vezes me pergunto se é possível existir um Deus que permita tudo isso".

Falou com voz tão triste que Alice pegou em sua mão: "Sim, é verdade, há muita infelicidade aqui embaixo. Sei disso muito bem. Mas é justamente por isso que é preciso acreditar em Deus. Sem Ele, todo esse sofrimento seria inútil. Nada teria sentido. E nesse caso eu não poderia mais viver".

"Talvez você tenha razão", disse Eduardo com ar sonhador, e a acompanhou à igreja no domingo seguinte. Umedeceu os dedos na pia de água benta e fez o sinal da cruz. Em seguida, a missa começou, e as pessoas cantaram, e ele cantou com os outros um cântico religioso de cuja melodia lembrava-se vagamente e cuja letra ignorava. Decidiu então substituir as palavras por diversas vogais, e atacava cada nota com uma fração de segundo de atraso, já que não conhecia muito bem a melodia. Contudo, quando constatou que cantava certo, abandonou-se ao prazer de fazer ressoar sua voz, pois, pela primeira vez na vida, acabava de perceber que tinha um belo baixo. Depois, rezou-se o padre-nosso, e algumas senhoras idosas se ajoelharam. Ele não pôde resistir à tentação e também se ajoelhou. Fez o sinal da cruz com gestos exagerados e, fazendo-o, experimentou uma sensação maravilhosa ao pensar que podia fazer uma coisa que nunca tinha feito na vida, que não podia fazer nem em sala de aula, nem na rua, nem em lugar nenhum. Sentiu-se maravilhosamente livre.

Quando tudo estava terminado, Alice olhou para ele com olhos ardentes e perguntou: "Você ainda pode dizer que duvida que Ele exista?".

"Não", disse Eduardo.

E Alice falou: "Gostaria de lhe ensinar a amá-Lo como eu O amo".

Eles se achavam parados nos degraus largos do átrio da igreja, e a alma de Eduardo estava cheia de riso. Infelizmente para ele, nesse exato momento, a diretora passava pelas proximidades e os avistou.

3

Ele estava em maus lençóis. Devo efetivamente lembrar (àqueles que por acaso desconheçam o pano de fundo histórico) que nessa época não era proibido frequentar igrejas, mas que de qualquer forma não deixava de haver certo perigo em fazê-lo.

Isso não é tão difícil de compreender. Aqueles que lutaram pelo que chamam de revolução têm grande orgulho disso: *o orgulho de estarem do lado bom da linha de frente*. Dez ou doze anos depois (é aproximadamente nesse período que se situa nosso relato), a linha de frente começa a desaparecer, e com ela o lado bom e o lado mau dessa linha. Não é, portanto, de surpreender que os antigos partidários da revolução se sintam frustrados e procurem com impaciência frentes de *substituição*. Graças à religião, eles podem (em seu papel de ateus que lutam contra os crentes) se postar de novo do lado bom, e guardar intacta a ênfase habitual e preciosa de sua superioridade.

Mas para falar a verdade, essa frente de substituição era também uma sorte para os outros, dos quais, e talvez não seja cedo para revelá-lo, Alice fazia parte. Da mesma forma que a diretora queria estar do lado *bom*, Alice queria estar do lado *oposto*. A loja de seu pai fora nacionalizada durante os chamados dias revolucionários, e Alice detestava aqueles que lhe fizeram esse mal. Mas como poderia manifestar seu ódio? Deveria pegar uma faca e ir vingar seu pai? Não havia esse costume na Boêmia. Alice tinha um meio melhor de manifestar sua oposição: começou a acreditar em Deus.

Era assim que Deus vinha em socorro das duas facções, e graças a Ele Eduardo ficou entre dois fogos.

Na manhã de segunda-feira, quando a diretora foi encontrar Eduardo na sala dos professores, ele se sentia por demais constrangido. Com efeito, não podia invocar o clima amistoso de sua primeira entrevista, pois, desde aquele dia (por ingenuidade ou negligência), nunca mais retomara o fio de sua conversa galante. A diretora pôde então lhe perguntar com um sorriso ostensivamente frio:

"Nós nos vimos ontem, não foi?"

"Sim, nós nos vimos", disse Eduardo.

"Não compreendo como um jovem como você pode ir à Igreja", prosseguiu a diretora. Eduardo levantou os ombros com ar desconcertado, e a diretora balançou a cabeça: "Um jovem".

"Fui conhecer o interior barroco da catedral", disse ele, desculpando-se.

"Ah, foi isso", disse ironicamente a diretora. "Não sabia que se interessava por arquitetura."

Essa conversa não agradou nem um pouco a Eduardo. Ele se lembrou de que seu irmão tinha dado três voltas em torno da colega, depois se afastara às gargalhadas. As desventuras familiares pareciam se repetir, e ele teve medo. No sábado telefonou a Alice para se desculpar e lhe disse que não iria à igreja porque estava resfriado.

"Você é bem manhoso", disse Alice num tom de censura quando eles se viram de novo na semana seguinte, e Eduardo teve a impressão de que faltava sensibilidade às palavras da moça. Começou então a discorrer (enigmática e vagamente, pois tinha vergonha de confessar seu medo e seus verdadeiros motivos) sobre as misérias a que o submetiam na escola e sobre a terrível diretora que o perseguia sem razão. Queria despertar a compaixão de Alice, mas esta lhe falou:

"Pois minha chefe é ótima", e rindo sem parar, pôs-se a contar coisas de seu trabalho. Eduardo escutava sua alegre tagarelice e ia ficando cada vez mais taciturno.

4

Senhoras e senhores, foram semanas de sofrimento! Eduardo sentia um desejo infernal por Alice. Seu corpo o excitava, e esse corpo era absolutamente inacessível. Também torturante era o cenário em que seus encontros aconteciam: eles erravam uma hora ou duas pelas ruas escuras, ou então iam ao cinema; a monotonia e as insignificantes possibilidades eróticas dessas duas variantes (não havia outras) incitavam Eduardo a pensar que talvez obtivesse sucessos mais marcantes junto a Alice se pudesse encontrá-la em outro ambiente. Propôs então, com ar cândido, que ela fosse passar com ele um fim de semana no campo, na casa de seu irmão, que tinha um chalé à beira d'água num vale arborizado. Pintou-lhe com entusiasmo os encantos inocentes da natureza, mas Alice (sempre ingênua e confiante em outros terrenos) entendeu aonde ele queria chegar e recusou o convite de modo brutal. Pois não era só Alice que resistia a ele. Era, em pessoa (eternamente circunspecto e vigilante), o Deus de Alice.

Esse Deus tirava toda a sua substância de uma única ideia (não tinha outros desejos, outros pensamentos): a proibição de relações sexuais fora do casamento. Portanto, era sobretudo um Deus cômico, mas não zombemos de Alice por isso. Dos dez mandamentos que Moisés transmitiu à humanidade, havia pelo menos nove aos quais sua alma não corria o menor perigo de desobedecer, pois Alice não tinha vontade nem de desonrar o pai, nem de matar, nem de desejar os esposos do próximo; só um mandamento lhe parecia mais difícil de cumprir e constituía em consequência um verdadeiro desafio: era o sétimo, o famoso *Não pecar contra a castidade*. Para efetivar, manifestar e demonstrar sua fé religiosa, era justamente a esse mandamento, e apenas a ele, que ela devia dirigir toda a sua atenção. Fora assim que, de um Deus vago, difuso e abstrato, ela havia feito um Deus perfeitamente determinado, compreensível e concreto: *Deus Antifornicador*.

Mas eu lhes pergunto: onde começa ao certo a fornicação? Cada mulher estabelece esse limite segundo critérios absolutamente misteriosos. Alice se deixava facilmente beijar por Eduardo, e depois de inúmeras tentativas deste acabou consentindo que ele acariciasse seus seios, mas, no meio do corpo, traçava uma linha de demarcação rigorosa e intransponível abaixo da qual se estendia o território das santas interdições, da intransigência de Moisés e da cólera divina.

Eduardo começou a ler a Bíblia e a estudar os fundamentos da teologia; decidira enfrentar Alice com suas próprias armas.

"Minha querida Alice", disse-lhe, "nada é proibido a quem ama a Deus. Quando desejamos uma coisa, nós a desejamos por Sua graça. Cristo só desejava uma coisa: que fôssemos guiados pelo amor."

"Sem dúvida", disse Alice, "mas não pelo amor que você imagina."

"Só existe um amor", disse Eduardo.

"Para você, isso resolve tudo, não?", disse Alice. "Porém, Deus estabeleceu certos mandamentos, e nós devemos nos submeter."

"Sim, o Deus do Antigo Testamento", disse Eduardo. "Mas não o Deus dos cristãos."

"Como? Deus é um só", replicou Alice.

"Sim", disse Eduardo, "mas os judeus do Antigo Testamento não O concebiam exatamente como nós. Antes da vinda de Cristo, o homem devia acima de tudo se sujeitar a um sistema de leis e mandamentos divinos. O que se passava em sua alma não contava tanto. Mas Cristo considerou todas essas proibições e injunções algo superficial. O que havia de mais importante, a seus olhos, era o homem tal qual ele é no fundo do seu ser. A partir do momento em que o homem segue o impulso de seu ser fervoroso e crente, tudo o que ele faz é bom e agrada a Deus. É por isso que são Paulo dizia: 'Tudo é puro para os que são puros'."

"Com a condição de que se seja puro", disse Alice.

"E Santo Agostinho dizia", continuou Eduardo: 'Ame a Deus e faça o que quiser'. Entende, Alice? 'Ame a Deus e faça o que quiser.'"

"Mas o que você quer não é aquilo que eu quero", respondeu Alice, e Eduardo compreendeu que dessa vez sua ofensiva teológica tinha fracassado completamente; por isso disse:

"Você não me ama."

"Amo", disse Alice com terrível laconismo. "É por isso que não quero que façamos uma coisa que não devemos fazer."

Como já disse, foram semanas de sofrimento. E o sofrimento era ainda mais intenso porque o desejo que Eduardo sentia por Alice não era apenas o desejo de um corpo desejando outro corpo; ao contrário, quanto mais esse corpo o repelia, mais ele se tornava triste e infeliz, e mais ainda desejava também o coração da moça. Mas nem o corpo nem o coração de Alice estavam interessados em sua tristeza, ambos eram igualmente frios, igualmente fechados em si mesmos e satisfeitos consigo mesmos.

O que mais irritava Eduardo, em Alice, era seu comedimento imperturbável. Embora ele mesmo fosse um rapaz mais ponderado, pôs-se a sonhar com uma ação extrema que fizesse Alice sair dessa imperturbabilidade. E como era arriscado demais provocá-la por excessos de blasfêmia e cinismo (aos quais sua natureza o compelia), teve que escolher excessos opostos (portanto, muito mais difíceis), que decorriam da atitude de Alice mas que levariam essa atitude a tais extremos que ela teria vergonha de sua fria reserva. Em outras palavras: Eduardo exibia uma devoção exagerada. Não perdia nenhuma oportunidade de ir à igreja (o desejo que sentia por Alice era mais forte do que o medo de ter aborrecimentos) e ali se comportava com insólita humildade. Ajoelhava-se ao menor pretexto, enquanto Alice fazia suas orações e o sinal da cruz de pé a seu lado, pois tinha medo de desfiar as meias.

Um dia, censurou a frieza de sua fé. Lembrou-lhe as palavras de Cristo: "Nem todos os que me chamam de Senhor entrarão no reino dos céus". Disse-lhe que sua fé era formal, superficial, frágil. Censurou sua vida confortável. Censurou-a por estar satisfeita demais consigo mesma. Censurou-a por não ver nada em torno dela a não ser sua própria pessoa.

E enquanto falava (Alice não esperava tal ataque e se defendia sem convicção), ele avistou um crucifixo; uma velha cruz de bronze com um Cristo de folha de flandres enferrujada que se erguia no meio da rua. Desprendeu vigorosamente seu braço do braço de Alice, parou (para protestar contra a indiferença da moça e marcar o início de sua nova ofensiva) e fez o sinal da cruz com agressiva ostentação. Mas não pôde ver o efeito que esse gesto produziu em Alice, pois, justo nesse momento, avistou o bedel da escola na outra calçada. Ele olhava para Eduardo. Eduardo compreendeu que estava perdido.

5

Seus receios se confirmaram dois dias depois, quando o bedel o deteve no corredor e lhe anunciou em voz alta e clara que ele deveria se apresentar no dia seguinte, ao meio-dia, na sala da diretora: "Precisamos falar com você, camarada".

Eduardo ficou angustiado. À noite, como de costume, foi se encontrar com Alice para passear com ela pelas ruas, mas renunciara a seu fervor religioso. Estava abatido e queria contar a Alice o que estava acontecendo com ele, mas não teve coragem, pois sabia que, para conservar seu detestável (mas indispensável) emprego, estava disposto a trair a Deus sem a menor hesitação. Portanto, não disse nada sobre a convocação funesta e, consequentemente, não pôde ouvir nenhuma palavra de consolo. No dia seguinte, ao entrar na sala da diretora, sentiu-se abandonado por todos.

Quatro juízes o esperavam: a diretora, o bedel, um colega de Eduardo (baixo e de óculos) e um senhor (grisalho) que ele não conhecia e que os outros chamavam de camarada inspetor. A diretora convidou Eduardo a sentar e em seguida lhe disse que o tinham convocado para uma entrevista inteiramente amigável e oficiosa, pois todos os camaradas estavam por demais preocupados com a maneira como Eduardo se comportava fora da escola. Dizendo isso, ela olhou para o inspetor, e o inspetor balançou a cabeça em sinal de aprovação; depois dirigiu o olhar para o professor de óculos, que não deixara de olhar para ela atentamente durante todo esse tempo e que, assim que ela pousou o olhar sobre ele, começou um longo discurso. Disse que queríamos educar uma juventude sadia e isenta de preconceitos e que éramos completamente responsáveis por essa juventude, porque nós (os docentes) lhes servíamos de exemplo; por isso não podíamos tolerar a presença de carolas entre nós; desenvolveu longamente essa ideia e terminou por declarar que a atitude de Eduardo era um escândalo para todo o estabelecimento.

Alguns minutos antes, Eduardo estava convencido de que renegaria seu Deus recém-descoberto e confessaria que sua ida à igreja, seu sinal da cruz em público não passavam de uma palhaçada. Mas agora que enfrentava a situação, sentia que era impossível confessar a verdade; não podia dizer àquelas quatro pessoas tão sérias e exaltadas que elas se exaltavam por um mal-entendido, por uma bobagem. Compreendeu que ao lhes dizer isso, iria, contra a sua própria vontade, ridicularizar a seriedade delas; compreendeu que aquelas pessoas esperavam dele apenas subterfúgios e desculpas, e que estavam prontas para repeli-los. E compreendeu (de relance, pois não teve tempo de refletir) que o mais importante para ele, naquele momento, era permanecer próximo da verdade, ou, mais exatamente, próximo da ideia que aquelas pessoas tinham feito dele; se quisesse, em certa medida, retificar essa ideia, também deveria, em certa medida, aceitá-la.

"Camaradas, posso falar com franqueza?", disse.

“Evidentemente”, disse a diretora. “É para isso que está aqui.”

“E vocês não vão ficar com raiva de mim?”

“Diga o que tem a dizer”, replicou a diretora.

“Muito bem, vou confessar tudo”, disse Eduardo. “Acredito realmente em Deus.”

Levantou os olhos para os juízes e pôde constatar que pareciam todos aliviados; só o bedel lhe gritou: “Nos dias de hoje, camarada? Na época atual?”.

Eduardo continuou: “Sabia que vocês iriam se aborrecer se eu contasse a verdade. Mas não sei mentir. Não me peçam que conte mentiras”.

A diretora lhe disse (brandamente): “Ninguém está lhe pedindo que minta. Você está certo em dizer a verdade. Mas o que eu queria é que me explicasse como pode acreditar em Deus, um jovem como você!”.

“Nos dias de hoje, quando mandamos foguetes para a Lua”, reforçou o professor, exaltado.

“Não posso fazer nada”, disse Eduardo. “Não quero acreditar em Deus. De verdade. Não quero acreditar.”

“Como não quer, se você acredita?”, interveio o senhor de cabelos grisalhos (num tom excessivamente amável).

Eduardo repetiu sua confissão em voz baixa: “Não quero acreditar, e acredito”.

O professor de óculos riu: “Mas há uma contradição nisso!”.

“Camaradas, conto-lhes as coisas como são”, disse Eduardo. “Sei perfeitamente que a fé em Deus nos afasta da realidade. O que seria do socialismo se todo mundo acreditasse que o universo está sob o poder de Deus? Ninguém faria nada, e todos se voltariam para Deus.”

“Muito certo”, aprovou a diretora.

“Ninguém jamais demonstrou a existência de Deus”, declarou o professor de óculos.

Eduardo continuou: "A diferença entre a história da humanidade e a sua pré-história é que o homem tomou nas mãos o próprio destino e não tem mais necessidade de Deus".

"A fé em Deus conduz ao fatalismo", disse a diretora.

"A fé em Deus é um vestígio da Idade Média", disse Eduardo, após o que a diretora disse de novo alguma coisa, depois o professor, depois Eduardo, depois o inspetor, e todas essas reflexões se completavam harmoniosamente, de maneira que no fim o professor de óculos não se conteve e tomou a palavra:

"Então, por que você faz o sinal da cruz na rua, já que sabe de tudo isso?"

Eduardo pousou sobre ele um olhar infinitamente triste e disse: "Porque acredito em Deus".

"Mas há uma contradição nisso", repetiu com regozijo o professor de óculos.

"Sim", disse Eduardo, "há uma contradição entre o conhecimento e a fé. Reconheço que a fé em Deus conduz ao obscurantismo. Reconheço que seria melhor que Deus não existisse. Mas o que posso fazer quando aqui, bem dentro de mim", dizendo isso, apontava para o coração, "sinto que Ele existe? Por favor, camaradas, compreendam-me! Conto-lhes as coisas como são, é melhor que eu diga a verdade, não quero ser um hipócrita, quero que vocês me conheçam tal como realmente sou", e baixou a cabeça.

O professor tinha a vista curta; não sabia que até o revolucionário mais rigoroso acredita que a violência é apenas um mal necessário, enquanto o *bem* da revolução é a reeducação. Ele mesmo, que se convertera ao credo revolucionário de um dia para o outro, não inspirava nenhum respeito à diretora, e não duvidava que, naquele instante, Eduardo, que acabara de se pôr à disposição de seus juízes, como um objeto de reeducação difícil mas maleável, era mil vezes mais interessante que ele. E por não duvidar disso, entregava-se agora a um ataque brutal contra Eduardo, declarando que homens como ele, que eram incapazes de renunciar a uma fé medieval, eram homens da Idade Média e não tinham lugar na nova escola.

A diretora deixou que ele terminasse e o advertiu: "Não gosto que façam rolar cabeças. O camarada foi sincero e nos disse a verdade. É uma coisa que devemos levar em conta". Depois, virando-se para Eduardo: "Os camaradas evidentemente têm razão em dizer que um carola não pode educar nossa juventude. Então, diga você mesmo o que propõe".

"Não sei, camaradas", disse Eduardo com ar infeliz.

"Eis o que penso", disse o inspetor. "A luta entre o velho e o novo acontece não somente entre as classes, mas em cada indivíduo. É a esse combate que assistimos no camarada. Ele sabe, mas sua sensibilidade o leva para trás. Devemos ajudar o camarada para que sua razão prevaleça."

A diretora concordou. Depois: "Muito bem", disse. "Vou cuidar dele pessoalmente."

6

Eduardo conseguira, assim, afastar o perigo imediato; o futuro de sua carreira de professor estava exclusivamente nas mãos da diretora, o que ele constatou com satisfação, afinal de contas: lembrou-se com efeito da observação do irmão, que havia lhe dito que a diretora sempre tivera um fraco por garotões, e, com toda a instabilidade de sua segurança juvenil (exagerada num dia, no outro minada pela dúvida), decidiu sair vencedor da prova conquistando, como homem, o favor de sua suserana.

Quando se dirigiu alguns dias depois, como fora combinado, à sala da diretora, tentou usar um tom desenvolto e aproveitou todas as oportunidades para introduzir na conversa uma observação mais íntima ou um elogio delicado, ou para sublinhar com discreta ambiguidade o caráter inusitado de sua situação: a de um homem à mercê de uma mulher. Mas não lhe foi permitido escolher o tom da conversa. A diretora falava amavelmente, porém com uma reserva extrema; perguntou-lhe o que lia, indicou-lhe ela própria vários títulos de livros e lhe recomendou que os lesse, pois queria inequivocamente realizar um trabalho de grande duração em seu espírito. Por fim, convidou-o para ir à sua casa.

Essa reserva fora provocada pela grande segurança de Eduardo, e ele entrou no apartamento da diretora de cabeça baixa e sem a menor intenção de lhe impor seu charme masculino. Ela o fez sentar numa poltrona e iniciou a conversa em tom bastante amistoso; perguntou-lhe o que queria: café, talvez? Ele disse que não. Então, uma bebida? Ele se sentiu constrangido: "Se tiver conhaque". E no mesmo instante desconfiou que fora inconveniente. Mas a diretora respondeu com amabilidade: "Não, não tenho conhaque, tudo o que tenho é um pouco de vinho...", e trouxe uma garrafa vazia até a metade, cujo conteúdo foi suficiente apenas para encher dois copos.

Depois disse que Eduardo não devia considerá-la um inquisidor; todo mundo, é claro, tinha o direito de ter as convicções que julgasse certas; podia-se evidentemente avaliar (acrescentou logo) se determinada pessoa tinha ou não condições de ocupar um cargo no magistério; foi por isso que eles se viram na obrigação de convocar Eduardo (embora a contragosto) e de discutir com ele, e estavam muito satisfeitos (ela e o inspetor, pelo menos) de ele ter falado com sinceridade, sem tentar negar nada. Em seguida ela falara longamente com o inspetor sobre Eduardo, e eles haviam decidido convocá-lo dali a seis meses para uma nova entrevista; até lá, a diretora deveria, com sua influência, facilitar a evolução dele. E sublinhou uma vez mais que a ajuda que queria lhe dar só poderia ser uma *ajuda amistosa*, que ela não era nem um inquisidor nem um policial. Em seguida falou do professor, que atacara Eduardo com tanta violência, e disse: "Ele também tem problemas e adora pôr os outros em apuros. O bedel também anda espalhando por aí que você foi insolente e que teimou em manter suas posições. Ele acha que deveríamos demiti-lo, e não há meio de fazê-lo mudar de opinião. Evidentemente, não estou de acordo com ele, mas, por outro lado, é preciso compreendê-lo. A mim também não agradaria muito confiar meus filhos a um professor que faz o sinal da cruz em público, na rua".

Foi assim que a diretora expôs a Eduardo, num fluxo contínuo de frases, ora as possibilidades sedutoras de sua clemência, ora as possibilidades ameaçadoras de seu rigor, e em seguida, para mostrar que aquele encontro era realmente um encontro amistoso, passou a outros assuntos: falou de livros, levou Eduardo até a biblioteca, dissertou longamente sobre *L'âme enchantée*, de Romain Rolland, e ficou irritada porque ele não o lera. Depois lhe perguntou se gostava da escola e, após uma resposta convencional, pôs-se a falar com loquacidade: disse que era grata ao destino por sua profissão, que gostava de seu trabalho na escola, porque educando crianças mantinha contatos concretos e permanentes com o futuro; e que afinal só o futuro podia justificar todo o sofrimento que existia ("Sim", disse ele, "é preciso reconhecer que existe") em abundância em torno de nós. "Se eu não pensasse que vivo para alguma coisa maior do que minha própria vida, sem dúvida seria incapaz de viver."

Ao dizer essas palavras, ela pareceu de repente muito sincera, e Eduardo não compreendeu muito bem se ela queria fazer uma confissão ou iniciar uma polêmica ideológica sobre o sentido da vida; preferiu ver nessas palavras uma alusão pessoal e perguntou com voz abafada e discreta:

"E quanto à sua vida, em si?"

"Minha vida?", repetiu a diretora.

"É, a sua vida. Ela não poderia satisfazê-la?"

Um amargo sorriso se desenhou no rosto da diretora, e Eduardo quase teve pena dela. Era de uma feiura comovente; os cabelos pretos enquadravam um rosto ossudo e comprido, e os pelos pretos sob o nariz formavam o relevo de um bigode. Ele compreendeu de imediato toda a tristeza de sua vida; viu os traços que revelavam uma sensualidade ávida, e viu ao mesmo tempo a feiura, que revelava a impossibilidade de saciar essa avidez; ele a imaginava se metamorfoseando apaixonadamente na estátua viva da dor no dia da morte de Stálin, assistindo apaixonadamente a milhares de reuniões, lutando apaixonadamente contra o pobre Jesus, e compreendeu que tudo isso era apenas um sombrio escoadouro para o seu desejo, que não podia se escoar onde ele queria. Eduardo era jovem, e sua faculdade de compaixão ainda não se esgotara. Olhou para a diretora com compreensão. Mas, como se tivesse vergonha de seu silêncio involuntário, ela disse com uma voz que se pretendia alegre:

"De qualquer maneira, o problema não é esse, Eduardo. Não se vive só para si. Vive-se sempre para alguma coisa." Olhou-o mais profundamente nos olhos. "Mas se trata de saber para quê. Se é para alguma coisa real ou para alguma coisa fictícia. Deus é uma bela ideia. Mas o futuro do homem, Eduardo, é uma realidade. E foi para essa realidade que vivi, que sacrifiquei tudo."

Também essas frases eram pronunciadas com tal convicção que Eduardo não parava de experimentar aquele inesperado sentimento de compreensão que despertara nele momentos antes; pareceu-lhe estúpido mentir tão descaradamente ao próximo, e achou que o tom mais íntimo que adquiria a conversa lhe oferecia enfim a oportunidade de renunciar à sua indigna (e não obstante difícil) trapaça.

"Estou inteiramente de acordo com você", apressou-se em afirmar. "Eu também prefiro a realidade. Sabe, não se deve levar a minha devoção muito a sério!"

Mas logo constatou que não podemos nos deixar levar por uma mudança brusca de sentimentos. A diretora olhou para ele com ar surpreso e disse com frieza evidente: "Deixe de fingimento. O que me agradou em você foi sua franqueza. Neste momento, você está tentando se fazer passar pelo que não é".

Não, não era permitido a Eduardo se livrar do disfarce religioso que um dia vestira; resignou-se prontamente e se esforçou para apagar a má impressão que acabara de produzir. "Não, eu não queria me contradizer. É claro que acredito em Deus, e nunca poderia negá-lo. Queria apenas dizer que acredito também no futuro da humanidade, no progresso, em tudo isso. Se não acreditasse, para que serviria todo o meu trabalho de professor, para que serviria o fato de nascerem crianças, para que serviria toda a nossa vida? E justamente acabo de pensar que é também vontade de Deus que a sociedade melhore e progrida. Que é possível acreditar ao mesmo tempo em Deus e no comunismo, que as duas coisas são conciliáveis."

"Não", disse a diretora com autoridade maternal. "As duas coisas são inconciliáveis."

"Eu sei", disse Eduardo tristemente. "Não fique zangada comigo."

"Não estou zangada com você. Ainda é jovem e se agarra obstinadamente àquilo em que acredita. Ninguém pode compreendê-lo tão bem quanto eu. Eu também fui jovem como você. Sei o que é a juventude. E é justamente a sua juventude que aprecio em você. Eu o acho simpático."

Enfim acontecera. Nem mais cedo nem mais tarde, mas justo agora, exatamente no momento certo. (Esse momento certo, como se vê, não foi escolhido por Eduardo, foi o momento que usou Eduardo como pretexto para ocorrer.) Quando a diretora disse que o achava simpático, ele respondeu com voz pouco expressiva:

"Também a acho simpática."

"De verdade?"

"De verdade."

"Não é possível! Uma velha como eu", replicou a diretora.

Eduardo só pôde responder: "Isso não é verdade".

"É, sim", disse a diretora.

Eduardo só pôde responder muito prontamente: "Você não é nem um pouco velha. É bobagem dizer isso".

"Você acha?"

"Além do mais, você me agrada muito."

"Não minta. Sabe que não deve mentir."

"Não estou mentindo. Você é bonita."

"Bonita?", disse a diretora com um muxoxo incrédulo.

"Sim, bonita", disse Eduardo, e como temesse a flagrante inverossimilhança dessa afirmação, apressou-se em apoiá-la em argumentos: "As morenas como você me agradam".

"Gosta de morenas?", inquiriu a diretora.

"Loucamente", disse Eduardo.

"E como é que nunca veio me ver desde que chegou na escola? Eu tinha a impressão de que você me evitava."

"Eu tinha receio", disse Eduardo. "Todo mundo ia dizer que eu a estava bajulando. Ninguém ia acreditar que ia vê-la simplesmente porque você me agradava."

"Agora não tem mais o que temer", disse a diretora. "Agora, está *decretado* que devemos nos ver de vez em quando."

Olhou-o nos olhos com suas grandes íris castanhas (reconheçamos que não eram destituídas de beleza), e, quando ele se despediu, ela acariciou ligeiramente sua mão, de modo que o atordoado partiu com uma exaltante sensação de vitória.

7

Eduardo estava convencido de que levara vantagem nesse caso penoso, e no domingo seguinte foi à igreja em companhia de Alice com insolente desenvoltura; mais ainda, tinha recuperado toda a sua segurança, pois (mesmo que essa ideia só desperte em nós um sorriso de compaixão) sua visita à diretora lhe fornecia, em retrospectiva, uma prova evidente de seu encanto viril.

Aliás, nesse domingo, ao chegar à igreja, constatou que Alice mudara: assim que se encontraram, ela tomou seu braço e não o largou mais, nem mesmo na igreja; em geral, mostrava-se discreta e reservada, mas nesse dia se virava para todos os lados, e acenou, sorridente, com a cabeça para uma dezena de amigos e conhecidos.

Foi estranho, e Eduardo não entendeu nada.

Dois dias depois, quando passeavam pelas ruas escuras, Eduardo percebeu com espanto que os beijos de Alice, normalmente tão prosaicos, tornaram-se de repente úmidos, quentes, apaixonados. Quando pararam perto de um poste de luz, Eduardo viu dois olhos amorosos olhando para ele.

"Eu te amo, se quer saber", disse Alice à queima-roupa. E logo tapou-lhe a boca: "Não, não diga nada. Estou com vergonha. Não quero ouvir nada".

Deram mais alguns passos, depois pararam, e Alice falou: "Agora compreendo tudo. Compreendo por que você censurava a minha falta de devoção".

Mas Eduardo não entendeu nada e preferiu calar; deram mais alguns passos, e Alice continuou: "E você não me disse nada. Por que não me disse nada?".

"E o que queria que eu dissesse?", perguntou Eduardo.

"É bem próprio de você", disse ela com tranquilo entusiasmo. "Se fosse outro, contaria vantagens, mas você, não, você fica quieto. E é justamente por isso que eu te amo."

Eduardo começava a compreender do que se tratava, mas perguntou: "Do que está falando?".

"Do que aconteceu com você."

"E como é que você soube?"

"Ora, todo mundo sabe! Eles o chamaram, o ameaçaram, e você riu na cara deles. Não negou nada. Todo mundo o está admirando."

"Mas eu não contei nada a ninguém."

"Não seja ingênuo. Essas coisas se espalham. Afinal de contas, não foi coisa de pouca importância. Você acha que hoje em dia ainda existe alguém que tenha um pouco de coragem?"

Eduardo sabia que numa cidade pequena o menor acontecimento se transforma rapidamente em lenda, mas não podia imaginar que de suas ridículas aventuras, às quais nunca dera demasiada importância, pudesse nascer uma lenda; não compreendia muito bem até que ponto ele interessava a seus concidadãos, que, como todos sabem, adoram os mártires, pois estes os confirmam em sua doce inatividade demonstrando que a vida oferece apenas uma alternativa: obedecer ou se entregar ao carrasco. Ninguém duvidava que Eduardo seria entregue ao carrasco, e todo mundo divulgava a notícia com admiração e satisfação, de maneira que Eduardo se encontrava agora, por intermédio de Alice, diante da imagem esplêndida de sua própria crucificação. Reagiu com sangue-frio e disse: "Claro, não neguei nada. Mas não há nada de extraordinário nisso. Qualquer um teria feito o mesmo".

"Qualquer um?", repetiu Alice. "Olhe em torno de você e veja como as pessoas se comportam! São covardes! Renegariam a própria mãe!"

Eduardo se calou, e Alice também. Andavam de mãos dadas. Em seguida, Alice falou em voz baixa: "Eu faria qualquer coisa por você".

Era uma frase que até então ninguém dissera a Eduardo; essa frase era um presente do céu. Decerto, Eduardo não ignorava que se tratava de um presente imerecido, mas pensava que já que a sorte lhe recusava os presentes que merecia, tinha o direito de aceitar aqueles que não merecia. Disse:

"Ninguém pode fazer nada por mim."

"Como assim?", murmurou Alice.

"Vão me expulsar da escola, e esses que falam de mim como de um herói não vão mexer nem um dedo por mim. Só tenho certeza de uma coisa: no final, estarei completamente só."

"Não", disse Alice, balançando a cabeça.

"Sim", disse Eduardo.

"Não", repetiu Alice, quase gritando.

"Todo mundo me abandonou."

"Eu não vou abandoná-lo nunca", disse Alice.

"Você vai acabar me abandonando também", disse Eduardo tristemente.

"Nunca na vida", disse Alice.

"Vai, sim, Alice", disse Eduardo. "Você não me ama. Nunca me amou."

"Não é verdade", murmurou Alice, e Eduardo constatou com satisfação que os olhos dela estavam úmidos.

"É, sim, Alice. Essas coisas a gente sente. Você sempre foi fria demais comigo. Uma mulher que ama não se comporta assim. Eu sei. E agora está sentindo compaixão por mim, porque sabe que querem me destruir. Mas você não me ama, e não quero que ponha falsas ideias na cabeça."

Os dois se calaram e continuaram andando de mãos dadas. Alice chorava em silêncio, mas de repente parou e disse entre soluços: "Não, não é verdade. Você não tem o direito de dizer isso. Não é verdade".

"É, sim", disse Eduardo, e como Alice não parava de chorar, propôs que fossem ao campo no sábado seguinte.

Num lindo vale, à beira do rio, seu irmão tinha um chalé onde poderiam ficar sozinhos.

Alice tinha o rosto banhado em lágrimas, e concordou em silêncio.

8

Isso se passou na terça-feira, e quando Eduardo foi de novo à casa da diretora, na quinta-feira seguinte, demonstrava uma segurança jovial, pois estava de todo convencido de que o encanto de sua pessoa transformaria definitivamente o caso da igreja numa pequena nuvem de fumaça. É o que sempre acontece na vida: imaginamos representar um papel em determinada peça, e não desconfiamos que os cenários foram discretamente mudados, de modo que, sem saber, atuamos em outro espetáculo.

Estava sentado na mesma poltrona, em frente à diretora; entre eles, uma mesa baixa em que havia uma garrafa de conhaque com dois copos, um de cada lado. E essa garrafa de conhaque era justamente o acessório novo pelo qual um homem perspicaz e equilibrado teria compreendido de imediato que o caso da igreja não estava mais em questão.

Mas o inocente Eduardo estava tão cheio de si que a princípio não se deu conta de nada. Participou com bom humor da conversa preliminar (sobre um assunto vago e geral), esvaziou o copo que lhe foi oferecido e se entediou da maneira mais cândida do mundo. Após meia hora ou uma hora, a diretora desviou de modo discreto a conversa para assuntos mais pessoais; começou a falar de si mesma, longamente, e suas palavras deveriam pôr diante de Eduardo o personagem cujos traços ela queria ter: o personagem de uma mulher sensata, de idade madura, não muito feliz, mas digna e resignada com sua sorte, uma mulher que não lamentava nada e que até se felicitava por não ter casado, pois, do contrário, sem dúvida não poderia saborear plenamente o gosto maduro de sua independência e as satisfações de sua vida particular no lindo apartamento onde se sentia feliz e onde esperava que Eduardo não se sentisse mal.

"Sem dúvida", disse Eduardo. "Eu me sinto muito bem aqui", e disse isso com voz sufocada, pois de repente se sentia pouco à vontade. A garrafa de conhaque (que pedira imprudentemente em sua primeira visita e que aparecera sobre a mesa com ameaçadora rapidez), as quatro paredes do apartamento (que delimitavam um espaço cada vez mais estreito, cada vez mais fechado), o monólogo da diretora (que se concentrava em assuntos cada vez mais pessoais), seu olhar (perigosamente fixo nele), tudo isso o fez compreender pouco a pouco *a mudança de programa*; percebeu que se metera numa situação cuja evolução era inevitável; e lhe pareceu claro que o que punha em perigo sua carreira não era a antipatia da diretora por ele, mas, ao contrário, a repugnância física que sentia por essa mulher magra, que tinha penugem sob o nariz e que o encorajava a beber. Sentia a garganta apertada.

Obedeceu à diretora e esvaziou o copo, mas, agora, a angústia era tão forte que o álcool não fez nenhum efeito. Em compensação, a diretora, que já bebera vários copos, tinha abandonado definitivamente sua reserva habitual, e suas palavras estavam carregadas de uma exaltação quase ameaçadora: "Há uma coisa que invejo em você", disse ela. "É a sua juventude. Você ainda não pode saber o que é a decepção, a desilusão. Ainda vê o mundo com as cores da esperança e da beleza."

Inclinou o rosto na direção do rosto de Eduardo, por cima da mesa baixa, e num silêncio melancólico (com um sorriso congelado) fixou nele olhos terrivelmente grandes, e Eduardo, enquanto isso, pensava que se não conseguisse se embebedar um pouco, a noite terminaria para ele em terrível fiasco; derramou conhaque no copo e bebeu depressa, de um só gole.

E a diretora continuou: "Mas quero vê-lo com as mesmas cores, com as mesmas cores que você!". Depois se levantou da poltrona, estufou o peito e disse: "É verdade que me acha simpática, não é?". E deu a volta na mesa e segurou Eduardo pela manga: "Não é?".

"É", disse Eduardo.

"Venha, vamos dançar", disse ela. Soltou a mão de Eduardo e se dirigiu para o botão do rádio, que girou até encontrar uma música para dançar. Depois se apresentou, sorridente, diante de Eduardo.

Eduardo se levantou, tomou a diretora nos braços e a conduziu pela sala ao ritmo da música. A diretora encostou ternamente a cabeça em seu ombro, depois a ergueu de repente para olhar Eduardo nos olhos, depois cantarolou a melodia.

Eduardo estava tão pouco à vontade que deixou diversas vezes a diretora para beber. O que ele mais desejava era pôr fim ao horror daquele prelúdio interminável, e ao mesmo tempo temia esse fim, pois o horror que se seguiria lhe parecia ainda pior. Continuou então a conduzir através da estreita sala a mulher que cantarolava, aguardando (com angustiada impaciência) o desejado efeito do álcool. Quando afinal teve a impressão de que seus sentidos estavam suficientemente embaralhados pelos vapores do conhaque, apertou a diretora contra o corpo com uma das mãos, e pôs a outra mão em seu peito.

Sim, acabara de fazer o gesto cuja possibilidade de concretização o apavorava desde o começo da noite; não sei o que teria dado para não ter que fazê-lo, e se o fez assim mesmo, acreditem, é porque foi realmente *obrigado* a fazê-lo: a situação em que se metera desde o começo da noite não oferecia nenhuma escapatória; podia-se sem dúvida retardar o seu curso, mas era impossível detê-la, de maneira que pondo a mão no seio da diretora, o que Eduardo fazia era apenas obedecer às injunções de uma necessidade inelutável.

Mas as consequências de seu gesto ultrapassaram todas as previsões. Como num passe de mágica, a diretora começou a se torcer entre seus braços, depois pressionou contra a boca do rapaz seu peludo lábio superior. Em seguida o empurrou para o divã e, com gestos convulsivos e suspiros profundos, mordeu-lhe o lábio e a ponta da língua, machucando muito Eduardo. Depois disso ela se desvencilhou de seus braços, disse-lhe: "Espere!", e correu para o banheiro.

Eduardo lambeu o dedo e constatou que sua língua sangrava ligeiramente. A mordida fora tão dolorosa que a embriaguez conseguida com dificuldade desapareceu, e ele sentiu de novo a garganta se apertar quando pensou no que o esperava. Um barulho forte de água vinha do banheiro. Ele agarrou a garrafa de conhaque, levou-a aos lábios e bebeu um longo trago.

Mas a diretora já havia reaparecido na porta, vestida com uma camisola transparente (ornada de rendas no peito), e avançava lentamente para Eduardo. Prendeu-o nos braços. Depois se afastou e disse em tom de censura: "Por que está vestido?".

Eduardo tirou o casaco e, sempre olhando para a diretora (que fixava nele seus olhos grandes), só conseguia pensar numa coisa: que seu corpo ia muito provavelmente sabotar o esforço de sua vontade. Por isso, preocupado unicamente em fustigar seu desejo, disse com voz trêmula: "Tire toda a roupa".

Com um movimento brusco, com dócil fervor, ela tirou a camisola, revelando uma frágil silhueta branca em que os espessos pelos pretos se destacavam num triste abandono. Ela se aproximou dele devagar, e Eduardo percebeu com pavor o que já sabia de antemão: seu corpo estava literalmente paralisado pela angústia.

Eu sei, senhores, que, com os anos, os senhores se habituaram às provisórias desobediências de seu corpo, e que isso não os inquieta absolutamente. Mas compreendam! Eduardo era jovem nessa época! A sabotagem de seu corpo o precipitava cada vez mais num pânico incrível, e ele considerava isso um irremediável estigma, tivesse por testemunha um rosto bonito ou uma figura tão feia e cômica como a da diretora. E a diretora estava apenas a um passo dele, e ele, apavorado e não sabendo o que fazer, disse de repente, sem nem saber como (era antes o resultado de um impulso que de uma manobra calculada): "Não, não! Meu Deus, não! É um pecado, seria um pecado!", e se afastou de um salto.

Mas a diretora se aproximou dele e resmungou: "Como, um pecado? Não existe pecado!".

Eduardo se refugiou atrás da mesa à qual haviam sentado alguns minutos antes: "Não. Não tenho o direito, não tenho o direito".

A diretora afastou a poltrona que lhe barrava a passagem e continuou a se aproximar de Eduardo, sem tirar dele os grandes olhos pretos: "Não existe pecado! Não existe pecado!".

Eduardo contornou a mesa, atrás dele só havia o divã; a diretora estava muito perto. Ele não podia mais escapar, e foi sem dúvida o desespero supremo que, nesse segundo sem saída, o levou a ordenar à diretora: "De joelhos!".

Ela olhou para ele sem entender, mas quando, com voz desesperada porém firme, ele repetiu: "De joelhos", ela se ajoelhou diante dele com fervor e abraçou suas pernas.

"Largue-me", gritou ele. "Junte as mãos!"

De novo, ela olhou para ele sem entender.

"Junte as mãos! Ouviu?"

Ela juntou as mãos.

"Reze!", ordenou ele.

Ela estava com as mãos unidas e levantava para ele olhos fervorosos.

"Reze! Para que Deus nos perdoe!", gritou ele.

Ela estava com as mãos unidas e olhava para ele com seus olhos grandes, de modo que Eduardo, além de ganhar um tempo precioso, começou a perder, na posição em que a examinava do alto, a penosa sensação de ser apenas uma presa, e recuperou a segurança. Afastou-se para vê-la inteira, e repetiu sua ordem: "Reze!".

E como a diretora continuasse calada, ele gritou: "Em voz alta!".

E de fato: a mulher ajoelhada, magra e nua, pôs-se a recitar: "Pai nosso, que estais no céu, santificado seja o Vosso nome, venha a nós o Vosso reino...".

Ao pronunciar as palavras da oração, ela levantava os olhos para ele como se ele fosse o próprio Deus. Ele a observava com um prazer crescente: estava diante dele a diretora, de joelhos, humilhada por um subordinado; estava diante dele a revolucionária, nua, humilhada pela oração; estava diante dele uma mulher orando, humilhada pela nudez.

Essa imagem tríplice da humilhação o inebriava, e uma coisa inesperada aconteceu: seu corpo pôs fim à sua resistência passiva; Eduardo estava excitado!

No momento em que a diretora disse: "E não nos deixeis cair em tentação", ele se livrou depressa de todas as suas roupas. Quando ela disse "Amém", levantou-a violentamente e a arrastou para o divã.

9

Portanto, isso foi na quinta-feira, e, no sábado, Eduardo levou Alice para o campo, para a casa de seu irmão. Este os recebeu amavelmente e lhes emprestou a chave do chalé.

Os dois namorados passaram a tarde inteira passeando nos bosques e nos prados. Beijavam-se, e Eduardo podia constatar, com as mãos satisfeitas, que a linha imaginária traçada na altura do umbigo para separar a zona da inocência da zona da fornicação tinha perdido todo o valor. Seu primeiro movimento foi confirmar com palavras esse acontecimento tão longamente esperado, mas ele hesitou e compreendeu que era melhor calar.

Era sem dúvida prudente de sua parte: a mudança brusca de Alice não tinha com efeito nada a ver com o esforço que Eduardo fazia havia semanas para convencê-la, não tinha nada a ver com a argumentação *racional* de Eduardo. Ao contrário, estava fundada exclusivamente na notícia do martírio de Eduardo, portanto num *erro*, e entre esse erro e a conclusão que Alice tirara não havia nenhuma relação *lógica*; pois reflitamos um instante: por que o fato de Eduardo ter permanecido fiel à fé até o martírio deveria incitar Alice a transgredir a lei divina? Deveria ela trair Deus diante de Eduardo porque Eduardo se recusara a traí-Lo diante da comissão de inquérito?

Nessas condições, a menor reflexão pronunciada em voz alta poderia revelar a Alice a incoerência de sua atitude. Portanto, Eduardo fazia bem em calar, e seu mutismo nem foi notado, pois a própria Alice falava bastante, estava alegre, e nada indicava que a reviravolta que tinha se operado em sua alma houvesse sido dramática ou dolorosa.

Quando veio a noite, eles voltaram para o chalé, acenderam a luz, desfizeram a cama, beijaram-se, e Alice pediu a Eduardo que apagasse a luz. Mas como pela janela entrasse a penumbra da noite, Eduardo, a pedido de Alice, teve também que fechar as venezianas. Foi numa escuridão completa que Alice se despiu e se entregou a ele.

Eduardo esperara por esse momento durante tantas semanas e, coisa estranha, agora que ele enfim se realizava, sua importância não correspondia absolutamente ao longo tempo de espera; o ato do amor aparentava, ao contrário, ser tão fácil e tão natural que Eduardo quase não conseguia se concentrar nele e em vão tentava afastar os pensamentos que lhe passavam pela cabeça: relembrava as longas e inúteis semanas em que Alice o atormentara com sua frieza, relembrava todos os aborrecimentos que ela lhe causara na escola, e em vez de ficar grato por ela se entregar a ele, sentiu uma espécie de rancor vingativo. Indignava-se por ela ter traído, tão facilmente e sem remorso, seu Deus Antifornicador, a quem dedicava antes um culto fanático; indignava-se por ver que nenhum desejo, nenhum acontecimento, nenhuma agitação podiam perturbar sua serenidade; indignava-se por ela viver tudo isso sem sofrimento interior, segura de si e sem problemas. E quando essa indignação o dominou, ele se esforçou para amá-la com violência e com raiva, para arrancar dela um grito, um gemido, uma palavra, uma queixa, mas não conseguiu. A garota ficou muda, e, apesar de todos os esforços de Eduardo, a união dos dois terminou sem grandes emoções e em silêncio.

Em seguida, ela se aconchegou em seu peito e adormeceu rapidamente, mas Eduardo ficou muito tempo acordado e percebeu que não sentia nenhuma alegria. Tentava imaginar Alice (não sua aparência física, mas se possível seu ser em toda a plenitude) e compreendeu subitamente que tinha dela apenas uma visão *difusa*.

Vamos nos deter um instante nessa palavra: Alice, tal qual se mostrara a ele até o presente, era a seus olhos, apesar da ingenuidade, um ser sólido, de contornos bem delineados: a bela simplicidade de seu físico parecia corresponder à simplicidade elementar de sua fé, e a simplicidade de seu destino parecia ser a razão de sua atitude. Até então, Eduardo a considerara um ser monolítico e coerente: apesar de zombar dela, amaldiçoá-la, cercá-la com suas espertezas, só podia (contra sua própria vontade) respeitá-la.

Mas eis que a armadilha da notícia falsa (armadilha que ele não havia premeditado) quebrava a coerência desse personagem, e Eduardo dizia a si mesmo que as ideias de Alice eram na realidade apenas uma coisa *aplicada* em seu destino, e que seu destino era apenas uma coisa *aplicada* em seu corpo, e via nela apenas um conjunto fortuito de corpo, ideias e biografia, conjunto inorgânico, arbitrário e lábil. Pensava em Alice (que respirava profundamente na concavidade de seu ombro) e via de um lado seu corpo e de outro suas ideias, o corpo lhe agradava, as ideias lhe pareciam ridículas, e corpo e ideias não formavam nenhuma unidade; ele a via como uma linha absorvida por uma folha de mata-borrão: sem contornos, sem forma.

Sim, aquele corpo lhe agradava realmente. Quando Alice se levantou na manhã seguinte, ele a obrigou a continuar nua, e ela que, ainda na véspera, insistira para que as venezianas fossem fechadas, pois a luz pálida das estrelas a perturbava, agora esquecia seu pudor. Eduardo a examinava (ela saltitava alegremente, à procura de um pacote de chá e de biscoitos para o café da manhã), e ela logo percebeu que ele parecia preocupado. Perguntou-lhe o que ele tinha. Ele respondeu que precisava ir encontrar com seu irmão depois do café.

Quando o irmão lhe perguntou como iam as coisas na escola, Eduardo disse que não iam mal, e o irmão lhe disse: "A Cechackova é uma suja, mas já a perdoei há muito tempo. Perdoei-a porque ela não sabia o que estava fazendo. Ela queria me prejudicar, mas graças a ela sou feliz. Ganho melhor a vida como agricultor, e o contato com a natureza me salva do ceticismo a que sucumbem as pessoas nas cidades".

"A mim também essa boa mulher deu sorte", disse Eduardo com ar pensativo, e contou ao irmão que se apaixonara por Alice, que fingira acreditar em Deus, que fora obrigado a comparecer diante de uma comissão, que Cechackova quisera reeducá-lo e que Alice finalmente se entregara a ele, tomando-o por um mártir. Mas não contou até o fim como obrigara a diretora a recitar o *Pater Noster*, pois julgou perceber censura nos olhos do irmão. Calou-se, e o irmão lhe disse:

"Tenho defeitos, sem dúvida, mas tenho certeza de uma coisa. Nunca menti e sempre disse na cara dos outros o que pensava deles."

Eduardo gostava muito do irmão, e sua desaprovação o magoava. Quis se justificar, e eles começaram a discutir. Por fim, Eduardo disse:

"Sei que você sempre foi um tipo correto e que se orgulha disso. Mas faça uma pergunta a si mesmo: *por que* dizer a verdade? O que nos obriga a isso? E por que devemos considerar a sinceridade uma virtude? Suponhamos que você encontre um louco que afirme que é um peixe e que todos nós somos peixes. Vai brigar com ele? Vai tirar a roupa diante dele para mostrar que não tem nadadeiras? Vai dizer na cara dele o que pensa? Vamos, responda!"

O irmão continuou em silêncio, e Eduardo prosseguiu: "Se você lhe dissesse apenas a verdade, o que realmente pensa dele, isso significaria que concorda em ter uma discussão séria com um louco e que você mesmo é louco. É exatamente a mesma coisa que acontece com o mundo que nos cerca. Se você teima em lhe dizer a verdade na cara, isso significa que você o leva a sério. E levar a sério algo tão pouco sério é perder, você mesmo, toda a seriedade. No meu caso, *tenho* que mentir para não levar os loucos a sério e para eu mesmo não ficar louco".

10

O domingo terminou, e os dois namorados tomaram o caminho de volta; estavam sozinhos no compartimento do vagão (de novo a garota tagarelava, contente), e Eduardo se lembrava como se alegrara, pouco tempo antes, com a ideia de que poderia encontrar no personagem *facultativo* de Alice uma seriedade que suas obrigações jamais poderiam lhe oferecer, e compreendeu com tristeza (as rodas batiam idilicamente nos encaixes dos trilhos) que a aventura amorosa que acabara de viver com Alice era derrisória, feita de acasos e erros, desprovida de seriedade e de sentido; escutava as palavras de Alice, observava seus gestos (ela apertava sua mão), e pensava que se tratavam de sinais sem significado, cheques sem fundo, pesos feitos de papel, que ele não poderia lhes atribuir valor maior do que o valor que Deus poderia atribuir à prece da diretora nua; e viu de repente que todas as pessoas com quem convivia naquela cidade eram na realidade apenas linhas absorvidas por uma folha de mata-borrão, seres com atitudes intercambiáveis, criaturas sem substância sólida; mas o que era pior, bem pior (pensou em seguida), era que ele próprio não passava da sombra de todos esses personagens-sombras, pois esgotava todos os recursos de sua inteligência com o único objetivo de se adaptar a eles e imitá-los, e por mais que os imitasse rindo internamente, sem levá-los a sério, por mais que se esforçasse desse modo para ridicularizá-los em segredo (e para justificar assim seu esforço de adaptação), isso não mudava nada, pois uma imitação, mesmo maldosa, continua sendo uma imitação, mesmo uma sombra que escarnece continua sendo uma sombra, uma coisa secundária, derivada, miserável.

Era humilhante, terrivelmente humilhante. As rodas batiam idilicamente nos encaixes dos trilhos (a garota tagarelava), e Eduardo disse:

"Alice, você está feliz?"

"Estou", disse Alice.

"Pois eu estou desesperado", disse Eduardo.

"Ficou maluco?", disse Alice.

"Não devíamos ter feito isso. Não devíamos."

"O que está acontecendo? Foi você quem quis!"

"Foi", disse Eduardo. "Mas foi meu maior erro, e Deus não vai me perdoar. Foi um pecado, Alice."

"Mas o que é que está acontecendo com você?", disse calmamente a moça. "Você não fazia outra coisa senão repetir que Deus quer o amor, acima de tudo o amor!"

Quando Eduardo constatou que Alice se apropriara tranquilamente de seu sofisma teológico, o qual pouco tempo antes lhe fora de tão pouca valia no seu difícil combate, ficou furioso: "Disse isso para testá-la. Agora estou vendo como você é fiel a Deus! Mas quem é capaz de trair a Deus, é mil vezes mais capaz de trair um homem!".

Alice continuava encontrando novas respostas prontas para dar, mas teria sido melhor se não as tivesse encontrado, pois essas respostas só atiçavam a cólera vingadora de Eduardo. Eduardo falou por muito tempo, e falou tanto e tão bem (usou as palavras *aversão* e *repugnância física*) que acabou por arrancar àquele rosto pacífico e terno (enfim!) um soluço, lágrimas e um gemido.

"Adeus", disse ele na estação, e a deixou em pranto. Só depois de várias horas, quando estava em casa e quando a estranha cólera enfim se acalmara, foi que compreendeu todas as consequências do que acabara de fazer: lembrou-se daquele corpo que, ainda pela manhã, saltitava inteiramente nu diante dele, e quando pensou que ele mesmo havia escorraçado aquele belo corpo, chamou a si mesmo de imbecil e teve vontade de se esbofetear.

Mas o que estava feito, estava feito, e não se podia mudar mais nada.

Devo, aliás, acrescentar, para ser fiel à verdade, que, embora a ideia do belo corpo que lhe escapava causasse certa tristeza a Eduardo, essa foi uma perda da qual ele logo se refez. Pouco depois de sua chegada à cidadezinha, sofrera a falta de amor físico, mas foi uma carência inteiramente provisória. Eduardo não iria mais sofrer com essa carência. Uma vez por semana ia ver a diretora (o hábito livrara seu corpo das angústias do começo), e decidira que iria à casa dela com regularidade enquanto as coisas não estivessem definitivamente esclarecidas na escola. Além disso, tentava com sucesso crescente seduzir diversas mulheres e moças. O que o levou a apreciar ainda mais os momentos em que estava só, e ele passou a gostar dos passeios solitários, em que algumas vezes aproveitava (por favor, mais uma vez prestem atenção neste detalhe) para ir à igreja.

Não, não temam, Eduardo não encontrou a fé. Não tenho intenção de coroar meu relato com um paradoxo tão evidente. Mas mesmo estando quase certo de que Deus não existe, Eduardo se preocupa habitualmente, e de modo nostálgico, com a ideia de Deus.

Deus é a própria essência, enquanto Eduardo (e se passaram muitos anos desde as suas aventuras com Alice e com a diretora) jamais encontrou nada de essencial nem em seus amores, nem em seu trabalho, nem em suas ideias. Ele é honesto demais para admitir que encontra o essencial no não essencial, mas é fraco demais para não desejar secretamente o essencial.

Ah, senhoras e senhores, como é triste viver quando não se pode levar nada a sério, nada e ninguém!

É por isso que Eduardo sente necessidade de Deus, pois somente Deus está livre da obrigação de *parecer* e pode se contentar em *ser*; pois só Ele constitui (só Ele, único e não existente) a antítese essencial deste mundo que, quanto menos essencial, tão mais existente é.

Portanto, Eduardo vai de vez em quando sentar na igreja e levanta os olhos sonhadores em direção à cúpula. É num desses momentos que nos despedimos dele: a noite cai, a igreja está silenciosa e deserta, Eduardo está sentado num banco de madeira e se sente triste com a ideia de que Deus não existe. Mas, nesse instante, sua tristeza é tão grande que ele vê emergir de repente, de suas profundezas, o rosto real e *vivo* de Deus. Vejam! É verdade! Eduardo sorri! Sorri, e seu sorriso é feliz...

Guardem-no na lembrança, por favor, com esse sorriso.

Escrito na Boêmia
entre 1959 e 1968

Posfácio
O LIVRO DE CONTOS DO COLECIONADOR

"Escrito na Boêmia entre 1959 e 1968." Essa indicação com que se encerra *Risíveis amores* já fornece, por si, uma primeira pista de leitura, pois revela esse livro como ponto de partida de todo o empreendimento romanesco de Milan Kundera e, a esse título, lhe confere um valor preciosíssimo.

Embora essa obra, tal como hoje a conhecemos, tenha sido publicada apenas em 1970, isto é, dois ou três anos depois de *A brincadeira*,[1] sua escrita, vale ressaltar, acompanhou ou até precedeu a do primeiro romance de Kundera. *Risíveis amores* foi, primeiramente, o título de três pequenos "cadernos" publicados em Praga entre 1963 e 1969. Dos dez contos que continham, o autor escolheu oito para constituir o volume publicado em Praga em 1970, que foi objeto, naquele mesmo ano, de uma primeira edição francesa, na qual o número de contos acabou reduzido a sete.[2] Ora, o conto inaugural desse volume "definitivo", "Ninguém vai rir", havia sido publicado inicialmente no primeiro dos três cadernos, o de 1963, enquanto os dois seguintes, "O pomo de ouro do eterno desejo" e "O jogo da carona", provinham do caderno de 1965, e os quatro restantes, do de 1969.[3]

Risíveis amores pode ser considerado, portanto, o primeiro livro de prosa narrativa que Kundera empreendeu, e, não fosse o temor aos paradoxos, até se poderia considerar *A brincadeira*, concluída "em 5 de dezembro de 1965", assim como *A vida está em outro lugar*, que é datada do "mês de junho de 1969",[4] obras pertencentes, em certa medida, ao ciclo ou ao território de *Risíveis amores*, isto é, provocadas e alimentadas por idêntica busca, ao mesmo tempo estética e moral, de que esses contos foram a ocasião e o lugar, o laboratório, de certo modo.

Numa entrevista de 1988, Kundera lembra, aliás, o papel decisivo que a escrita de "Ninguém vai rir" teve em sua evolução artística. "Até os trinta anos", diz ele, "escrevi várias coisas: música, sobretudo, mas também poesia e até uma peça de teatro. Trabalhava em várias direções diferentes — buscando minha voz, meu estilo e a mim mesmo. Com o primeiro relato de *Risíveis amores* (escrevi-o em 1959), tive a certeza de 'ter me encontrado'. Tornei-me prosador, romancista, e não sou nada mais que isso."[5]

"Encontrar" a si mesmo quer dizer, notadamente, para um romancista, descobrir — ou, em todo caso, pressentir de maneira bastante clara — o que será o universo a que suas obras vão dar forma; o que serão seu "estilo", sua "voz", seu ponto de vista sobre o mundo. Por isso, podemos aproximar a declaração que acabo de citar a uma passagem de *Testamentos traídos* em que Kundera relata, de um ângulo um pouco diferente, a mesma experiência. Nos anos que seguiram a revolução de 1948 na Tchecoslováquia, escreve ele, "a única coisa que eu então desejava profundamente, avidamente, era ter um olhar lúcido e sem ilusões. Encontrei-o por fim na arte do romance. É por isso que ser romancista foi para mim mais que praticar um 'gênero literário' entre outros; foi uma atitude, uma sabedoria, uma posição".[6]

Essa descoberta de si e do romance (de si-no-romance), bem como a sensação dessa "certeza" que a acompanha, leva a pensar na "revelação admirável" de Descartes ou no Valéry da "noite de Gênova". A princípio, esses acontecimentos são descobertas *negativas*, espécies de revoltas, ou melhor: assinalam um despertar, uma ruptura pela qual a consciência desvaloriza o que a retinha até então e, assim, separa-se radicalmente disso que a continha. Mas essa recusa, essa limpeza do horizonte faz surgir ao mesmo tempo toda uma nova extensão de pensamento ou de beleza por vir; revela, no estado de possibilidade, o vasto espaço ainda desconhecido em que vão se edificar as obras e se produzir as descobertas futuras. Enfim, proporciona o "método" pelo qual tais descobertas se darão, porque esse método nada mais é que a transformação do acontecimento inicial em duração, em "sabedoria", isto é, sua meditação e sua narração sempre recomeçadas.

Como "Eduardo e Deus", como *A brincadeira* ou como *Jacques e seu amo*,[7] "Ninguém vai rir" constitui, em certo sentido, o relato (um dos relatos) dessa descoberta. É a história de uma derrota. O narrador se imagina hábil, mas perde tudo: o emprego, a reputação e até a mulher que ama. Mas perde principalmente sua inocência, suas expectativas, a crença em sua liberdade. Numa palavra, ele ganha.

> Compreendia de repente que era apenas uma ilusão ter imaginado que nós mesmos selávamos a égua de nossas aventuras e que dirigíamos nós mesmos a corrida; que essas aventuras talvez não fossem absolutamente *nossas*, mas talvez impostas do *exterior*, de algum modo; que não nos caracterizavam de maneira nenhuma; que não somos nada responsáveis pelo seu estranho percurso; que elas nos arrastam, sendo elas próprias dirigidas não se sabe de onde por não se sabe que forças estranhas.

Ele ganha, isto é, se retira, para de lutar e adota em relação a si mesmo "um olhar lúcido e sem ilusões", o olhar irônico do romancista. Sem esse olhar, como poderia ele contar o que lhe aconteceu? Não teria ao contrário gritado, clamado por vingança, amotinado as almas imbuídas de justiça? Em vez disso, ele conta simplesmente sua própria aventura, como se ela tivesse acontecido com qualquer um e tal como lhe parecia agora: risível, amarga e, por isso mesmo, exemplar.

Podemos ler (ou reler) "Ninguém vai rir" — e os outros contos de *Risíveis amores* — um pouco como é possível ler também o *Discurso do método* ou *Monsieur Teste* (que são, aliás, a seu modo, como que romances): encontrando aí o vestígio mais fiel, por ser o mais próximo, desse momento inicial em que, em algum lugar da "Boêmia, entre 1959 e 1968", um romancista "encontrou" a si mesmo e tomou consciência do que iam ser as linhas gerais da sua obra. E o conhecimento atual que temos dessa aventura, tal como se desenrolou no decorrer dos vinte e cinco ou trinta últimos anos, esse conhecimento faz crescer retrospectivamente ante o nosso olhar a significação e a beleza desse primeiro momento em que, como numa semente, tudo estava contido e se preparava para aparecer.

Em outra passagem autobiográfica dos seus *Testamentos traídos*, Kundera lembra o que foram para ele os primeiros tempos da ocupação russa da Tchecoslováquia. Durante os seis anos que se seguiram ao término de *A valsa dos adeuses*, ele não escreveu absolutamente nada: "considerei minha carreira de escritor encerrada",[8] disse. Então, "intimidado, e para voltar a sentir o chão sob meus pés, quis reatar o que já havia feito: escrever uma espécie de segundo volume de *Risíveis amores*". E acrescenta: "Que regressão!". Sem dúvida era de fato uma regressão, porque um artista não pode se contentar em refazer o que já tinha feito. Mas, ao mesmo tempo, essa regressão confirma o caráter fundador de *Risíveis amores*. No meio do deserto, em período de desconcerto artístico e moral, é a essa obra que o romancista retorna de maneira espontânea, como se ela fosse a única fonte de que ainda pudesse manar algo de novo. E, de fato, a "regressão", a volta à pátria dos *Risíveis amores* é o que logo lhe possibilitará solucionar o impasse e pôr a criação de volta nos trilhos, que, por mais inesperados que pudessem parecer então, estavam previstos, inscritos já na "matriz" desses contos com que, quinze ou vinte anos antes, Kundera havia iniciado seu "itinerário de prosador". "Felizmente, depois de esboçar dois ou três desses 'risíveis amores bis'", prossegue o autor de *Os testamentos traídos*, "compreendi que estava fazendo algo totalmente diferente". Esse algo será *O livro do riso e do esquecimento.*

Portanto, não é de espantar que a crítica kunderiana, que em geral dá pouquíssima atenção a *Risíveis amores*,[9] tenha, no entanto, aí descoberto recentemente a prefiguração dos romances posteriores do autor. Em particular, reconheceu-se nos personagens, no cenário, no modo narrativo e até em certos motivos de "O simpósio" e de "O dr. Havel vinte anos depois" um esboço do que em breve viria a ser *A valsa dos adeuses*. Da mesma forma, é fácil perceber o parentesco entre "Ninguém vai rir" ou "Eduardo e Deus", de um lado, e *A brincadeira*, de outro. Poder-se-ia igualmente, utilizando-se do tema do pudor ou do tema do ciúme, estabelecer um vínculo entre a moça de "O jogo da carona" e Tereza de *A insustentável leveza do ser*; ou ainda, por meio do dom-juanismo, entre Havel, o "colecionador", e Tomas, o "fornicador libertino".[10] Os sete contos do livro, puderam escrever, "anunciam de certa maneira todos os temas recorrentes maiores [de Kundera]: a automistificação e a ilusão, o cômico da sexualidade e do amor, a relação dialética entre o domínio privado e o domínio público, a história, a juventude e o lirismo, a memória e o esquecimento, o riso (inclusive a ideia de 'brincadeira') e o paradoxo da insustentável leveza do ser".[11] E que dizer da composição em sete partes, encontrada em todos os outros livros do autor, com as únicas exceções de *A valsa dos adeuses* (cinco partes) e *Testamentos traídos* (nove)?

Em outras palavras, quanto mais a obra de Milan Kundera se desenvolve e se enriquece, mais *Risíveis amores*, relido na ótica dos romances que vieram depois, aparece como um livro denso. É que essa reunião de contos, como é frequente acontecer com a primeira obra de um artista, contém no estado explícito ou latente o essencial do que podemos chamar de repertório romanesco de Kundera. Cada conto tomado isoladamente, assim como o conjunto formado pelos sete, representa um reservatório de virtualidades temáticas e formais que o romancista, em suas obras posteriores, nunca parará de retomar e explorar, submetendo-as a incansáveis variações que desvelarão pouco a pouco a riqueza e as levarão até suas realizações mais vastas e mais novas. Nessa ótica, uma obra como *Risíveis amores* assume, portanto, uma enorme importância: lê-la é assistir, por assim dizer, à formação de um universo, ao nascimento desse novo planeta que a obra única de Milan Kundera representa no sistema do romance moderno.

Por mais justificada e instrutiva que seja, essa maneira de ler *Risíveis amores* tem seus riscos. Pode levar, por exemplo, a considerar o livro uma obra dita de juventude, isto é, o contrário exato do que ele é. As "obras de juventude" dos grandes autores são comoventes, decerto. Mas são muitas vezes obras falhas, informes ou livrescas, as menos livres de todas e as mais pretensiosas; não há nada que ofereça tão pouca resistência à leitura, tão pouca novidade. É por isso que os professores, os biógrafos e os outros "reviradores de lata de lixo"[12] as apreciam tanto e se deleitam tanto em "exumá-las"; porque é assim que mais gostam do autor: ainda no berço, nu, inocente, natural e promissor, isto é, sem vontade artística conscientemente afirmada. Ora, apesar de apresentar as características de um primeiro livro, *Risíveis amores* é um primeiro livro de *maturidade*, o livro de um autor que "encontra" a si mesmo escrevendo-o e que, longe de aí manifestar sua juventude, afasta-se dela para alcançar sua plena maioridade de homem e de artista.

Contudo, o risco mais grave em que incorrem as leituras prospectivas que se limitam a ver em *Risíveis amores* apenas um prenúncio dos romances futuros de Kundera está, diria eu, em nos tornar cegos a *Risíveis amores*. Em nos fazer esquecer o valor próprio desse livro, sua riqueza e sua beleza intrínsecas, sua plena existência como obra e como universo.

Assim, não se notou até que ponto esse livro é construído, até que ponto sua composição é ao mesmo tempo equilibrada e complexa. É que já não sabemos ler os livros de contos, abordando-os na maioria das vezes como um amontoado de peças desconexas, como uma simples "coleção" de pequenos relatos que se encontram mais ou menos por acaso dentro da mesma capa.

Ora, apesar de o conto ser uma "pequena forma", como diz Kundera, o *livro de contos*, porém, pertence ao domínio da "grande composição",[13] tanto quanto o romance. Quem pensaria, diante de *As flores do mal* ou dos *Ensaios* de Montaigne, em considerar isoladamente os poemas ou os ensaios que os compõem, sem levar em conta o edifício em que cada um deles encontra sua significação? No relato breve, novela ou conto, esse costume infelizmente se perdeu, e não hesitamos em "fragmentar" os volumes de histórias de Perrault, Tchekhov, Kafka, Katherine Mansfield ou Borges, como se seus autores não os tivessem composto com cuidado, isto é, como se esses volumes, em si, não fossem obras.[14]

O desafio estético próprio da reunião de contos é combinar a maior diversidade com a mais forte unidade, dar ao leitor a impressão de que ele muda constantemente de mundo e, no entanto, permanece sempre no mesmo. De fato, cada conto é completo por si, e deve sê-lo em poucas páginas; cada um forma um universo, com seus personagens, sua ação, seu cenário e sua tonalidade próprios, de modo que não precisa ser prolongado ou esclarecido por outro. Cada conto se basta a si mesmo. E o primeiro aspecto que caracteriza a reunião de contos é justamente essa descontinuidade dos elementos que a compõem, isto é, a individualidade e a perfeita autonomia de cada um dos contos. Se assim não fosse, se as partes do livro dependessem umas das outras para que sua leitura e sua compreensão fossem completas, não estaríamos mais na presença de um livro de contos; estaríamos, já, no caminho do romance. O livro de contos supõe a independência total de cada relato, isto é, a *variedade* do conjunto.

Em *Risíveis amores*, essa variedade é evidente: cada um apresentando uma história, personagens e um mundo à parte, os sete contos poderiam muito bem subsistir por si mesmos e ser lidos como relatos acabados. Nem sequer "O simpósio" e "O dr. Havel vinte anos depois", em que o mesmo personagem reaparece, necessitam um do outro para ser compreendidos. Mas a variedade — que é um dos aspectos da beleza de um livro de contos — supera com grande vantagem, nesse caso, o simples nível das histórias narradas. Caracteriza a própria narração, cujas técnicas e modo mudam constantemente de um conto a outro.

Os dois primeiros contos, "Ninguém vai rir" e "O pomo de ouro do eterno desejo", são relatos na primeira pessoa, mas uma primeira pessoa que, no primeiro caso, é a do protagonista e, no segundo, a do amigo de Martim, a quem podemos chamar de deuteragonista. Passa-se depois à terceira pessoa nos quatro contos seguintes. Mas aí também a instância narradora está longe de ocupar sempre a mesma posição relativamente à ação. Irônica ou "flaubertiana" em "O jogo da carona", torna-se "tchekhoviana" em "Que os velhos mortos cedam lugar aos novos mortos",[15] no qual ela adota de tão perto o ponto de vista dos personagens que essa própria instância se desdobra do mesmo modo que eles são divididos. Em "O simpósio", sua presença, dirão, é mínima:

calando-se para dar todo o espaço às palavras dos personagens, ela se limita a agir como o diretor de um relato-espetáculo, em que teatro e narração se casam com uma felicidade de que encontramos poucos exemplos na literatura.

Particularmente interessante a esse respeito é o último conto do volume, "Eduardo e Deus". O essencial da narração, aí, se faz na terceira pessoa, mas é de novo uma terceira pessoa de um tipo diferente, próximo da que encontramos, por exemplo, no *Cândido* de Voltaire: escondendo com dificuldade um "eu" desenvolto e trocista, ela não pode impedi--lo de se manifestar aqui e ali no relato ("Devo efetivamente lembrar..."; "Devo, aliás, acrescentar..."), e nem sequer de se dirigir diretamente ao leitor por cima do ombro do personagem ("Mas eu lhes pergunto..."; "Acreditem..."; "Ah, senhoras e senhores..."). Esses efeitos retóricos, poderíamos dizer, são válidos: pertencem desde sempre à arte do conto. Mas eis que, lá pelo fim do texto, faz-se ouvir pouco a pouco outra voz, que dessa vez se exprime na primeira pessoa do plural e cujas intervenções têm por efeito imobilizar o desenrolar da ação e engatar outro modo de narração, o da meditação: "Reflitamos um instante...", diz essa voz, ou: "Vamos nos deter um instante nessa palavra...". Por mais discreto que ainda seja, por mais tímido que seja aí seu emprego, esse modo narrativo constitui, entretanto, uma das invenções de *Risíveis amores*, e quem leu *A insustentável leveza do ser* ou *A imortalidade* sabe a que ponto essa invenção é importante.

Graças a essa variedade da forma, tanto quanto do conteúdo, ler uma reunião de contos como *Risíveis amores* é, portanto, assistir a uma festa da imaginação e do virtuosismo técnico. Como nada no primeiro conto pode me permitir saber de antemão o que encontrarei no segundo, o mesmo se dando no caso deste em relação ao terceiro, logo sucede que, quanto mais avanço na leitura, mais fico preparado para tudo, só esperando uma coisa do conto que deve vir: que ele seja *outro*, que realize uma possibilidade diferente do relato, tão bonita e imprevista quanto as precedentes. Numa palavra, o eixo literário do volume é como o de um improviso, movido unicamente pela surpresa e pelo prazer da novidade.

Esse improviso, porém, não basta para fazer a reunião de contos. Não basta, principalmente, para acabá-la e constituí-la em obra. É necessária outra coisa além da variedade, é necessário inclusive o contrário da variedade: uma *unidade* forte o suficiente para manter unido o livro de contos e fazê-los aparecer como partes de um todo coerente e completo. Essa unidade geral da reunião de contos não destrói a autonomia narrativa e a unidade particular de cada um deles: superpõe-se a elas, instaura uma estrutura superior da obra, mais vasta e mais complexa, pela qual os contos podem se comunicar uns com os outros apesar (ou além) da diversidade que os separa. Assim, a beleza de um livro de contos é uma beleza paradoxal: reside *ao mesmo tempo* na variedade e na unidade, isto é, na harmonia de um sistema que permite, que até mesmo requer a liberdade de cada um dos elementos que o compõem.

Antigamente, o leitor percebia de saída a unidade do volume graças à "moldura" em cujo interior os autores embutiam suas histórias. Como se vê no *Decameron* e nos contistas franceses da Renascença, ou até nas *Mil e uma noites*, esse relato emoldurante garantia ao mesmo tempo o equilíbrio estrutural (pelas regras a que devem obedecer a disposição dos contos e a alternância dos narradores) e a continuidade temática (por meio dos debates e dos comentários a que se entregavam os "conversantes"). De modo que o leitor, enquanto se deleitava com a sucessão das histórias, habitava ao mesmo tempo um espaço que permanecia invariável do começo ao fim da obra. Esse modelo, cuja influência poderemos encontrar inclusive num Maupassant (*Contos da galinhola*), não demorou, porém, a se tornar pesado e convencional. Assim, logo desaparece (Calvino, em seu *Castelo dos destinos cruzados*, o reviverá magnificamente), substituído a partir das *Novelas exemplares* pela forma que hoje conhecemos, em que a unidade da reunião de contos, ao mesmo tempo que é uma exigência fundamental, se realiza de maneira mais sutil, se quiserem, ou menos ostentosa, pelo recurso a procedimentos que pedem maior contribuição do leitor. Tendo se apagado a estrutura emoldurante, passa de fato a caber a ele, leitor, a tarefa de descobrir as pontes que ligam os contos uns aos outros e, à proporção que lê, reconstruir a planta do edifício que o autor construiu.

Num livro de contos como *Risíveis amores*, alguns dos procedimentos indutores de unidade aparecem com extrema clareza. O primeiro, que é também o mais simples, reside na escolha de um título único que coroe o conjunto da obra e permita dirigir a atenção do leitor para esse espaço semântico comum em que os contos se acham coligidos. O mais bonito aqui é que esse título — *Risíveis amores* — diz ao mesmo tempo as duas qualidades contraditórias do volume: sua unidade e sua variedade. Unidade porque, sem pertencer a nenhum dos contos, convém a todos; variedade porque, simplesmente, é um título no plural, o único em toda a obra narrativa de Kundera.

Outro procedimento é o que consiste em ligar cada conto a um ou a vários outros por meio de "grampos",[16] que podem ser ora personagens ora situações ora também reflexões ou motivos, cuja recorrência tece através do volume (e na memória do leitor) uma rede de correspondências e de ecos. A presença do dr. Havel em dois contos é o exemplo mais evidente disso.[17] Mas há muitos outros. Assim, em "O simpósio", a namorada de Fleischman se chama Klara, como a do narrador de “Ninguém vai rir”. Nesse mesmo conto, a cena intitulada “Urinar” lembra uma passagem de “O jogo da carona”, conto ligado ao precedente (“O pomo de ouro do eterno desejo”) por sua atmosfera de férias e pelo motivo da viagem de automóvel. Sempre em “O simpósio”, a presença da morte (Havel é comparado à “morte, que não deixa escapar nada”, e o “suicídio” de Elisabeth é visto por ele como uma tentativa de “entrar nos braços da morte como nos braços de um amante”) associa esse conto ao seguinte, intitulado justamente “Que os velhos mortos cedam lugar aos novos mortos”.

Alguns desses motivos são verdadeiros *leitmotive*, tão frequente é sua ocorrência. É notadamente o caso da situação que põe face a face (ou em confronto) parceiros eróticos de idade diferente. Observe-se a esse respeito que, embora os personagens de *Risíveis amores* quase nunca tenham nome completo (são designados apenas por um nome ou um sobrenome), ou às vezes nem nome tenham, e embora não saibamos praticamente nada do rosto deles, sua idade é sempre precisada (ou pelo menos podemos adivinhá-la sem nenhuma dificuldade). Ora, os casais tendem na maioria das vezes a juntar seres separados por um número grande de anos. Ou o homem é mais velho: o narrador de “Ninguém vai rir” tem treze anos a mais que Klara; Martim, em “O pomo de ouro do eterno desejo”, é um quadragenário casado com uma jovem; o chefe de “O simpósio” é um senhor calvo que tem por amante uma bonita médica na casa dos trinta, enquanto Havel, já entrado em anos, casou-se com uma atriz, “bonita, admirada e muito mais jovem” que ele. Ou a mulher é que o é: Elisabeth e Fleischman em “O simpósio”, a quinquagenária e seu amante em “Que os velhos mortos cedam lugar aos novos mortos”, Frantiska e o repórter em “O dr. Havel vinte anos depois”, ou ainda a camarada Cechackova e Eduardo em “Eduardo e Deus”.

Seria fácil multiplicar os exemplos das homologias que fazem as diferentes partes do volume comunicar-se entre si. Acrescentemos, todavia, uma precisão importante: as recorrências nunca são simples repetições. O mesmo motivo ou a mesma situação, quando circulam assim de um conto ao outro, sofrem constantemente modificações de forma ou de sentido que os levam a aparecer cada vez sob um aspecto diferente, de modo que os contos, mediante essas correspondências pelas quais eles se chamam e respondem um ao outro no espaço do volume, se conotam mutuamente e recebem assim um acréscimo de significação. Um exemplo bastará. Em *Risíveis amores* assistimos a pelo menos três cenas de despimento: o da moça em "O jogo da carona", o de Elisabeth em "O simpósio" e o da diretora em "Eduardo e Deus". Dos três, o "grande striptease" de Elisabeth, que, no entanto, não tira a roupa, é sem dúvida nenhuma o mais provocante, mas também o mais triste, como diz Havel, porque representa na realidade uma súplica: Elisabeth pede que a vejam tal como ela própria se vê, bonita e sedutora. Ora, o corpo nu da moça de "O jogo da carona" dirige essa mesma súplica a seu companheiro, mas para que ele pare de ver nela o que ela não é, para que ele lhe devolva enfim sua roupa de todo dia. Quanto à nudez da Cechackova, tem algo de caricatural, claro, porque, longe de revelar o que quer que seja, apenas acentua a feiura física do personagem. Mas a tristeza das duas outras cenas incide, apesar de tudo, sobre esta e acrescenta um fundo patético ao grotesco que a domina.

Título comum, reiterações, esses fatores teriam por si uma eficácia limitada se a unidade do volume não repousasse, antes e acima de tudo, numa arquitetura extremamente sólida e equilibrada. Ora, essa arquitetura, em *Risíveis amores*, é de uma grande beleza. Os sete contos, apresentados como "partes" iguais, são dispostos de maneira a formar uma composição que poderíamos descrever como o encaixe de três círculos concêntricos, ou como um arco ou um triângulo que teria a seguinte forma: A-B-C-D-C-B-A. Entre os três primeiros contos e os três últimos, a simetria é de fato tão perfeita que eles parecem refletir-se uns nos outros *dois a dois*, como num espelho. Vejamos isso mais de perto.

A. "Ninguém vai rir" (1) e "Eduardo e Deus" (7). Esses dois contos, que traçam juntos o círculo exterior do volume, se parecem muito pela experiência que vivem seus respectivos personagens, ambos às voltas com um mundo em que o humor é impossível e descobrindo, ambos, no fim das contas, a "não seriedade" do seu destino. Ademais, são os dois únicos contos do volume em que o contexto sociopolítico e ideológico tem um papel importante na vida dos heróis, que vão enfrentar um processo público por causa das suas atitudes: um perde, por ser acusado de falta de sinceridade; o outro se safa graças justamente à sua falta de sinceridade. Enfim, essas duas histórias se desenrolam mais ou menos na mesma extensão temporal (alguns meses), e seu relato ocupa o mesmo número de páginas.

B. "O pomo de ouro do eterno desejo" (2) e "O dr. Havel vinte anos depois" (6). Ainda que não tenham o mesmo tamanho e não se desenrolem no mesmo lapso de tempo (embora a duração dos dois seja mais ou menos igual quanto ao *número*: cerca de sete horas no primeiro, mais ou menos sete dias no segundo), os temas, o cenário e o clima emotivo desses contos são bem próximos. Ambos acontecem numa instituição de saúde de uma cidade interiorana, e ambos, sobretudo, apresentam o retrato de um dom-juan moderno, para quem a estratégia amorosa, isto é, as técnicas da sedução, assim como a elegância e a fineza do assédio, são infinitamente mais importantes que a vitória. Além do mais, cada personagem é acompanhado de seu Sganarello admirativo: Martim tem seu amigo, o narrador, e Havel, o jovem repórter. Esses contos formam o círculo intermediário do volume.

C. "O jogo da carona" (3) e "Que os velhos mortos cedam lugar aos novos mortos" (5) constituem, por sua vez, o último dos três círculos, o mais interior e, portanto, menor. Aqui, aliás, a concordância entre os dois contos é quase perfeita: mesmo número de páginas, mesma duração (algumas horas), mesmo anonimato dos personagens, mesmo relato em contraponto e, principalmente, mesma situação: um encontro erótico sobre fundo de ilusão e de mentira em parte involuntário, em parte consentido. Quase se poderia dizer que o casal, em ambos os casos, é formado pelos mesmos amantes em idades diferentes da vida.

Note-se também que cada um desses pares de contos se caracteriza por uma tonalidade ou um ritmo particular. Enquanto o par 3-5 é formado por contos que se desenrolam entre quatro paredes, cuja ação é lenta e cujo clima psicológico é carregado, o par 2-6 se desenrola quase todo ao ar livre, numa atmosfera de alegria e movimento. Entre essa leveza e esse peso, o contraste contribui para aumentar ainda mais a *variedade harmoniosa* do volume.

Dito isso, um dos efeitos da disposição concêntrica ou triangular é, sem dúvida nenhuma, pôr fortemente em evidência o conto número 4, "O simpósio". Além de não ter seu par e de ser o único do gênero no volume, esse conto se distingue igualmente pelo fato de ser, de longe, o mais longo e o que comporta o maior número de divisões internas: cinco atos totalizando trinta e sete "capítulos" (enquanto os outros possuem dez a catorze cada). Por causa dessa posição mediana e desse seu peso, "O simpósio" aparece como o centro formal e temático de todo o livro, seu ponto de concentração mais denso e mais rico, que os seis outros contos de certo modo preparam e prolongam, já que giram em torno dele como planetas em torno de um sol, como a ostra em torno da pérola.

Ora, "O simpósio" é um relato muito particular. Não

apenas sua feitura imita a do teatro e recorda o universo das festas galantes ou das peças de Marivaux, mas a narração, na verdade, ocupa pouco espaço nele. O que domina é o discurso, o intercâmbio verbal, o prazer das metáforas e das anedotas, isto é, mais o comentário que a ação, mais a "teoria" do erotismo e dos comportamentos que sua encenação. Se se mostra nisso como que uma imitação lúdica do diálogo platônico,[18] "O simpósio" também atualiza a forma e a atmosfera características dos "relatos emoldurantes" da Renascença. Naquela sala do plantão onde estão reunidos alguns bem-falantes que já viveram bastante, o leitor se encontra como que no meio da pequena "brigada" de Boccaccio ou da rainha de Navarra, que se dedicava a dissertar, a debater, a jogar livremente com a língua e a dar livre curso, em grupo, debaixo da férula bonachona do "chefe", a uma alegre conversa sobre as mil facetas do amor. Mais um pouco, e os outros contos deste volume apareceriam como relatos feitos por Havel e seus amigos para ilustrar mais ou menos fielmente suas palavras e se divertir em boa companhia. Só que esse simpósio, outrora o relato "embutidor", está "embutido" aqui no meio dos outros contos, e a "moldura" que, de fora, mantinha juntas as cem histórias do *Decameron*, tornou-se o cerne do volume, seu foco, a chave de abóbada que, de dentro agora, mantém sua coerência e unidade.

Poderíamos descrever *Risíveis amores*, portanto, nestes termos: seis relatos rodeando "O simpósio" como se fossem variações de uma mesma ilustração, de uma mesma meditação sobre o "risível amor".

Como a verdade romanesca sempre faz em relação à mentira romântica, a "hipótese" em que repousa essa meditação rompe de maneira radical com os conteúdos habituais do discurso acerca do amor, em particular com a ideologia que triunfava "entre 1959 e 1968", favorecida pelo que foi chamado de revolução sexual. Essa hipótese, esse tema de meditação, são brevemente explicados por Kundera em *A arte do romance*: "*Risíveis amores*. Não se deve entender esse título no sentido: divertidas histórias de amor. A ideia do amor está sempre ligada à seriedade. Ora, risível amor é a categoria do amor desprovido de seriedade".[19]

A aposta de *Risíveis amores*, poderíamos dizer, é submeter o amor à prova da prosa, interrogá-lo *na existência*, isto é, fora dos valores e das significações que lhe são normalmente, se não obrigatoriamente, associados não apenas na literatura mas até em nossos pensamentos, em nossas palavras, em nossos próprios atos, e que, realçando ou agravando a prática amorosa, são justamente o que torna o amor uma coisa eminentemente séria, a mais séria talvez para o sujeito moderno. Ora, trata-se, para o romancista, de "verificar" essa mais-valia semântica do amor, como ele faz, em outros domínios, com a da política, da história, do eu etc. O que sobra quando se separa o amor da poesia e do segredo que o envolvem e se dirige para ele aquele olhar vindo "de baixo", que é o método do romance? O que vem a ser do sentimento amoroso, o que vem a ser da sexualidade na armadilha do mundo moderno, onde todos os valores são desacreditados, onde as significações são instáveis e problemáticas, onde a seriedade já não tem fundamento?

Neste volume, o personagem que melhor carrega essa consciência da depreciação do amor é evidentemente o dr. Havel. De fato, é no meio do "Simpósio", conto que está por sua vez no meio de *Risíveis amores*, que ele pronuncia sua tirada sobre "o fim dos dom-juans" e sobre a degradação do mito na figura do "Grande Colecionador":

> Don Juan era um conquistador. E com letras maiúsculas, mesmo. Um Grande Conquistador. Mas eu lhe pergunto: como se pode querer ser um conquistador numa terra onde ninguém resiste a nós, onde tudo é possível e onde

> tudo é permitido? A era dos dom-juans está terminada [...] Ao personagem do Grande Conquistador sucede o personagem do Grande Colecionador, mas o Colecionador já não tem absolutamente nada em comum com Don Juan [...]
>
> Don Juan era um mestre, enquanto o Colecionador é um escravo. Don Juan transgredia com ousadia as convenções e as leis. O que o Grande Colecionador faz é apenas aplicar docilmente, com o suor de seu rosto, a convenção e a lei, pois colecionar faz parte das boas maneiras e é de bom-tom, colecionar é quase considerado um dever.

No imaginário ocidental, o personagem de Don Juan, surgido no início dos Tempos Modernos, já representava certa dessacralização do erotismo, na medida em que se opunha à seriedade do amor conjugal e à seriedade do amor-paixão encarnado pelo mito de Tristão. No entanto, por mais desenvolta que fosse, a atitude donjuanesca ainda conservava um sentido e um alcance, que lhe vinham daquilo mesmo que ela profanava. Em outras palavras, a seriedade do Comendador se refletia em Don Juan e assegurava sua grandeza. Mas num mundo de onde o Comendador e tudo o que ele simbolizava desapareceram, o desafio do libertino perde toda característica trágica e se torna irrisório. Don Juan se transforma em Don Quixote e não enfrenta mais que moinhos de vento. É o que acontece, por exemplo, com Martim, o personagem de "O pomo de ouro do eterno desejo". Por mais que ele sinta ter, como o Don Juan de Molière, "um coração capaz de amar toda a terra" e não conceba "nada que possa deter a impetuosidade dos [seus] desejos",[20] ele está para Don Juan assim como o herói de Cervantes estava para os cavaleiros do passado: seus "rastreamentos", suas "abordagens" e sua "eterna busca de mulheres" são mais ritualizados ainda porque sua significação se dissipou (Martim já não se dá nem sequer ao trabalho de consumar suas vitórias). Esses gestos apenas perpetuam, imitam a beleza do mito desaparecido.

Em suma, Martim é colecionador sem saber. É isso que o distingue não somente de Havel, mas também do seu companheiro, o narrador do conto, que é um pouco o Sancho Pança de Martim, uma vez que compreende o quanto o dom-juanismo do seu amigo é ilusório e, com isso, comovente. "Sou um diletante", ele reconhece. "Podemos dizer que *represento* aquilo que Martim *vive*."

Assim, o Colecionador vai mais longe ainda do que ia Don Juan na dessacralização do amor. À fúria profanadora do libertino, sua ironia e sua consciência desencantada somam a desvalorização de sua própria libertinagem. Porque, se Don Juan se ria do Comendador, ele se ri do Comendador *e* de si mesmo. E é esse riso satânico diante do "amor desprovido de seriedade" que ecoa através de cada um dos contos de *Risíveis amores*.

De fato, podemos dizer que todo o livro é escrito do ponto de vista de Havel, isto é, de quem perdeu a fé erótica e *sabe* em que frivolidade a morte do Comendador precipitou o amor. É de sua ótica (e por contraste com alguns outros colecionadores semelhantes a ele, como o chefe do "Simpósio", o amigo de Martim ou o narrador de "Ninguém vai rir") que são narrados os amores ao mesmo tempo tresloucados e patéticos de toda uma série de personagens de *ubris* intacta: o rapaz de "O jogo da carona", o repórter de "O dr. Havel vinte anos depois" e, principalmente, aquele que resume todos eles, o estudante Fleischman de "O simpósio", reencarnação moderna de Tristão, cujo caráter contemplativo e lento, a obsessão pela morte e até mesmo o "heroísmo" que leva o apaixonado a desdenhar deitar-se com a amada ele compartilha (ou imita).

Esses personagens têm em comum duas características que talvez formem uma só: de um lado, a tenra idade; de outro, a visão séria do amor. A sua consciência erótica está nos antípodas da de Havel e Martim. Claro, eles também são tremendamente inconstantes: o herói de "O jogo da carona" acredita "conhecer tudo o que um homem pode conhecer das mulheres" e engana a namorada com uma moça que pedia carona; o repórter se livra da sua sem sombra de remorso para se atirar sobre Frantiska, e Fleischman, apesar de ponderado, consegue numa só noite trair Klara e se apaixonar sucessivamente pela médica e por Elisabeth.

Mas o dom-juanismo deles não tem nada a ver com o do Colecionador: é um dom-juanismo impregnado de romantismo, orgulhoso, apaixonado, que busca a conquista e a posse, um dom-juanismo que nunca ri e que permanece sempre, na sucessão dos amores, tão inteiro, tão grave e, sobretudo, tão cego.

Porque é essa a sina do rapaz inexperiente e a fonte do seu vigor: como Fleischman diante do corpo nu de Elisabeth, *ele não vê*. Melhor dizendo: ele não deve ver nada, se quiser que sua paixão resista à palhaçada que a espreita e o mantenha em estado de excitação. O repórter, uma vez na cama com Frantiska, tem de ficar insensível ao corpo e às palavras dela. Do mesmo modo, Eduardo, para conseguir se deitar com a diretora, tem de disfarçá-la numa pia Alice, e esta, mais tarde, em ateia. Mesmo os amantes não mais tão jovens que se reencontram em "Que os velhos mortos cedam lugar aos novos mortos" só conseguem fazer amor ignorando-se um ao outro: ela para esquecer quem é, ele para resgatar quem foi. Tudo acontece como se a perturbação dos sentidos, nesses amantes, *exigisse* o mal-entendido e a ocultação da realidade; eles só vendam os olhos vendados.

A cegueira do fornicador lírico é paradoxal. Se ele não vê nem o corpo, nem o rosto, nem a idade da parceira, é que precisa perceber *outra coisa* através dela. Precisa, primeiro, ver a si mesmo, "amando o outro unicamente a partir de si, não do outro", como escreve Denis de Rougemont sobre Tristão.[21] Assim, o jovem jornalista, nos braços de Frantiska, fica "extasiado consigo mesmo", enquanto Fleischman só sabe direito uma coisa: observar "atento o íntimo de seu ser, negligenciando os detalhes do mundo exterior". Porém, o que o amante romântico necessita acima de tudo é ver *mais* o que tem diante dos olhos. A nudez do outro não lhe basta, nem o desejo que ela lhe desperta; tendo lido *O amor louco* de Breton e *O erotismo* de Bataille, ele precisa de palavras, de sentimentos nobres, de significações sublimes e de metafísica. Com efeito, é típico do amante romântico não se satisfazer com a beleza, nem sequer com a fragilidade dos corpos, imagem da fragilidade e da incerteza do mundo, para buscar no amor, ao contrário, um *aumento* do seu ser, uma prova da sua potência ou da sua "densidade vital", isto é, um meio para escapar da não seriedade da sua própria finitude.

Em suma, sua cegueira lhe vem do fato de que ele não conhece a *in-significância* do amor. Ele não vê que a morte do Comendador é apenas uma representação da exaustão do mundo e que o amor, por conseguinte, perdeu todo poder de transgressão, toda possibilidade de plenitude, para não ser mais que uma instância do engano universal, que uma incansável tapeação.

Essa queda do amor no território do não sério consiste precisamente no que é do conhecimento do amante experiente, do Colecionador. Daí provêm, aliás, sua força e a eficácia das suas manobras. "Iniciado", como Havel, esse especialista do amor não tem ilusão sobre o amor. Nada o aguilhoa, além do renascimento perpétuo do seu desejo, sempre novo, sempre mutável. Só o animam seu amor à beleza e o prazer que lhe dão as mil surpresas do jogo erótico, que para ele são o resumo da imprevisibilidade e da leviandade da existência. Mas essa consciência "lúcida e sem ilusões", longe de diminuir seu ardor e prejudicar seu prazer, aumenta-os e eleva infinitamente seu valor.

Realmente, não há melhor amante que o amante que não se leva a sério. Assim, Havel, que não crê mais no amor, faz amor como um deus, mesmo vinte anos depois de "O simpósio", quando está "ficando velho".[22] Mas seus folguedos sensuais nunca são postos em cena; porque como contar um ato que já não traz o peso de nenhum significado? Tudo o que o leitor sabe é que eles se desenrolam numa harmonia perfeita e que a parceira está encantada, ao contrário do que acontece nas penosas cópulas dos amantes jovens e sérios, que, no entanto, nelas investem todo o seu ser e toda a sua fé.

Essa diferença entre o amor lírico e o amor que podemos chamar lúdico é ilustrada com máxima clareza por "O simpósio" e "O dr. Havel vinte anos depois", por meio da oposição entre Havel e Fleischman, num, e entre Havel e o repórter, no outro. Mas está igualmente no cerne do último conto, no qual ela estrutura dessa vez a história de um só e mesmo personagem.

De fato, "Eduardo e Deus" é um relato de iniciação. No começo o herói é virgem, de certo modo; ainda não conhece o segredo. Claro, sua inocência não é total, tanto que ele percebe a não seriedade com que se desenrola a maior parte da sua existência, a qual ele julga "fútil em relação à sua própria natureza". Mas, para ele, uma coisa permanece preservada desse juízo: o amor. Este, por ser "facultativo", logo livre, lhe parece escapar da comédia geral, e Eduardo se consagra a ele "com uma seriedade quase sincera". Ora, o que lhe trarão o cortejo e a conquista de Alice, senão a perda dessa derradeira ilusão? O território do não sério, ele logo descobrirá, se estende muito além do que imaginara. Para dizer a verdade, esse território não tem limites, nada dele escapa, muito menos o amor. "Compreendeu com tristeza

[...] que a aventura amorosa que acabara de viver com Alice era derrisória, feita de acasos e erros, desprovida de seriedade e de sentido." De nada adianta o namorado envergar a máscara de Tartufo, pois não terá maior êxito que Don Juan em fazer o Comendador reviver.

No fim, Eduardo está triste; sente "necessidade de Deus", saudade do Comendador. E, contudo, a última imagem que temos dele é seu sorriso. Esse sentimento paradoxal, essa irônica nostalgia é próxima da "tristeza cômica" do dr. Havel. De fato, este não era de certo modo um Eduardo mais velho, mais experiente, mas que teria passado na juventude pelo mesmo aprendizado? Em todo caso, a decepção de Eduardo com Alice e seus sucessos com a Cechackova, em vez de levá-lo a perder o gosto pelo jogo do amor, o tornam mais ardente e mais hábil nele. Livre dos últimos farrapos da sua inocência, ele se aplica "com sucesso crescente [em] seduzir diversas mulheres e moças": atravessou a fronteira da seriedade do amor, e cai no universo do Grande Colecionador.

Apostemos que Eduardo, a exemplo de Havel e Martim, acabará se casando com uma mulher mais jovem do que ele e que suas inconstâncias serão a expressão de sua indefectível fidelidade.

François Ricard

NOTAS

1. É sem dúvida por isso que Kundera tem *Risíveis amores* como seu "opus 2" (ver Fred MISURELLA, *Understanding Milan Kundera — Public events, private affairs*, Columbia, University of South Carolina Press, 1993, p. 164).

2. *Risibles amours*, nouvelles traduites du tchèque par François Kérel, Paris, Gallimard, 1970, Coleção Du Monde Entier, 227 pp. A obra terá uma segunda edição francesa em 1979, depois uma "nova edição revista pelo autor" em 1986 (Paris, Gallimard, Coleção Folio).

3. Essas informações provêm de Glen BRAND, *Milan Kundera — An annotated bibliography*, Nova York, Garland Publishing, 1988, p. 4.

4. Tais especificações aparecem no fim de ambos os romances.

5. Lois OPPENHEIM, "Clarifications, elucidations — An interview with Milan Kundera", *The Review of Contemporary Fiction*, Elmwood Park (Illinois), vol. 9, nº 2, verão de 1989, p. 11. (A tradução é minha.)

6. *Les testaments trahis*, VI-7 (Paris, Gallimard, 1993, p. 187).

7. *Jacques et son maître — Hommage à Denis Diderot* foi publicado pela Gallimard em 1981 (Coleção Le Manteau d'Arlequin). Mas o autor, como ele próprio precisa em sua "Introduction à une variation", escreveu-o em torno de 1970 (ver também *Les testaments trahis*, III-10, pp. 99-100).

8. *Les testaments trahis*, VI-11 (p. 198).

9. Constituem exceções duas obras recentes: Maria Nemcova BANERJEE, *Paradoxes terminaux — Les romans de Milan Kundera* (trad. do inglês Nadia Akrouf, Paris, Gallimard, 1993, pp. 63-85); Fred MISURELLA, *Understanding Milan Kundera — Public events, private affairs* (ver acima, nota 1).

10. *L'insoutenable légèreté de l'être*, V-10 (nova edição revista pelo autor, Paris, Gallimard, 1987, Coleção Folio, p. 290).

11. Glen BRAND, *Milan Kundera — An annotated bibliography*, p. XVII. Outro crítico vê em *Risíveis amores* "uma espécie de abertura da grande sinfonia [dos] romances" de Kundera (Kvetoslav CHVATIK, "Milan Kundera and the crisis of language", *The Review of Contemporary Fiction*, vol. 9, nº 2, verão de 1989, p. 36).

12. *Les testaments trahis*, VII-8 (p. 223).

13. Kundera emprega esses termos numa resenha de *Retours et autres pertes* de Sylvie RICHTEROVA: "Savoir rester dans l'essentiel", *L'atelier du roman*, Paris, nº 1, nov. 1993, p. 90.

14. Sobre a edição dos volumes de contos de Kafka, ver *Les testaments trahis*, IX-12 (pp. 311-2).

15. É Philip ROTH, em sua apresentação da edição americana de *Risíveis amores* (*Laughable loves*, Nova York, Knopf, 1974, p. XIV), que qualifica esse conto de "Chekhovian".

16. Essa expressão é de Kundera, em *L'art du roman*, IV (Gallimard, 1986, p. 109).

17. Em "O simpósio", todavia, o personagem que anuncia mais diretamente "O dr. Havel vinte anos depois" é o do "chefe", pelo menos como Havel o vê na passagem do quarto ato intitulada "A defesa do chefe".

18. A referência a Platão é evidente no título do conto em tcheco ("Symposion"), mais próximo do título grego do *Banquete*; o mesmo se dá na tradução inglesa, cujo título ("Symposium") repete aquele pelo qual *O banquete* é conhecido em inglês. [Na tradução francesa, o título é *Le colloque*.]

19. *L'art du roman*, II (p. 49).

20. Molière, *Dom Juan*, ato I, cena II.

21. *L'amour et l'Occident*, I-11 (UGE, Coleção 10/18, 1962, p. 43).

22. Notemos que, em suas primeiras edições, este conto, inclusive na edição francesa de 1970, se intitulava "O dr. Havel dez anos depois".

MILAN KUNDERA nasceu na República Tcheca. Desde 1975, vive na França.

OBRAS PUBLICADAS PELA COMPANHIA DAS LETRAS

A arte do romance
A brincadeira
A cortina
A identidade
A ignorância
A insustentável leveza do ser
A lentidão
O livro do riso e do esquecimento
Risíveis amores
A valsa dos adeuses
A vida está em outro lugar

1ª edição Companhia das Letras [2001] 1 reimpressão
1ª edição Companhia de Bolso [2012] 3 reimpressões

Esta obra foi composta pela Verba Editorial
em Janson Text e impressa pela Gráfica Bartira em ofsete
sobre papel Pólen Soft da Suzano S.A.